Wolfgang Günter Lerch
Der Schatz der Garamanten oder Reisigers Traum

AF204451

Wolfgang Günter Lerch

Der Schatz der Garamanten
oder
Reisigers Traum

Ein Roman aus der Wüste

Umschlaggestaltung unter Verwendung des Bildes *Desert caravan*
© João Almeida – Fotolia.com

ISBN 978-3-86813-020-1
© Edition Noack & Block in der Frank & Timme GmbH, Berlin 2013

Herstellung durch das atelier eilenberger, Taucha bei Leipzig
Printed in Germany
Gedruckt auf säurefreiem, alterungsbeständigem Papier.
www.noack-block.de

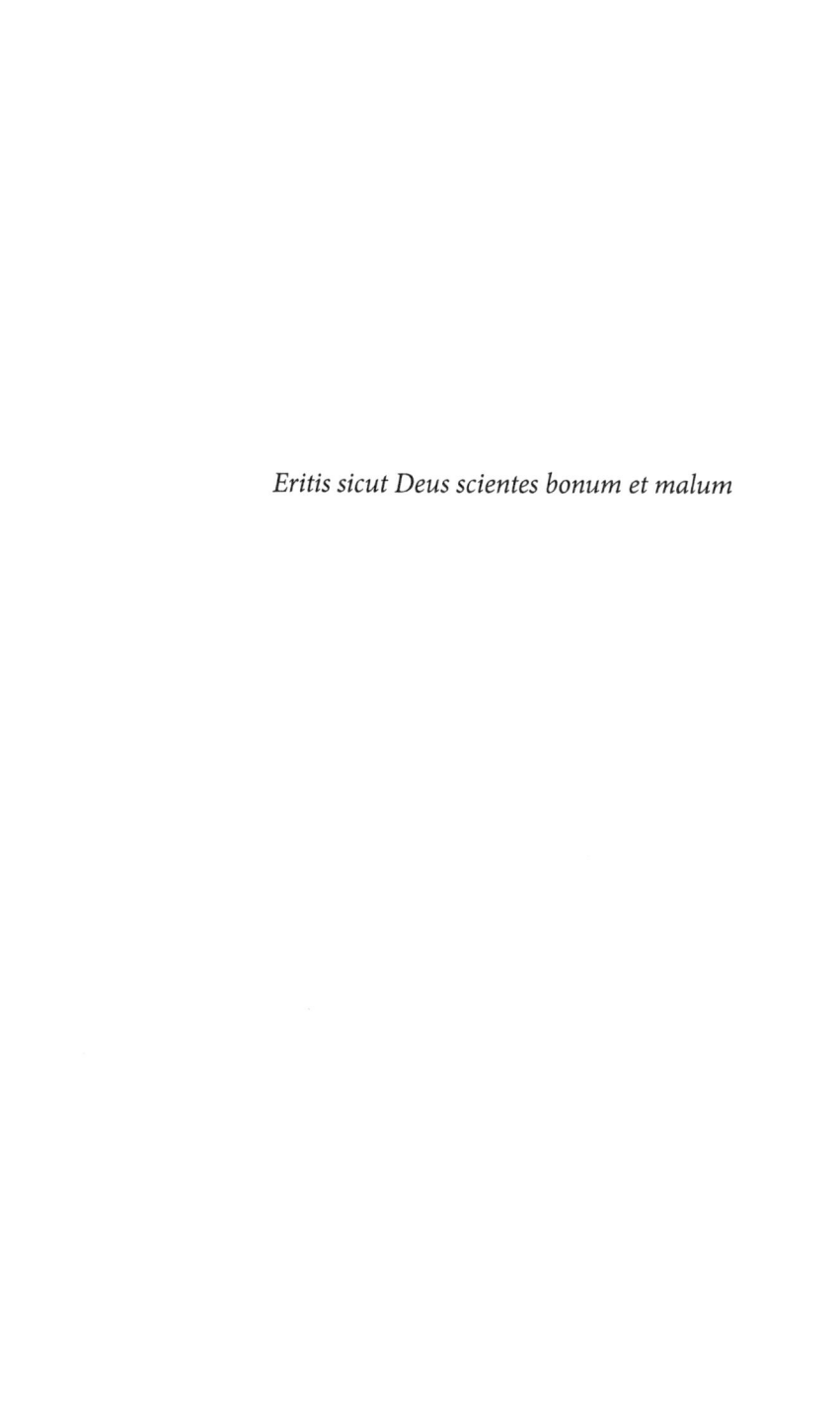

Eritis sicut Deus scientes bonum et malum

Das erste Kapitel

Am Vormittag hatte Johannes Reisiger noch in seinem Büro gesessen, nun befand er sich schon in der sandsturmverdunkelten Hauptstadt des Großen Metaphysicus. Es ging ihm nicht besonders gut, seitdem er gelandet war. Er verspürte jenen Druck auf dem Kopf, den er immer empfand, wenn er einem extremen Klimawechsel ausgesetzt war. Auch empfand er ein gewisses Unwirklichsein, eine Art Schweben der Seele angesichts des Ortes, an dem er sich aufhielt. Mit dem Körper war er schon eingetroffen, doch seine Synapsen und Neuronen lieferten ihm noch die gewohnten Bilder aus der Heimat: Tanja, die Kinder, das geräumige Einfamilienhaus, den Garten und – natürlich – die Anstrengungen der vergangenen Wochen und Monate. Er war mit dem Körper schon hier, aber mit dem Geist noch nicht da. Wie fast immer, fühlte er sich durch das Fliegen ein wenig desorientiert. Der Mensch war, das dachte er beinahe jedes Mal, wenn ein Flugzeug, in dem er saß, vom Boden abhob – anders als die Vögel – nicht zum Fliegen geschaffen. In wenigen Stunden Tausende von Kilometern zu überwinden – das sprengte jedes menschliche Maß. Körper und Geist kamen da nicht mit.

Er nippte an seiner Tasse Kaffee und sah auf den weiten, von Palmen umstandenen Platz hinaus, der seit drei Jahrzehnten der Grüne Platz hieß. Vor kurzem hatten hier noch Unruhen stattgefunden, die schließlich den Bürgerkrieg ausgelöst hatten, doch nun lag Stille über dem ausgedehnten, hell gepflasterten Rund. Nur einige wenige Autos querten das Areal, seitdem der Große Metaphysicus die mobilen Fortbewegungsmöglichkeiten seiner Untertanen drastisch eingeschränkt hatte. Das hatte auch mit den regelmäßigen Angriffen der Aufständischen zu tun, welche die Stadt heimgesucht hatten; in den vergangenen Wochen hatte sich die Lage indessen wieder beruhigt. Der Diktator war, wie es schien, noch einmal davongekommen und wollte nun dafür sorgen, dass es auch so bliebe. Die meisten Ausländer hatten das Land freilich längst verlassen. Um diese Jahreszeit setzten zudem die Sandstürme ein, von denen auch die Küste nicht verschont blieb. Und was man hier Samum, Schirokko oder Gibli nannte, hieß tausend Kilometer weiter östlich, in Ägypten, Chamsin. Fünfzig Tage bliesen diese heißen Winde aus der Tiefe der Wüste, welche bisweilen die Sonne verdeckten, so dass der Himmel, soweit das Auge reichte, in ein fahles, milchiges Band verwandelt wurde, undurchsichtig zumindest für das menschliche Auge.

Reisiger war schon einmal in Tripolis gewesen. Das war nun mehr als vierzig Jahre her. Damals hatte noch der „Pharao" (wie seine Feinde ihn nannten) geherrscht, jener würdige Greis, der vom Großen Metaphysicus gestürzt und ins östliche Exil, in die Türkei, dann nach Ägypten vertrieben worden war. Nun war Reisiger alt, im „Dienste des Weltjournalismus" ergraut, wie er in leicht abgewandelter Anspielung auf ein Buch Winston Churchills im Scherz zu sagen pflegte. Kurz vor seiner Abreise hatte er zusammen mit Tanja die Bilder betrachtet, die er damals

– als junger Reporter – in der Hauptstadt „geschossen" hatte: ein Meer von Fahnen war da zu sehen, der Große Platz schwarz von Menschen. Traumverloren und politisch völlig desorientiert hatten die wenigen damals im Lande lebenden Ausländer der Entwicklung zugeschaut, die seither als die „Große Korrektur-Bewegung" in den Geschichtsbüchern geführt wird. Der Große Metaphysicus hatte dem Land in der Tat zunächst einige wichtige Veränderungen zugemutet, war einige Zeit sogar recht beliebt gewesen bei seinen Untertanen, ja sogar bei den Europäern und Amerikanern. Dann hatte er sich terroristischer Gewalt verschrieben in der irrigen Meinung, der gute Zweck heilige jedes Mittel. Als er das Ruder wieder herumwarf und – wie die westliche Presse es interpretierte – zurückkehrte in den Schoß der „zivilisierten" Welt, war es im Grunde zu spät, waren seine ideologischen und politischen Manöver offenkundig zu durchschaubar.

Denn irgendwann in den letzten Jahren – Reisiger wusste gar nicht zu sagen, wann sie begonnen hatten – war es zu ersten Unruhen und Aufständen gekommen, die der Große Metaphysicus nicht mehr in den Griff bekam. Schließlich brach sich die Unrast mit scheinbar nicht mehr zu bändigender Gewalt Bahn. Kurz vor dem Ausbruch der Gewalttaten hatte Reisiger – entgegen seiner Erwartung – doch noch das Visum und die Genehmigung der Behörden erlangt; und er hoffte darauf, dass man ihn nicht abweisen würde. Es ging ja doch um eine wissenschaftliche Exkursion, die man sogar als kleine Expedition „verkaufen" konnte, nicht um Politik. Es ging um etwas ganz und gar Harmloses, um etwas Privates, um etwas Humanes, das noch dazu der Wissenschaft dienen sollte und damit der Menschheit insgesamt. Reisiger hatte der Gesandtschaft des Reiches in Berlin klarmachen können, dass er tief in das Innere der Sande aufbrechen werde, dorthin, wo es garantiert keine Anlässe für politische Verwicklungen gäbe. Die politischen Verhältnisse im Reich des Großen Metaphysicus seien ihm zudem schlichtweg gleichgültig. Es gehe ihm allein um Erkenntnisse und Forschungen, die am Ende vielleicht – je nach Ergebnis – sogar dem Reich selbst zugutekommen könnten. Von dem „Schatz der Garamanten" hatte er selbstredend nichts erwähnt, sondern nur angemerkt, er arbeite über eben dieses antike Volk und wolle die ja längst bekannte Ruinenstadt von Garama oder Djerma besuchen. Nichts Ungewöhnliches also, was Verdacht hätte erregen können.

In diesen Wochen hatte sich die Lage tatsächlich wieder so weit entspannt, dass man vermuten konnte, der Große Metaphysicus sei über den Berg. Die Aufständischen hatten sich in den Süden und Osten des Reiches zurückgezogen, sofern sie nicht gleich ins Ausland geflüchtet waren. Nur noch ein harter Kern hielt die Stellung und hoffte darauf, dass „die Fremden" irgendwann zu Gunsten der Aufständischen eingreifen würden, wie sie es schon einmal getan hatten und überhaupt in der Region immer wieder zu tun pflegten – meistens allerdings sehr zum Verdruss der Einheimischen. Dieses Mal hingegen schien es anders zu sein.

„Der gesamte Norden war permanent in Aufruhr", hatte Erwin zu Reisiger gesagt, als sie seinen Reiseplan besprachen. „Doch die Rebellen sind zu schwach."

„Das weiß ich doch", hatte Reisiger ein wenig verärgert geantwortet. Wie konnte Erwin gerade ihm unterstellen, er habe das nicht verfolgt? Die Rebellen hatten bereits den gesamten Süden des Reiches unter ihre Gewalt gebracht, doch im Westen waren heftige, welterschütternde Kämpfe ausgebrochen, deren Nachhall bis in das Zentrum der modernen Welt, nach Washington, drang. Die Angriffe auf die Hauptstadt des Reiches konnten Reisiger in seinen Plänen jedoch nicht irremachen, und in der Wüste, in die er tief eintauchen wollte, fanden solche Angriffe ja nicht statt. Tripolis werde man schnell hinter sich bringen.

Erwin war nicht nur Ethnologe, mit dem Spezialgebiet der Amazonas-Völker, sondern auch Reisigers langjähriger Freund. Auch Ulla, Erwins Frau, und Tanja waren ebenso seit ewigen Zeiten miteinander befreundet. Reisiger neigte zwar zur Eigenbrötelei, war aber im Grunde froh, dass „über die Frauen", wie er sich gerne ausdrückte, eine ganze Reihe gesellschaftlicher Kontakte hergestellt und Beziehungen von Mensch zu Mensch gepflegt wurden. Auch am Tag seiner Abreise waren Ulla und Erwin bei Reisiger und Tanja aufgetaucht, um dem Freund eine gute Reise zu wünschen. Und Ulla, abergläubisch wie sie nun einmal war, hatte ihm einen Talisman zugesteckt. Es war eine geschnitzte hölzerne Hand, die Erwin seinerzeit aus den Urwäldern am Orinoco von einer wissenschaftlichen Exploration durch den Tropenwald und zu den „letzten dort freilebenden" Indios mitgebracht hatte.

„Das Gebiet um den Dschebel Adschal ist ruhig und war es auch vorher", hatte Erwin zu Reisiger schon zuvor gesagt. „Dort liegt ja wohl der Schatz, immer vorausgesetzt, es gibt ihn wirklich. Ich beneide dich nicht, das sage ich dir ganz offen. Du spielst Hasard."

„Ich nehme es, wie es kommt. Für unsere Sicherheit wird gesorgt werden", hatte Reisger geantwortet und Ulla und Erwin zur Haustüre begleitet. Tanja hatte seit vielen Wochen versucht, ihn von seinem Vorhaben abzubringen; es sei jetzt nicht der richtige Zeitpunkt, um sich in der Wüste zu „verlieren", wie sie sich ausdrückte. Sie traue der im Reich wieder eingekehrten Ruhe nicht. Er solle später fahren; und aufgeschoben sei ja doch nicht aufgehoben. Was ihn denn zu dieser Eile antreibe, mit Hektik sei doch nichts gewonnen.

Doch Reisiger gab nicht nach. Es musste nun endlich einmal losgehen, nach all den Vorbereitungen. Und der Freund behielt recht: Als er schließlich losflog, war der Aufstand im Reich des Großen Metaphysicus seit Wochen zumindest nach außen hin niedergeschlagen. Das Leben normalisiere sich wieder, wie man hörte.

In der Nacht vor der Abreise schlief er nach langer Zeit wieder einmal mit Tanja.

* * *

Reisiger hatte kaum bemerkt, dass es zu dämmern begann. Etwa eine Stunde hatte er vor seiner Tasse gesessen und buchstäblich – so schien es ihm fälschlicherweise – an nichts gedacht. Er stand auf, legte zwei Geldstücke auf den runden, zierlichen Tisch des Cafés und überquerte den Großen Platz, auf dessen anderer Seite sein Hotel lag.

Das *Alhambra* hatten vor dem Zweiten Weltkrieg die Italiener gebaut. Es war einstmals prächtig gewesen mit seiner künstlichen, ein wenig manieristischen Pseudo-Renaissance-Fassade, doch nun wirkte es einigermaßen heruntergekommen. Das ursprüngliche, etwas ins Bräunliche changierende Gelb des Anstriches, der an vielen Stellen abblätterte, war im Laufe der Jahre in ein schmutziges Hellbraun verwandelt worden, ohne dass irgendjemand in der Verwaltung des Reichs die Lust verspürte – geschweige denn das Geld dafür aufgebracht hätte – das Haus einmal gründlich zu renovieren. Der Große Metaphysicus hatte an Touristen nur geringes Interesse. Die waren in seinen Augen fast so schlimm wie die Journalisten, Einschleicher und Eindringlinge, denen immer das auffiel, was ihnen eigentlich nicht auffallen sollte. Unter der Maske touristischen Interesses an der Exotik spionierten sie nur zu gern. Üble Nachrede war die Folge. Doch offenbar hatte der Große Metaphysicus vor dem Ausbruch des Aufstandes beschlossen, sein Reich doch ein wenig mehr für die Außenwelt zu öffnen; und anschließend war er offenbar bestrebt, trotz der Unruhen und Kämpfe noch Normalität zu demonstrieren. Wie anders hätte man sonst erklären sollen, dass er sich bereitgefunden hatte, angesichts seiner prekären Lage dieser kleinen privaten „Expedition" so weit entgegenzukommen.

Morgen sollte Reisiger sich mit Ramzi treffen, seinem Verbindungsmann in der Hauptstadt, der angeblich schon für alles Organisatorische Sorge getragen hatte. Morgen konnte man weitersehen, einschätzen, wie sich die Sache anließ. Am Telefon hatte alles, was Ramzi erzählte, gut geklungen. Und er, Johannes Reisiger, war voller Vertrauen. Denn Ramzi war ihm von einem Freund Erwins, einem Professor der Alten Geschichte an der Universität Tübingen, empfohlen worden. Der kannte Ramzi von dessen Studienzeit bei ihm, dem erwiesenermaßen einzigen Fachmann für das ausgestorbene Volk der Garamanten in Mitteleuropa. So ruhten Reisigers Hoffnungen ganz auf ihm, denn der Mann war nicht irgendein Agent, der irgendwelche mehr oder minder fähigen Leute zur Betreuung letztlich doch uninteressierter Touristen vermittelte, sondern hatte äußerstes Interesse am Gelingen der Mission. Seit seiner Rückkehr in die Heimat hatte sich Ramzi auf Wüstentouren spezialisiert, die tief in das Innere des Reiches führten, mehr als tausend Kilometer in die Große Wüste hinein. Wissenschaftler, Abenteurer, Einheimischer war er – besser konnte man es wohl kaum treffen. Wenigstens in der Theorie. Und dass er von diesen Touren auch lebte, versprach noch größere Seriosität. Wer sägt mutwillig den Ast ab, auf dem er sitzt?

Im Hotel ging Reisiger sofort aufs Zimmer. Er schaltete den Fernsehapparat ein und bediente sich an der Minibar. Nach den Nachrichten, die er natürlich nicht verstand, erschien der Große Metaphysicus selbst auf dem Bildschirm, der plötzlich zu flimmern begann, als wollte jemand Obstruktion betreiben. Dabei war dies nur ein technischer Fehler, doch im Reich des Großen Metaphysicus, des Erhabensten unter den Erhabenen, hegte man gewiss sofort solch einen Verdacht.

Reisiger bemerkte, wie sehr der Mann gealtert war. Vierzig Jahre Despotie hatten ihm tiefe Furchen in sein erdnussbraunes Gesicht gegraben. Der Große Metaphysicus war eine bizarre Figur, über die sich seit Jahren viele lustig machten, obwohl man ihn todernst nehmen musste und er eine Zeitlang Furcht und Schrecken verbreitet hatte. Davon wussten die Folteropfer und ihre Angehörigen ein Lied zu singen. Tausende hatte er töten lassen in den mehr als düsteren Jahrzehnten, die er nun schon im Besitz seiner traurigen Macht war. Tausende, deren Schuld in der Regel darin bestanden hatte, nicht seiner Meinung gewesen zu sein oder ganz einfach nur zu existieren.

Offiziell gab es den Großen Metaphysicus in dieser besonderen Eigenschaft gar nicht, beanspruchte er sogar, kein Amt mehr zu haben, sondern nur, gleichsam wie ein menschlicher Seismograph, die geheimsten Regungen und Empfindungen, Gedanken und Vorstellungen des Volkes aufzunehmen und sie dann in politische Wohltaten zu verwandeln. Die „Basis" herrschte, die sogenannten Volkskongresse, die Regierung führte nur deren Anregungen aus. Doch der Große Metaphysicus selbst besaß so gut wie nichts und schwebte angeblich wie der Geist Gottes über den Wassern. Seine Häuser und Residenzen, seine Paläste, gehörten ebenfalls dem Volk, das ihm, weil es ihn liebte, erlaubte, darin zu wohnen. Nur ein bescheidener Gast war er, ohne eigene Habe. „Alles für das Volk!" war eine seiner tausendfach wiederholten Parolen. Sie war auf Plakaten und Transparenten zu lesen, wurde auf dem Bildschirm immer wieder eingeblendet und hing in jedem Klassenzimmer des Reiches.

„Welche Schmierenkomödie", dachte Reisiger bei sich. Erstaunlich war immer wieder, was Menschen ertrugen, was sie Jahre und Jahrzehnte aushielten, ohne aufzubegehren. Als sei der Große Metaphysicus etwas anderes als sie, irgendwie nicht aus Fleisch und Blut.

Der Große Metaphysicus auf dem Bildschirm redete immer noch. Reisiger empfand seine Worte mehr als ein Bellen denn ein Sprechen. Dazu schwang der Führer, offenbar auf das höchste echauffiert, drohend seinen rechten Arm. Reisiger wusste, dass sich die Araber weiter im Osten, in Kairo oder Damaskus, lustig machten über das depravierte Arabisch, das ihre Brüder im Westen ihrer Hemisphäre sprachen. Er konnte sich an Bemerkungen erinnern, die an Despektierlichkeit kaum zu übertreffen waren.

Wie fast immer trug er ein Phantasiegewand, kein Beduine im ganzen Reich, kein Stammesführer trat in solcherlei Verkleidung auf, wie der Große Metaphysicus sie liebte. Seinen Kopf bedeckte eine dunkle Kappe, die weder dem marokkanischen Fes noch der üblichen landeseigenen Kopfbedeckung, die zwischen der Hauptstadt und der Grenze getragen wurde, glich. Auch im Ausland hatte er sich viele Jahre, sehr zum Leidwesen seiner Untertanen, die sich darob mehr und mehr schämten, in Verkleidungen gezeigt, die mehr dem Fundus eines balkanischen Operettenhauses zu entstammen schienen als der Werkstatt eines seriösen Schneiders.

Reisiger verstand nur ein paar Wörter. „Imperialismus", „Verschwörung", „westliche Feinde", „Feinde des großen arabischen und libyschen Volkes" und so weiter. Anschließend sah man Regierungstruppen im Kampf gegen die Rebellen, natürlich siegreich. Niemand konnte das überprüfen. Die laufenden Bilder waren mit martialischer westlicher Musik unterlegt, die Reisiger aber nicht identifizieren konnte. War es Tschaikowsky? War es Beethoven? Er konnte auch nicht ausmachen, wo die dargebotenen Kämpfe stattgefunden hatten, da er die arabischen Schriftzeichen nicht lesen konnte. Nun war der Spuk ohnehin zu Ende, wenn auch erst seit wenigen Wochen. Der Große Metaphysicus blieb dem Land erhalten und feierte sich selbst. Darin hatte er eine nicht geringe Erfahrung. Er ahnte nicht, dass dieser für ihn so glückverheißende Zustand nur den Anfang seines Endes bedeutete, die Euphorie, die vor dem Sterben eintritt.

Reisiger öffnete abermals die Minibar, um ihr einen Schlummertrunk zu entnehmen. Bier wenigstens gab es. Da hatte der Große Metaphysicus immer seine eigene Auslegung der Religion bevorzugt. Reisiger trank hastig und in großen Schlucken. Das lag an seiner Nervosität. Dann öffnete er, eigentlich ohne eine bestimmte Absicht, die Tür zum Balkon und trat hinaus in die blaue, von Lichtern schimmernde Nacht.

Der Sandsturm hatte sich gelegt. Da die beigefarbene Dunstglocke der vergangenen Tage verschwunden war, lagen die Temperaturen nun niedriger als noch während der Abenddämmung. Doch selbst in der Dunkelheit konnte man erkennen, dass in Bodennähe, mit dem Winde tanzend, noch einige Sandwirbel über den Asphalt huschten, wie Schlangen, die zischend auf Beute aus waren, sich aber ziellos über die Erde bewegten. Reisigers Zimmer lag in einem der oberen Stockwerke des Alhambra. So hatte er einen guten Überblick über die nun wieder von Licht erfüllte Stadt, die sich immer weiter in das Hinterland ausdehnte, unkontrollierbaren Wucherungen gleich. Bis zum Horizont reichte das Lichtermeer, über dem man die Sterne mehr ahnte als sah. Auch das hatte sich geändert seit seinem letzten Aufenthalt; da hatte die Stadt noch ein überschaubares, menschliches Maß gehabt. Gewiss, mit anderen von Menschen überquellenden Metropolen der arabischen Welt konnte man sie immer noch nicht vergleichen. Doch der Bevölkerungszuwachs der vergangenen Jahrzehnte hatte der Hauptstadt nicht gutgetan. Der Große Metaphysicus hatte nach seinem unfehlbaren Ratschluss Hunderttausende Ausländer ins Land geholt und in der Ölindustrie beschäftigt, die wegen ihrer Expansion von den Einheimischen allein und den wenigen Europäern, die noch im Lande waren, nicht voll ausgeschöpft werden konnte. Leute aus fast allen Nachbarländern des Reiches drängten sich zwischen die

Einheimischen. Entweder man brachte sie ganz in der Nähe der Ölanlagen unter; wer aber nicht „im Öl" arbeitete, den zog es in die Hauptstadt, wo dann jene Stadtrandviertel entstanden, die das Maß der alten, auf die antiken Griechen zurückgehenden Metropole Tripolis endgültig sprengten.

Wie anders, dachte Reisiger in diesem Augenblick, stellte sich die Stadt heute dar, wenn man sie mit den Beschreibungen der alten Reisenden verglich, jener Franzosen und Engländer, vor allem jedoch deutschen Landsleute, die vor weit mehr als hundert Jahren vom Wüstenfieber gepackt worden waren, so sehr, dass sie die Sicherheit ihres bürgerlichen, gediegenen Lebens missachteten und alles herzugeben bereit waren für einige Monate oder Jahre des Überschwangs. Natürlich hatte er sich zuhause, in seiner Kleinstadt, ausführlich mit diesen Eskapisten beschäftigt, von denen die meisten just jene Gegenden aufgesucht hatten, die nun auch sein Objekt der Begierde geworden waren. Was hatte nicht Gustav Nachtigal, der aufbrach, um als offizieller Gesandter „Post" in das Innere der Sahara zu bringen, seinerzeit über Tripolis geschrieben:

Und doch war es ein liebliches Bild, das sich vor den Augen des ankommenden Reisenden allmählich auf der Reede von Tripolis – Tarabulus – entfaltete. In den Strahlen der glitzernden Morgensonne anfangs verschwimmend, hoben sich allmählich zuerst links die malerische Masse des festen Schlosses und dann vor uns

über der Stadt die gleich Säulen oder Mastbäumen em-
porragenden schlanken Minaretts der Moscheen hervor.
Allmählich zeichneten sich die luftigen Kuppeln der reli-
giösen Gebäude, die reinlichen, weißen Stadtmauern
mit ihren Zinnen und Türmchen und die reizende Zier-
de der das Ganze überragenden schlanken Dattelpal-
men für das Auge bestimmter ab. Rechts trug eine ins
Meer vorspringende Felszunge Festungswerke, und all-
mählich unterschied man die einzelnen sauberen Häu-
ser mit ihren Dachterrassen, von denen die ansehnliche-
ren der Europäer, die niedrige Stadtmauer überragend,
die Aussicht auf das Meer haben …

Offenkundig bot Tripolis in jenen Tagen den Anblick einer osmanisch-türkischen Stadt, was angesichts der Sou-
veränität des Sultans und Kalifen zu Konstantinopel auch
kaum verwundern mag. Auch wenn die dort residieren-
den Statthalter des Padischah, vor allem diejenigen der
lokalen Dynastie der Karamanli, weitgehend selbständig
schalteten und walteten, so waren sie doch so sehr tür-
kisch, dass sie nicht allein Verwaltungsstrukturen, sondern auch die Architektur ihrer anatolischen Heimat mit-
brachten und Tripolitanien bis in das Hinterland hinein
damit überzogen. Hafentürme und Forts prägten die Küs-
tenlinie wie das Hinterland. Reisiger hatte sich beim Lesen des Nachtigal'schen Textes ein sehr gutes Bild von der
damaligen Szenerie machen können, denn die türkischen
Städte mit ihren osmanischen Kernen waren ihm ver-

traut. Und noch etwas, das er bei dem großen Nachtigal gefunden hatte, konnte er bestätigen:

Beim Besuche orientalischer Städte muss sich der Reisende an Enttäuschungen gewöhnen. Aus der Ferne Sauberkeit und Glanz, pflegt innen alles Schmutz, Ruin und Elend zu sein. Auch Tripolis leistet nicht das, was es verspricht …

Fast nichts mehr war allerdings von dem Bild übrig, das der deutsche Forscher, der sich selbst ein wenig scherzhaft als einen Postboten auf dem Weg von Deutschland in das Sultanat von Bornu-Kanem und nach Wadai östlich des Tschad-Sees bezeichnet hatte, im Jahre 1870 dort geboten hatte. Das heutige Tripolis – Tarablusgharb oder Westliches Tripolis, wie man es im Unterschied zu der gleichnamigen Stadt im Norden des Libanon auf Arabisch nennt – war eine moderne Metropole, die außer der alten Bausubstanz italienische und natürlich – durch den Erdöl-Segen wie -Unsegen befördert – modernistische Gestaltungen bot, von der Corniche angefangen bis zu den Hochhäusern der Banken und Geschäftsleute.

Nachtigal, so sinnierte Reisiger weiter, hatte, obgleich Arzt und Naturwissenschaftler, eine bemerkenswerte Ader für das Malerische und Romantische des Orients besessen, das ihm manche heutzutage übelnahmen – als einen unangebrachten Orientalismus; dabei hatte der Mann eigentlich nur beobachtet und das Treiben in einer weniger nüchternen Sprache festgehalten als andere, die beispielsweise Tripolis kaum einer Beschreibung für wert befunden hatte. Es war Erwin gewesen, der ihn zuerst auf Nachtigals Reisewerk aufmerksam gemacht und es ihm in einem versteckten, nur Eingeweihten bekannten Antiquariat in der Nachbarstadt verschafft hatte – zu einem Preis freilich, der so hoch war, dass der ein wenig knauserige Freund ihn in voller Höhe ersetzt haben wollte, das heißt keinerlei Anstalten machte, ihm die fünf Bände als Geschenk zu übereignen.

Nachtigal schrieb weiter über das arabische Tarablus:

In den Bazaren pulsiert, wie in den übrigen mohammedanischen Ländern das öffentliche Leben, und wenn dasselbe in Tripolis nicht besonders rege ist, so zeichnet es sich doch durch seine bunte Physiognomie aus. Tripolis ist ein Hauptausgangspunkt des Handels der Ghadamesija, Bewohner von Ghadames, deren Handel die westliche Wüste beherrscht und welche die Beziehungen zu den Tuarik (heute: Tuareg) vermitteln, Comptoirs in den Haussa-Staaten haben und über Tuat nach Timbuktu reisen. Die Kaufleute der Stadt selbst und der Cyrenaica, die Bewohner von Gharian und der Oasen Fezzans teilen ihre Handelsbeziehungen zwischen den Haussastaaten und Bornu und haben neuerdings angefangen, nach Wadai zu reisen.

Im Fernsehen kam jetzt die Koran-Rezitation. Sie beschloss das Programm. Reisiger zappte, ob nicht etwas Ansprechenderes gesendet würde, denn mit der Religion hatte er es nicht so; etwa die italienische Sendeanstalt, die für ihre munteren Unterhaltungs-Programme und häufig sogar schlüpfrigen Szenerien bekannt war. Doch der Schirm blieb schwarz und tot, da konnte er umschalten, soviel er wollte.

Nach dem letzten Schluck Bier löschte er das Licht und versank bald in einen Schlaf, den er zuhause als unruhig bezeichnet hätte. Hier aber herrschten weiß Gott ganz andere Umstände. Angesichts der erregenden Ungewissheit, wie denn alles Geplante verlaufen würde, war Johannes Reisiger froh, überhaupt schlafen zu können. Von Deutschland aus war alles reine Theorie gewesen. Nun stand die große Nagelprobe bevor.

* * *

Der Einheimische Ramzi erwies sich als überaus freundlich. Er traf Reisiger im Frühstücksraum des Hotels, wo dieser gerade damit beschäftigt war, eine Portion Rührei ohne den von ihm so geliebten Speck zu verzehren. An der Frontseite des Restaurants hing ein überlebensgroßes Bild des erhabenen Führers. Er trug eine grellweiße Uniform mit farbigen Epauletten und eine Sonnenbrille mit etwas zu großen Gläsern, wie auf den meisten der von ihm bekannten Bilder. Darunter las man, in Lateinschrift, eine altbekannte Parole: Down with imperialism! Wie lange würde dieses Bild noch dort hängen? Reisiger wusste das natürlich nicht, war jedoch vertraut mit dem geradezu diabolisch wirkenden Willen zur Macht arabischer Diktatoren.

„Guten Morgen", sagte der arabische Cicerone und gab Reisiger mit freundlicher Miene die Hand.

„Sabah al nur – Hellen Morgen!", antwortete Reisiger auf Arabisch, mit einer der wenigen Redewendungen, die er sich in den Jahren seines Wirkens als journalistischer Beobachter am Webstuhl der Zeit in dieser Weltgegend gemerkt hatte.

„Frühstücken Sie in Ruhe zu Ende", sagte Ramzi und nahm am Nebentisch Platz. „Ich komme lieber etwas zu früh als zu spät. Da hat mein Aufenthalt in Ihrem Land auf mich abgefärbt."

Er lächelte vergnügt in sich hinein, als er das sagte.

Reisiger aß mit Appetit weiter. Während er ein Croissant zerkaute und in gierigen Schlucken Kaffee trank (eine grauenhafte Brühe, dachte er, die dem Ruf von arabischem, mit Kardamom versetztem, kräftigem Kaffee durchaus abträglich war), musterte er den Ankömmling. Nicht besonders auffällig, denn das hätte vielleicht unangenehm gewirkt und war wohl auch unhöflich, aber dennoch intensiv. Bisher kannte er den Mann nur von Telefonaten, genauer: von Ferngesprächen. Ramzi trug Bluejeans und ein gelbes T-Shirt mit dem Schriftzug der antiken Stadt Leptis Magna. Darunter sah man die Silhouette der Ruinen, die Reisiger sofort wiedererkannte. Dass dieser Ramzi als Fremdenführer ein solches T-Shirt trug, war nicht weiter verwunderlich, denn die antike Stadt war zum touristischen Markenzeichen des Landes geworden. Östlich der Metropole Tripolis an der Küste gelegen, fast genau gegenüber den sizilischen Ufern des europäischen Erdteils, war eine beeindruckende Ruinenstadt, mit der verglichen sogar Pompeji verblassen musste. Auf jedem Reiseprospekt, den das Reich früher versandt hatte, waren die Ruinen abgebildet.

Ramzi war zweifelsohne ein seriöser Mann, das erkannte man aus seinen Gesichtszügen, die deutlich machten, dass dieser noch junge Mensch – Reisiger schätzte ihn, leicht daneben ratend, auf fünfunddreißig – schon unverhältnismäßig viel erlebt hatte. Er sah nämlich entschieden älter aus als seine in Wirklichkeit dreißig Jahre es nahelegten. Später sollte sich herausstellen, dass Reisiger mit seiner Vermutung, Ramzi sei gar nicht aus diesem Land, sondern stamme aus Regionen weiter östlich, recht hatte. Ramzi war ein Libanese, gehörte also einem Volk an, das man überall in der Welt antraf. Insgesamt lebten im Libanon selbst nur vier Millionen Menschen, während außerhalb der Heimat mindestens elf Millionen ihr Leben zu verbessern suchten. Absolut unüblich indessen war, dass Ramzi in der Hauptstadt nicht Handel trieb wie der größte Teil seiner Landsleute, sondern sich der Betreuung von Touristen zugewandt hatte. Für ihn war das umso einträglicher, als es im Reich noch keinen Massentourismus gab; er hatte – zusammen mit drei oder vier Kollegen, einem Italiener und zwei Einheimischen – sozusagen fast das Monopol inne. Immerhin: Er konnte, wie er später Reisiger immer wieder versicherte, von dieser Arbeit sehr gut leben und hätte es eigentlich nicht nötig gehabt, an der Seite eines Europäers einer Chimäre wie dem geheimnisvollen „Schatz der Garamanten" nachzujagen. Als solche empfand er nämlich anfangs die Angelegenheit, deretwegen man aus der fernen deutschen Universitätsstadt an ihn herangetreten war. Die Garamanten, ja, von ihnen erzählte er gerne den Touristen, die in der Regel den Namen dieses „Urvolkes" des libyschen Reiches noch nie zuvor gehört hatten. Da konnte er Aufklärung im besten Sinne des Wortes leisten. Aber von einem Schatz der Garamanten, der vielleicht mehr sein konnte als eine immer wieder vorgebrachte hübsche Legende, hatte auch er bis vor kurzem nichts gewusst.

Reisiger war mit dem Frühstück fertig.

„Wann wollen wir zusammenkommen, Herr Reisiger?", fragte Ramzi neugierig. „Meine Freunde und der Italiener wissen schon, dass Sie eingetroffen sind. Wir könnten sofort, also schon heute über alles Wichtige reden, wenn Sie möchten. Je eher, desto besser. Was haben Sie vorgesehen?"

Der Vorschlag war ganz in Reisigers Sinn. Er wollte keine Verzögerung, ganz im Gegenteil. Zwei Jahre lang hatte er diese Exkursion vorbereitet, seine Ungeduld war im Laufe der Zeit gewachsen, und er wollte nicht länger säumen. Dies war auch der Grund gewesen, warum er – trotz der Unruhen und der fast verzweifelten Versuche Tanjas, die kleine Expedition zum gegenwärtigen Zeitpunkt zu hintertreiben – darauf bestanden hatte, dieses Unternehmen doch stattfinden zu lassen. Wer wusste denn schon, wie lange sich so eine politische Unrast noch hinziehen würde; entweder man brach jetzt auf oder möglicherweise nie mehr. Und der Jüngste war er mit seinen bald sechzig Jahren auch nicht mehr.

Zwei Stunden später saßen Mahmud, Masud und der Italiener, Gianni Venone, vor ihm in einem kleinen Konferenzraum des Hotels. Ramzi hatte für kalte Getränke gesorgt und die Ankömmlinge Reisiger der Reihe nach vorgestellt. An der Wand hing eine große Karte des Reiches, die allen die räumliche Ausdehnung verdeutlichen sollte – und damit auch den Anspruch ihres Vorhabens.

Mahmud und Masud waren entschieden jünger als Ramzi (Reisiger schätzte sie auf Mitte zwanzig) und sie waren körperlich so verschieden, wie man verschiedener kaum sein konnte. Masud stammte aus dem Osten des Landes, vom südlichen Teil der Halbinsel Cyrenaika, wo das im Norden fruchtbare Land endgültig in die Wüste überging. In seinem kleinen Dorf, dessen kaum dreihundert Bewohner in der Hauptsache aus zwangsangesiedelten Nomaden bestand, hatte er einen Laden geführt, diesen jedoch eines Tages seinem jüngeren Bruder Hamdi überlassen und war, wie so viele, in die Hauptstadt gezogen – in der Hoffnung auf eine bessere Zukunft. Sprach denn der Große Metaphysicus nicht immer davon? Das wollte er testen, und ärmer konnte er eigentlich kaum noch werden. Masud, dessen Familie dem Stamm der *Tubu* angehörte, war um einiges größer als Reisiger, aber sehr schlank. Der fast schon dürre Körper lief oben in einem Kopf aus, den man in früheren, elitäreren Zeiten wohl „edel" genannt hätte. Jedenfalls hatte er angenehme, ebenmäßige und einnehmende Gesichtszüge, dazu ein unbeschwertes Lachen, das Reisiger fast an die Ägypter denken ließ, bei denen ihm dieses Lachen immer wieder aufgefallen war. Zum Kopf passten die feingliedrigen, wenn auch wenig abgearbeiteten Hände, was man beim Abkömmling von Wüstenstämmen kaum vermutet hätte. Aber sein Leben im Inneren der Wüste war offenbar zu kurz und zu wenig anstrengend gewesen, um an seinem Körper sichtbare Zeichen eines ansonsten dort beschwerlichen Lebens zu hinterlassen.

Mahmud hingegen kam aus dem Westen des Reiches. Er war vierschrötig und untersetzt. Schon sein Großvater hatte sich in sehr jungen Jahren gelegentlich als Führer von Wüstentouren verdingt; insbesondere Italiener, die damals noch in recht großer Zahl im Lande lebten, waren darauf erpicht gewesen, meistens um der Langeweile zu entgehen, die ihrem Leben als koloniale Verwalter irgendeines mehr oder minder wichtigen Postens entsprang. Man verschwand dann einmal für mehrere Tage, entweder in die tunesischen Oasen, wie Douz oder Tozeur am Rande des algerischen Großen Erg, oder aber in den lockenden Süden der Großen Sande, der damals – und darin lag gerade der Reiz – keinerlei Infrastruktur aufwies. Mahmud hatte Englisch studiert und war eigentlich Lehrer. Dem Ruf Ramzis, vor allen Dingen jedoch dem guten Zureden eines seiner Brüder, an der Exkursion teilzunehmen, hatte er nicht widerstehen können. Während Masud in normaler Straßenkleidung im Hotel erschien, trug Mahmud schon eine Art Drillich-Anzug, der auf ihr

Vorhaben hinwies. Reisiger fand das albern, denn noch befand man sich im Dunstkreis der Zivilisation. Freilich: Es gab auch in Deutschland Leute, die in Tarnhosen über die Boulevards der Großstädte streiften. Welches Wild jagten sie dort? Und vor wem wollten sie sich tarnen?

Gianni Venone wirkte völlig italienisch, obwohl er von sich behauptete, er habe mit seinem „Mutterland" gebrochen. Später sollte Reisiger klar werden, dass Venone zu jenen Italienern gehörte, die die koloniale Vergangenheit in ihrem Inneren abarbeiteten, auch wenn das unter den meisten von Venones Landsleuten gewiss seltener geschah als unter den Angehörigen anderer Nationen. Gianni entpuppte sich in der Folge als politisch entschieden links; und ihm hing an, dass er sich noch immer – und dies sogar wohlsituiert – im Reich des Großen Metaphysicus aufhielt, jenem Land, das seine Väter einst geschändet hatten. Infolge politischer Zerwürfnisse zwischen dem Großen Metaphysicus und der italienischen Regierung lebten kaum noch Landsleute in jenem riesigen Reich, das man unter dem Duce einmal zum Zentrum neuer Weltherrschaft auf dem afrikanischen Kontinent machen wollte – bis hinüber zum Roten Meer und nach Abbessinien. Versuche Venones, in Süditalien zu leben, waren gescheitert; so war er doch wieder in die Hauptstadt zurückgekehrt, da er es nicht vermocht hatte, ganz die Flucht zu ergreifen und sich irgendwo anders, in einer der ferneren Welten, etwa in Amerika niederzulassen.

Sein Großvater war ein Freund jenes Generals Rodolfo Graziani gewesen, der sich im Zweiten Weltkrieg in den

Wüsten Libyens mehr oder weniger wacker geschlagen hatte, letztlich jedoch den Engländern weichen musste. Diese Sache hing Gianni nach, weniger die Person Grazianis an sich, der als Mensch ein eitler Pfau gewesen war, als vielmehr die Tatsache, dass seine Altvorderen auch nach dem schmählichen Ende des italienischen Traumreichs und des Krieges nicht von ihrer Verherrlichung jener *grande epocha* abgelassen hatten. Als das Land ein unabhängiges Königreich wurde, gehörte Giannis Vater Ruggiero sogar zu den Profiteuren in dem jungen Land. Er machte in der Hauptstadt sofort einen Handel auf, der so unübersichtlich war, dass niemand so recht zu sagen wusste, womit Ruggiero denn handle. Am wenigsten wusste es Gianni, denn die Bezeichnung „Import-Export" alleine sagte nichts. Freilich fiel ihm schon als Schüler auf, dass des Vaters Geschäft häufig leer war, so dass seine Kameraden und Mitschüler ihm gegenüber den ein wenig sarkastischen Witz machten, sein Vater verdiene offenbar viel Geld, doch ohne Kundschaft. Darauf angesprochen, äußerte der Vater, seine Verbindungen seien eben international, er verkaufe weniger an Ort und Stelle („Davon können wir nicht leben."), sondern betreibe Transaktionen im großen Stil, die er, Gianni, jetzt noch nicht verstehe.

Später, nach der Machtergreifung des Großen Metaphysicus, stellte sich heraus, dass diese Transaktionen nicht immer unproblematisch gewesen waren, doch dafür umso einträglicher. Man spann überdies geschickt Fäden zu dem neuen Machthaber, der zwar vorgab, bei der

Stunde null anzufangen, dies jedoch nicht wirklich wollte oder konnte. Natürlich blieb auch der Große Metaphysicus auf mancherlei Beziehungen zur alten Kolonialmacht Italien angewiesen, trotz lauter, bisweilen auch schriller Töne, die er ihr gegenüber in seinen berüchtigten Brandreden anschlug.

Die Bezeichnung „Tunichtgut" hätte einige Zeit durchaus auf Gianni zugetroffen. Mit seinen schulischen Leistungen waren nicht nur die Lehrer an der Schule nicht zufrieden gewesen. Obgleich Vater Venone alles andere als streng war, belohnte Gianni diese Milde nicht durch Entgegenkommen seinerseits, vielmehr legte er es erst recht darauf an, die Grenzen des Machbaren wie Erlaubten in Schule und Alltag auszukundschaften.

Obwohl Gianni Venone sich am Ende auf bürgerliche Weise gefangen hatte und seither eine gediegene Existenz führte, blieb immer etwas von einem Außenseiter an ihm haften, was auch bald auffiel, wenn man näher mit ihm in Berührung kam. Dass er sich gemeldet hatte, als Ramzi nach Teilnehmern an der kleinen Expedition suchte, passte zu ihm und fügte sich in das noch immer ein wenig Unstete seines Wesens.

„Wenn alles gut geht, werden wir in drei Tagen schon ganz im Süden sein", sagte Reisiger zu der Gruppe. „Es sind etwas mehr als tausendfünfhundert Kilometer, doch die Straße bis zum Wadi Adschal ist großzügig ausgebaut. Am zweiten, spätestens dritten Tag sollten wir in Sabha sein, selbst wenn man berücksichtigt, dass wir mit dem schwer beladenen Rover nicht allzu schnell fahren können."

Ramzi nickte zustimmend.

„Die Strecke wird ja mittlerweile sogar von Touristen befahren, die über Ghat nach Algerien hinüber wollen", fügte er wissend hinzu. „Eigentlich machen wir nur einen besseren – vergeben Sie mir diesen Ausdruck –Ausflug in den Süden. Die Tage eines Heinrich Barth oder Gerhard Rohlfs sind längst vergangen."

Da hatte er natürlich recht.

Sie hatten sich in einem der kleinen Konferenzräume des noch immer fast leeren Hotels zusammengesetzt, um nun die Einzelheiten des Unternehmens „Der Schatz der Garamanten" zu besprechen. Zwar hatte Reisiger in den Wochen und Monaten zuvor in einer Reihe von Briefen an Ramzi Boualem alle grundlegenden Dinge zur Sprache gebracht, die für den erfolgreichen Ablauf ihrer kleinen „Expedition" – pardon: ihres Ausflugs – notwendig waren; doch nun ging es um die Details, in denen – jeder weiß es – der Teufel steckt. In Sabha, der geographischen Mitte des Reiches, dem Ausgangspunkt für die Erkundung der Großen Sande und ihrer Tiefen, war ein in seiner Bequemlichkeit überraschendes Quartier vorgesehen, das Reisiger schon mittels Photographien hatte in Augenschein nehmen können. Die zwei, höchstens vielleicht drei anderen Übernachtungen sollten in Zelten stattfinden, für deren Erwerb Ramzi gesorgt hatte. Es waren Armee-Zelte aus den Beständen der Infanterie des Reiches, die Ramzi dank seiner guten Beziehungen fast kostenlos erhalten hatte – über zwei gute Freunde, die in der Armee des Großen Metaphysicus als Leutnante dienten und sich durch derlei illegale Nebengeschäfte ein willkommenes Zubrot verschafften. Ramzi hatte sich für Armee-Zelte entschieden, weil die üblichen Zelte, die von Touristen verwendet wurden, einen Härtetest wohl weitaus schlechter bestanden hätten als diese. In Djerma selbst, direkt neben der alten Hauptstadt der Garamanten, Garama, war die Unterbringung dann gar kein Problem. Mit dem Beschließer dort hatte Reisiger bereits korrespondiert, frühere Ausgräber hatten im dortigen Gästehaus eine gediegene Unterbringung gefunden. Der Ort lag ja ganz und gar nicht aus der Welt.

Was den Proviant anging, so hatte Reisiger die Devise ausgegeben, mit Ausnahme des Wassers und einiger haltbarer Vitaminträger auf das Allermeiste zu verzichten. Das Reich war ja doch ein modernes Land, das selbst in den Wüsteneien eine gewisse Infrastruktur aufgebaut hatte, so dass das Beschaffen von Essen oder Getränken südlich von Sabha zu den geringeren Schwierigkeiten einer solchen Tour gehörte. Gar kein Problem war das auf den ersten Etappen ihrer Tour, denn wie Perlen an einer Schnur reihten sich ohnehin die Plätze und Ortschaften, an denen man rasten konnte, aneinander: Tarhun, Hun, Sabha, Edeyen Murzuq, Edeyen Ubari. Die großen Wasserkanister würden sie noch am Abend in das Auto laden.

Ansonsten sprach Reisiger über die rätselhaften Garamanten, machte den Begleitern deutlich, auf welches Experiment sie sich unter seiner Führung am Zielort selbst einließen. Das Ganze sei weder seine private Verrücktheit, noch könne es eine Garantie für den Erfolg ihrer Mission geben. Zwar sei er überzeugt von der Existenz dieses Schatzes – Reisiger erwähnte erstmals gegenüber den Gefährten jene ominöse Chronik aus *Timbuktu,* die wir noch näher kennenlernen werden –, doch könne er verstehen, wenn jemand in dieser ganzen Angelegenheit Zweifel hege. Einzelheiten darüber seien ohnehin nicht bekannt, niemand könne etwas Verlässliches darüber sagen. Selbst bei den wenigen gründlichen Erforschern der Garamanten, wie Muhammad Ayoub oder Henri Lhote, ja sogar bei dem ebenso genialen wie gewissenhaften Heinrich Barth, könne man nichts wirklich Greifbares über die verborgenen Reichtümer der letzten Garamanten-Herrscher finden, weshalb er ja gerade der Chronik des al Aswani so sehr vertraue.

„Ich erzähle meinen Touristen davon, ohne wirklich etwas darüber zu wissen", bestätigte Ramzi die Bemerkungen Reisigers. „Zum Beispiel, wenn sie nach den Tuareg fragen, die für uns alle hier selbstverständlich als die Nachfahren der Garamanten gelten."

Dann regte Reisiger an – wie aus heiterem Himmel, so schien es –, das Auto in Sabha stehen zu lassen und die Strecke von dort nach Süden, die letzten paar hundert Kilometer wie die alten Reisenden auf Kamelen zurückzulegen, und beauftragte Ramzi damit, für deren Vorhandensein in Sabha zu sorgen, das heißt, sich zunächst einmal zu erkundigen, ob das möglich sei. Die Idee war ihm erst auf dem Flug in die Hauptstadt gekommen. Es war eine aberwitzige Vorstellung. Denn noch nicht einmal die findigen Veranstalter von „abenteuertouristischen" Wüstentouren zogen so etwas in Erwägung.

Dementsprechend erhob sich sogleich Widerspruch. Masud, der Mann mit Tubu-Abstammung, vor allem jedoch der Italiener empfanden diese Idee als eine völlig überflüssige, romantische Draufgabe. Und Dilara, die türkische Frau Ramzis, erregte sich gar über Gebühr: Eine Schnapsidee sei das. Ihr Mann sei als Führer für die Touristen aus den Ländern der Westler, für die das kurzzeitige Kamelreiten als gebuchte Attraktion obligatorisch sei, schon gestraft genug. Er hasse das als eine touristische Abgeschmacktheit sondergleichen. Sie habe ihn, Reisiger, anders eingeschätzt, werde nun aber unvermutet eines Besseren, vielmehr Schlechteren belehrt. Mit Tourismus habe doch ihre Tour in den Süden ganz und gar nichts zu tun. Das Kamel als Versatzstück der Wüstenromantik gehe ihr auf die Nerven. Auch reise man doch mit erheblichem Gepäck und Vorräten, die man nicht so einfach „umladen" könne. Die Kamelkarawane – das sei nun der Inbegriff des Orientalismus, wie ihn die Europäer erfunden hätten, um ihr damals armseliges, prosaisches und triviales Leben durch Traumsequenzen zu vergolden. Wie auch „Fata Morgana" oder „Harem".

Reisiger stimmte dem weitgehend zu, versuchte jedoch den Kameraden klarzumachen, dass es ihm nicht um eine touristische Gewohnheit und um orientalistische Abgeschmacktheit gehe, auch nicht in erster Linie um Romantik, sondern darum, wenigstens ein Stück „auf den Spuren jener zu wandeln, die ihnen in früheren Generationen vorangegangen waren", wie er sich ausdrückte. Dabei war ihm natürlich bewusst, dass seine Sicht diejenige eines Ausländers war, dass ihr – trotz allen Leugnens – doch ein Hauch von überflüssiger Exotik und Phantasterei, von Orientalismus eben, anhaftete. Was lag einem Einheimischen an einer Hommage etwa für Heinrich Barth oder Gustav Nachtigal? Dabei war Barth einer der größten Erforscher Afrikas überhaupt gewesen, wie sogar die Engländer neidlos anerkannten. Als Mitglied einer ursprünglich britischen Expedition, die das Gebiet um den Tschad-See erkunden und dabei herausfinden sollte, wie das Territorium zwischen dem Niger-Fluss und dem Nil beschaffen war, durchzog er zwischen 1850 und 1855 den größten Teil der zentralen und der westlichen Sahara, teilweise unter Lebensgefahr, begleitet von seinem treuen Diener Mohammed al Gatroni. Er selbst nannte sich Abd el Kerim – Knecht des Hochedlen. Alle seine Begleiter, die Briten wie auch der Deutsche Adolf Overweg, waren auf dieser Expedition gestorben.

„Wer mit einem modernen Rover unterwegs ist, wird doch nicht aus einer Laune heraus den Beduinen spielen wollen", sagte Mahmud. „Wir sind doch nicht im Kino! Oder wollen Sie gar den *Lawrence* geben?"

Bei dem Namen „Lawrence" schnitt er eine grässliche Grimasse. Kaum ein Araber mochte diesen undurchsichtigen, mit vielen Gaben und Talenten gesegneten Verräter, der eine gefährliche Mischung aus Tatmensch und Intellektueller gewesen war.

„Am besten wäre es, Sie bestellten eine Fata Morgana – als Fotomotiv", ergänzte Masud die Bemerkung seines Landsmannes, „davon schreiben die alten Reisenden der Wüste ja allenthalben und mit Lust. Am Höhepunkt der Qualen und der Leiden kommt immer die Luftspiegelung ins Spiel, der täuschende Trug der Sinne."

„Die Araber hassen die Wüste", das war Reisiger als Sprichwort ja nur allzu bekannt. Sie lieben das Grün, die Kühle und die Frische, den kaum vorhandenen Schatten, den man überall suchen muss.

Reisiger beendete den Disput auf jene rigorose Weise, die er in langen Jahren der Berufsausübung entwickelt hatte.

„Nun gut, lassen wir das; wenn Sie alle partout nicht wollen." Er wirkte ein wenig beleidigt, weil er mit seinen nostalgischen Anwandlungen nicht durchgedrungen war.

Am Abend lud er die kleine Mannschaft zum Essen ein; es war eine jener arabischen Tafelrunden, die er in früheren Zeiten besonders genossen, zuletzt jedoch viel zu lange entbehrt hatte. Umso mehr labte er sich an diesem Abend an dem kräftig gewürzten Reis und dem auf den Punkt genau gesottenen Lammfleisch sowie den unvermeidlichen süßen Desserts. Mit Ramzi vereinbarte er, dass er zusammen mit dem Italiener das Auto noch am späteren Abend beladen lassen sollte, denn er wollte am Morgen keine Zeit verlieren.

Dann fiel eine subtropische Nacht auf die Erde, in der Johannes Reisiger in einen traumlosen Schlaf fiel. Die

Sandstürme waren endgültig abgeflaut. Das Fernsehen sendete wieder eine Ansprache des großen Führers.

Das zweite Kapitel

Johannes Reisiger war Jahrzehnte lang mit Leib und Seele Journalist gewesen, das heißt Angehöriger eines zutiefst „problematischen Berufstandes", wie er immer zu sagen pflegte, nicht nur gegenüber Tanja, sondern immer wieder auch im Gespräch mit Freunden. Das war ihm schon bald klar geworden, nachdem er in die Redaktion eines kleineren Blattes eingetreten war: Einerseits war dieser Beruf schöpferisch, gab dem Einzelnen – je nach Begabung – einen enormen Spielraum für die Verwirklichung seines Selbst, ja sogar für gewisse Formen der narzistischen Selbstbespiegelung, die im Grunde allen Journalisten eigen war. Man konnte beitragen zur Aufklärung sonst unverständlicher Sachverhalte und Ereignisse, was ohne Zweifel für die Menschen nützlich sein konnte. Andererseits schuf die punktuelle Betrachtungsweise der Dinge, das Hetzen nach den Nachrichten von Tag zu Tag, zudem die Beschränkung auf das in der Regel nur Negative, Bizarre, oft auch Zerstörerische insgesamt ein ziemlich einseitiges Bild der Welt, über das oft geklagt wurde, ohne dass jemand gewusst hätte, wie man diesem Eindruck erfolgreich entgegentreten könnte.

Nach dem Abitur an der Schule seiner Kleinstadt, wo seine Eltern als brave Bürger und Steuerzahler gelebt hatten – der Vater als Tischler, vornehmlich Kunsttischler, die Mutter als Hausfrau – hatte Reisiger den Wehrdienst verweigert, nicht unbedingt weil er Pazifist gewesen wäre, sondern vielmehr aus Faulheit und Unwillen. Es hätte ihn einfach zu viel Zeit gekostet, Zeit, die er mit Nützlicherem zubringen konnte: mit dem Studium der Geschichte und Politik an einer der renommierten Hochschulen seiner Heimat. Und er hatte zügig studiert. Gelegentliche sexuelle Abenteuer mit Kommilitoninnen, zwei-, dreimal auch älteren Frauen, die sich in ihrer sexuellen Not in ihn vergafft hatten, waren das Einzige, was ihm gelegentlich zu schaffen machte und ablenkte, bis auch hier Stetigkeit einkehrte, als er Tanja kennenlernte.

Das rasche Studieren war zu jener Zeit, da ganz Europa in den Strudel einer Jugendrevolte hineinzutaumeln schien, nicht weit verbreitet. Lag es an Johannes Reisigers Wesensart, lag es am Druck der Eltern, die nicht gerade mit Reichtümern gesegnet waren – er trat vergleichsweise früh in das Berufsleben ein und wurde sein eigener (finanzieller) Herr. Ehrgeiz konnte man ihm nicht absprechen. Seine berufliche Entwicklung begann bei einer Provinzzeitung, die einen eigenverantwortlich tätigen Mitarbeiter im politischen Ressort suchte. Reisiger war nicht wenig überrascht, als man gerade ihn aus der nicht geringen Anzahl tauglicher Bewerber herausgriff. Im Laufe der Jahre hatte Reisiger sich mehr und mehr für die südlichen Nachbarländer des europäischen Kontinents interessiert, bis dieses Interesse so etwas wurde wie eine Obsession. Sie begleitete ihn sein Leben lang. Doch dass er sich eines Tages als „Schatzsucher" betätigen würde, wäre ihm in jenen Jahren ernsthafter Berufsausübung niemals in den Sinn gekommen. Es war seinen Studien über die Sahara und ihre Völker zu verdanken, dass er viele Jahre später auf diesen ominösen Schatz der Garamanten, ja auf dieses uralte Volk überhaupt gestoßen war. Und je mehr er sich in dieses Thema verbiss, je tiefer er sich in die staubige Landschaft der Folianten vergrub, desto näher rückte ihm der Gedanke, eines schönen Tages tatsächlich aufzubrechen, um diesem Schatz nachzujagen.

Es war nicht zu leugnen: Er war über diesen Studien ein wenig schrullig, vielleicht sogar kindisch geworden. Tanja sagte ihm das, die Kinder sagten ihm das, und einige der Kollegen, zu denen er aus alter Anhänglichkeit noch Kontakt hielt, sagten ihm das ebenfalls. Doch all dies störte ihn nicht. Als typischer „Buchmensch" machte ihm die Beschäftigung mit der papiergefügten Welt der Vergangenheit mehr Freude als der tägliche Umgang mit der sogenannten Wirklichkeit, deren Dasein einem zwischen den Fingern zerrann, je älter man wurde.

Schließlich war der Gedanke, etwas ganz Verrücktes zu machen und – wie weiland der archäologische Phantast Heinrich Schliemann – auf diesem Feld zu dilettieren, für ihn beschlossene Sache gewesen. Sein Freund Erwin hatte das Ganze zunächst als Schnapsidee eines älteren Herrn abgetan, die es schnellstens zu vergessen gelte; am Ende jedoch, als Reisiger ihm von der Schrift des al Aswani erzählte, hatte er ihn dann doch ermutigt.

„Wenn das fehlschlägt mit dem Schatz, dann hast du doch hinterher viele Dinge gelernt und gesehen", sagte der Freund.

Eine wirkliche Ermunterung war das allerdings nicht.

„Es ist ein Traum", entgegnete Reisiger. „Vielleicht jage ich einem Phantom hinterher, vielleicht aber auch nicht. Und allzu viel Zeit zum Träumen bleibt uns ja nicht mehr."

Auch da gab ihm Erwin Recht. Und sie wunderten sich, dass Johannes überhaupt ein Visum erhalten hatte in diesen Zeiten der Unrast. Offenbar schien sich der Große Metaphysicus seiner Sache wieder sehr sicher zu sein, anders ließ sich diese Großzügigkeit kaum erklären.

* * *

Es begann schon zu dämmern, als die Gruppe aufbrach. Innerhalb weniger Minuten wurde es heller, greller Tag, wie das in diesen südlichen Breiten der Fall ist; und der Sonnenball, schon bald gelb glühend, vertrieb rasch den Staub aus der Luft, der in den Tagen zuvor noch über den großzügig geschwungenen Küsten des Landes gelastet hatte. Schließlich schrie die Helligkeit geradezu. Selbst ihre modernen Sonnenbrillen vermochten es nicht, die grelle Aura des Sonnenballs auf ein erträgliches Maß zu dämpfen. Sie mussten den Blick abwenden.

Neben dem Fahrer, einem Nomaden aus der Region im äußersten Westen, dem Gebiet um den Dschebel Nafusa nahe der tunesischen Grenze, welcher der Sekte der

Ibaditen angehörte, saß Ramzi; in den beiden Reihen dahinter teilten sich Reisiger, Masud und Mahmud sowie der Italiener die Plätze. Hinter ihnen war das Gepäck verstaut. Reisiger war froh, dass sich der Geländegängige als so geräumig und bequem herausstellte. Schließlich lagen, wenn man alles zusammenrechnete, beinahe eintausendfünfhundert Kilometer Wüstenfahrt vor ihnen. Wie oft hatte er nicht zuhause die Landkarte studiert. Bis man das Innere der Wüste erreichte, etwa bis nach Sabha, der *Mittelstation*, führte die Straße hunderte von Kilometern schnurgerade nach Süden. Dann musste man sich, ebenfalls hunderte von Kilometern, scharf nach Westen wenden, bevor man die verwunschene Region von Edeyen Murzuq, dem großen Halteplatz ganz im Süden, erreichte. Doch zunächst galt es, aus der Innenstadt heraus den Weg nach Süden zu finden.

Der Targi, den Ramzi angeheuert hatte, kannte sich in der Hauptstadt nicht besonders gut aus, so dass Ramzi ihm ständig sagen musste, wie er zu fahren hatte, wo er und wie er abbiegen musste.

„Sie kennen nur die Wüste", kommentierte Ramzi entschuldigend. „Da können sie sich zurechtfinden; aber wehe, wenn sie sich in die Großstadt versetzt sehen!"

Reisiger nickte. „Ich kenne das aus Kuwait und Saudi-Arabien", sagte er ein wenig belustigt.

Ramzi grinste verständnisvoll.

„Orientierungsschwierigkeiten haben sie in den Städten, die Wüstensöhne." Er sagte „Wüstensöhne" mit jener geringen, doch erkennbaren Spur von Verachtung in der

Stimme, die dem städtischen Araber gegenüber den Nomaden oft zu eigen ist. Es ist dies eine Abneigung, die
durchaus auf Gegenseitigkeit beruht, denn auch die Städter genießen unter den Beduinen, sofern sie noch an der
Seite ihrer Herden ihre Bahnen ziehen, nicht gerade den
besten Ruf. Sie gelten als verweichlicht, als der Natur und
ihren Rhythmen entfremdet – und auch als unehrlich.
Diebe und Hasenfüße seien sie, so hatte Reisiger es immer wieder gehört.

Sie fuhren durch die Industrie-Vororte der Stadt. Das
Zentrum des Reiches war eigentlich urban, doch seine
südlichen Viertel ließen viel zu wünschen übrig. Da unterschieden sich die arabischen Großstädte heutzutage
nicht im Geringsten von den westlichen Metropolen: ein
hässlicher Preis der Globalisierung. Schließlich erreichten
sie eine Zone, in der Industriemüll aufgehäuft war, und
man sah notdürftig verkleidete Fassaden von Industrie-
hallen, die bei den jüngsten Beschießungen durch die
leichte Artillerie der Aufständischen getroffen worden waren. An anderen Stellen sah man Ruinen, doch auch tiefe
Erdkrater, die von schwererem Beschuss herrührten. Ihres
Betons entkleidete Stahlträger ragten wie dürre Finger in
die Luft. Diese Teile der Stadt Tripolis schienen völlig ent-
völkert zu sein. Nur einige in graue Kleidung gehüllte
Menschen waren offenbar mit Aufräumarbeiten beschäftigt. Hätten sie damit aufgehört, wenn sie geahnt hätten,
dass nur zu bald ihre Aufräumarbeit vergebens gewesen
sein würde? Es ist gut, ja geradezu ein Segen, dass der
Mensch sein Schicksal nicht kennt.

Als sie die südlichen Stadtteile hinter sich gelassen hatten, begann eine Landschaft, die Reisiger ein wenig an die Savannen erinnerte, die er im Süden Afrikas durchquert hatte. Das zuvor noch fast frühlingshafte Grün war im Begriff, in ein schmutziges Gelb überzugehen, schon waren die ersten Halme vertrocknet. Sie fuhren durch Dörfer mit flachen Schachtelhäusern, die ebenfalls blutende Wunden der jüngsten Kämpfe und Bombardierungen aufwiesen. „Was hatten diese Dörfer", so fragte er sich, „mit dem Großen Metaphysicus zu tun gehabt, der sich in seinem Kasernen-Komplex Bab al Azizia eingeigelt hatte?" Die nach Osten und Westen führenden Straßen hatte man inzwischen wieder notdürftig instand gesetzt, während die nach Süden laufende Route erstaunlicherweise unversehrt war. So kamen sie rasch voran.

Der Norden des Landes, ein etwa 1500 Kilometer langer Küstenstreifen, ist die am dichtesten besiedelte Region des Reiches. Etwa neunzig Prozent der Bevölkerung leben dort, in jenem Gebiet, das sich zwischen der Grenze im Westen und der im Osten, zwischen Tunesien und Ägypten, erstreckt. Die einigermaßen fruchtbaren, für Landwirtschaft nutzbaren Flächen reichen ungefähr hundert Kilometer tief in das Landesinnere hinein. Eine Ausnahme bildet die Halbinsel Cyrenaika, die insgesamt grüner und fruchtbarer ist als der Rest dieses Küstenstreifens. Die großen und kleinen Städte, die den Küstenstrich säumen, waren der Weltöffentlichkeit erst nach den jüngsten Kämpfen vertraut geworden. Nur die alte Generation der Europäer hatte von ihnen schon früher einmal in den

Nachrichten gehört. Von Benghasi und Tobruk. Doch das war eine andere Geschichte, die lange zurücklag.

Nach zwei Stunden Fahrt umgab sie die Hamada. Rot leuchtete das Gestein und Geröll links und rechts der Straße im beißenden Mittagslicht. „Wie intensiv mochte dieses Rot erst am Abend sein", dachte Reisiger, „wenn die Sonne nur wenig über dem Horizont stand und als Kugel, wegen der Lichtbrechung und Streuung in der Atmosphäre, dem menschlichen Auge tiefrot erschien?" Sand und feiner Staub aus Sand liegen immer über der Wüste. Er erinnerte sich solcher Anblicke aus früherer Zeit, da ihm die Aufenthalte in diesen Regionen der Erde noch Bewunderung abgenötigt hatten. Aber ganz unberührt ließ ihn das Abendlicht noch immer nicht. Reisiger spürte, wie ihn die leise Anwandlung einer poetischen Stimmung erfasste, und er tat auch nichts dagegen, diese abzuschütteln, sie von seiner Seele fernzuhalten.

Wie anders, wie viel komplizierter hatte das alles noch bei Barth geklungen, der seine große Sahara-Tour im Jahre 1850 ebenfalls in Tripolis begonnen hatte! Reisiger bewunderte diesen Bremer Weltenbummler, der fünf Jahre unter härtesten, heute kaum noch vorstellbaren Bedingungen die Großen Sande und die Felswüsten Nordafrikas durchquert hatte, unter dem Namen Abd el Kerim, Knecht des Hochedlen, immer in Gefahr, als Ungläubiger enttarnt zu werden und vor seinem Kadi, dann möglicherweise Henker, zu stehen. Barths Mimikry war annähernd perfekt gewesen. Doch die Strapaze des „Reisens" war ungleich größer als im Zeitalter der Landrover und

Pick-ups. Der wichtigste Unterschied: Barth reiste von Tripolis mit Kamelen ab. Und er schrieb nach seiner Rückkehr über die erste Etappe seiner Tour:

Nachdem wir das flache Wadi Leberek durchzogen und den gleichnamigen Hügel erstiegen hatten, befanden wir uns wirklich auf der gefürchteten und Schrecken erregenden Hamada. Dadurch, dass wir diesen westlichen Weg über die Hamada einschlugen, haben wir selbst hier in so geringer Entfernung von der Küste neue Gegenden der wissenschaftlichen Kenntnis eröffnen können. Die Breite dieser steinigen und unbewohnten Wüste beträgt von Norden nach Süden etwa 240 Kilometer, und wir brauchten sechs starke Tagesmärsche, bis wir den nächsten wohlbekannten Brunnen El Hassi erreichten. So verrufen auch die Hamada wegen ihrer erschrecklichen Nacktheit und wegen ihres völligen Wassermangels ist, so entspricht sie doch nicht ganz den Vorstellungen, welche man sich in Europa von dem Charakter der afrikanischen Wüste zu machen pflegt. Namentlich war ich überrascht zu gewahren, dass sich in ihrer ganzen Ausdehnung hin und wieder Stellen frischen, wenn auch spärlichen Krautwuchses finden. Dieser Umstand ist sehr wichtig für die Ausdauer der Kamele. Auch das Tierleben ist in dieser Wüste sehr schwach und fast noch weniger entwickelt als die Vegetation ...

Von „Krautwuchs" konnte allerdings momentan nicht die Rede sein.

Die Fläche war öd und leer. Sanft glitt ihr Wagen Stunde um Stunde dahin. Das regelmäßige Summen des Motors schien von solider, beruhigender Zuverlässigkeit zu zeugen.

„Wenn das so weitergeht, sind wir schon heute Abend in Sabha, nicht erst morgen Mittag", sagte Ramzi. Reisiger nickte zufrieden. Die drei anderen hatten auf den hinteren Sitzen schon lange zu dösen begonnen. Masud schnarchte sogar, und der Italiener schlief bald tief und fest, allerdings ohne zu schnarchen.

Zum ersten Mal wurde Reisiger wirklich bewusst, was sie zu unternehmen im Begriff waren. Selbst wenn man in Rechnung stellte, dass die Zeiten eines Barth, einer Alexandrine Tinne und anderer klassischer Forschungsreisender, wie Nachtigal, lange vorüber waren, blieb doch eine solche Expedition im tiefen Süden des libyschen Reichs eine anstrengende Ungeheuerlichkeit, zumal in seinem Alter! Noch glich dieses Fahren auf der Hauptroute bezahlten Wüstentouren für Touristen, doch weiter unten in den Großen Sanden, zwischen Sabha und Djerma, doch auch im Areal von Edeyen Murzuq würden sie ganz auf sich selbst angewiesen sein. Während er auf das vor ihm ablaufende Asphaltband starrte, sinnierte er über das, was ihnen bevorstand. Es war ein Wechselbad der Gefühle und Gedanken, das durch sein Gehirn schoss. Er dachte zurück an die Zeit vor fünf Jahren, als ihm zum ersten Mal der Gedanke an ein solches Unternehmen durch den Kopf gegangen war. Der immer näher rückende Ruhestand hatte dazu beigetragen, diese Idee zu gebären. Und

Tanja hatte ihn, was ihn doch ein wenig überraschte, zunächst in seinen Plänen ermutigt.

Immer wieder hatten beide als Touristen die Region besucht, von der sie in einer Weise fasziniert waren, die schwer erklärlich zu sein schien. Reichten denn die berufsbedingten Aufenthalte und Reisen von Johannes nicht aus, um diese Sehnsucht zu befriedigen? Warum dieses Streben nach immer neuer Bestätigung der Eindrücke? Ägypten und Syrien, Jordanien und andere Nachbarländer des Reiches des Großen Metaphysicus waren ihnen beinahe vertraut geworden wie ihre mitteleuropäische Heimat; nicht allein deren zahlreiche antike Reste und das moderne, quirlig-orientalische, buntscheckige Leben, sondern gerade auch die Wüste mit ihrer farbenprächtigen Einsamkeit, Abgeschiedenheit, ja Verlorenheit. Vor allem das vieltausendjährige Land Kemet, die Landschaft des vom ewigen Nil durchströmten Pharaonenreiches, des Schwarzen Landes, hatte es ihnen beiden angetan gehabt. Tanja konnte ihrer Begeisterung über Land und Leute, über die Landschaften – von den Tempeln und Pyramiden ganz zu schweigen – immer besonders beredt Ausdruck verleihen.

„Ich will noch einmal in die Wüste", hatte er zu Tanja eines Tages gesagt. „Solange ich noch gut beieinander bin und solange ich noch die Vorteile der Redaktion habe."

„Aber wohin?" hatte Tanja gefragt.

Da war er mit dem „Schatz der Garamanten" und dem Plan, das südliche Reich zu besuchen, herausgerückt. Mit einem Plan, den er in langen Sommertagen und an einsamen Winterabenden seit Monaten ausgeheckt, in den er sich geradezu hineingebohrt hatte.

„Wessen Schatz?"

„Der Garamanten. Ein antikes Volk mitten in der Sahara, dessen Reich schließlich von den Arabern zerstört wurde. Erwin hat mich in dieser Idee bestärkt, als ich ihn neulich besuchte. Ich finde das aufregend."

Er berichtete ihr von der Chronik des Al Aswani, einer geheimnisvollen Schrift, deren Herkunft und Entstehung nach Timbuktu wiesen und die der Wissenschaft noch immer große Rätsel aufgab, war sie doch die bisher einzige bekanntgewordene Quelle, die – außer unsicheren antiken Überlieferungen – von diesem Schatz der Garamanten etwas wusste. Oder nur zu wissen glaubte? Das war die Frage.

Tanja hatte sich anfangs von dem Plan, eine Wüstenreise auf der Suche nach dem ominösen Schatz der noch ominöseren Garamanten zu unternehmen, durchaus angetan gezeigt. Als sie hörte, wie viele Kilometer die kleine Expedition zurücklegen sollte, wollte sie dann schon nicht mehr. Wenn man es recht bedachte, war die Zeit solcher Unternehmungen, die man in jüngeren Jahren geradezu mit Feuereifer betrieben hätte, so ziemlich vorbei. Im Grunde hatte sie in letzter Zeit etwas gegen Aktivitäten, die nicht mehr dem natürlichen Lebensalter der Menschen zu entsprechen schienen, auch wenn man zugeben musste, dass sich die allgemeine Auffassung vom Alter in den vergangenen Jahren erheblich geändert hatte: Viel weniger als früher waren die natürlichen Lebensjahre mit dem gefühlten Alter identisch. Doch sie beide fanden es lächerlich, wenn ältere Menschen „auf jung und aktiv" machten und man ihnen dabei anmerkte, wie sehr eine solche Dynamik nach außen hin vorgespielt war.

„Mach das allein", sagte sie und verschwand, um an diesem Nachmittag Ulla zu besuchen. Und Ulla gab ihr recht: „Wenn es dir kein Herzensbedürfnis ist, dann lass es!" hatte sie gesagt, „Johannes kommt damit schon alleine klar."

* * *

Nach etwa drei Stunden Fahrt verließen sie die Hamada. Nun glitten die Räder über eine Ebene, die dem Blick keine Unterbrechung mehr gönnte. In der Roten Wüste zuvor hatten immer wieder kleine Hügel und Erhebungen, auch mächtigere Felsblöcke das Einerlei unterbrochen; doch weiter im Süden – so hatten es auch die Karten angezeigt – dehnte sich eine Fläche, die von Zeit zu Zeit nur von grell-heißen Salzlaken unterbrochen wurde. Da immer wieder Geröllfelder auftauchten, war es verständlich, dass die Karten diesen Landstrich ebenfalls noch als Hamada bezeichneten. Die Salzlaken flimmerten weiß.

Die Hitze hatte in der letzten Stunde deutlich zugenommen. Kräftig sprachen sie den Wasservorräten zu. In einem Ort namens Wadi Sifra ließ Ramzi anhalten. Es war ein trostloser Platz, dessen Trostlosigkeit auch der kleine Palmenhain nicht aufheben konnte, den man rund um die Tankstelle angelegt hatte. Die Palmwedel leuchteten nicht in sattem Grün herüber, da eine hauchdünne, doch sichtbare Schicht von mehligem Sand sie bedeckte – als habe eine höhere Macht sie eingepudert. Einzig den einsam und sanft fächelnden Wind empfanden sie als angenehm. Er war trocken und noch nicht so heiß, dass er die Haut verbrannte. Der Ort galt als Hochburg der Anhänger des Großen Metaphysicus.

Reisiger war gerade dabei, sich ein wenig die Füße zu vertreten, während Ramzi tankte und der Italiener die Wasservorräte in den Kanistern auffüllte, als er hinter dem Haus auf einen Mann traf. Er saß auf einer Mauer, von deren Oberfläche die Wärme widerstrahlte. Zwei Eidechsen huschten davon, als Reisiger nähertrat. Sie hinterließen winzige, kaum wahrnehmbare Spuren im Sand. Der Mann ließ die Beine baumeln wie ein Junge in den großen Ferien. Zunächst glaubte Reisiger, einen Landstreicher vor sich zu haben, doch dann erkannte er, dass der Fremde unter seinem abgerissenen, fleckigen Burnus recht elegante Kleidung trug. Eigentlich wollte Reisiger gar nichts sagen, doch der Mann sprach ihn an:

„Du willst noch weiter in den Süden, Fremder?"

Reisiger nickte.

„Nehmt euch in Acht vor den Rebellen, sie haben unlängst einige Europäer entführt, die sich in diese Regionen gewagt hatten", sagte der Mann und zündete sich eine Zigarette an. „Ihr kommt zur Unzeit in dieses Reich, was mich ehrlich verwundert. Niemand weiß, wie das weitergeht in diesem Land, schon gar nicht wir hier, in der Wüste. Und ihr wollt diese Prüfung bestehen?"

„Welche Prüfung?", fragte Reisiger verdutzt.

Dann sah er sich den Mann genauer an. Er tat dies innerhalb weniger Sekunden, in denen sein geschulter, beinahe röntgenartiger Blick Dinge wahrnehmen konnte, die anderen verschlossen blieben. Tiefenblicke, die ihm oft genug Schwierigkeiten eingetragen hatten, da sie Unangenehmes ans Tageslicht befördern konnten, manchmal auch nur Lästiges. Doch Reisiger hatte vier Jahrzehnte lang Erfahrung in der Beobachtung von Menschen gesammelt.

Es war schwer zu sagen, wie alt der Fremde sein mochte. Er war ein Greis, hatte auch ein Greisenantlitz, er trug halblanges, weißes Haar; und dennoch wirkte das Gesicht, wenn er sprach, zeitlos jung. Seine Gesichtsfarbe zeigte ein blasses Gelb, hatte fast etwas Chinesisches oder Japanisches, was wohl hier am wenigsten zu erwarten war. Doch die Haut war straff. Geradezu einen unglaublichen Eindruck machten auf Reisiger die Augen des Fremden. Sie wirkten milchig, beinahe, als sei der Mann blind, obwohl er offenkundig gut zu sehen schien. Fragend, aber auch ein wenig herrschend schauten sie auf Reisiger, der dem Blick trotzdem standhielt. Die großen Augenlider schlossen sich häufig, wenn der Fremde redete. Fast wie ein unkontrolliertes Zucken wirkte das.

„Die Wüste ist das *purgatorio* der Menschheit!"

Reisiger erschrak ob der Wucht dieser sieben Worte. Wie aus heiterem Himmel schoss da eine kryptische Weisheit aus dem Mund dieses Fremden. Wer war der Mann? Ein Derwisch?

„Und für manche kann sie zum *inferno* werden."

Noch ein Hammerschlag, dachte Reisiger bei sich. Noch einmal: Wer war der Mann; ein Jemand, der in diesem fernen, arabischen Reich offenbar ein Versatzstück europäischer Bildung und Intellektualität von sich gab? Mitten in der Wüste, mitten in Arabien. Und noch dazu etwas so Abseitiges. Wer verwendete denn in der eigenen Kultur noch Wörter wie „purgatorio" oder gar „inferno"? Letzteres allenfalls, um Katastrophen zu beschreiben, zu charakterisieren, einzuordnen. Hatte der Mann das einfach übernommen und plapperte es nur nach? Oder stand da ein Dante-Leser vor ihm?

„Wir sind gut gerüstet, wir wollen bis in den tiefen Süden der Wüste und haben uns gut vorbereitet", antwortete er in überlegenem Ton.

Doch er sah, dass der Greis skeptisch blieb. Reisiger wollte seinem durchdringenden Blick ausweichen, schaffte es aber nicht.

„Ihr werdet bald wissen, was ich meine", sagte der Alte, und aus seinen Augen schien es plötzlich grün zu sprühen. Zwei giftgrüne Strahlen schienen Reisiger buchstäblich zu durchbohren. Für einen kurzen Augenblick erschien ein dunkles Flackern in den Gesichtszügen seines Gegenübers, dessen Wangen blasser und blasser wurden.

„Seid Ihr aus dieser Gegend?", fragte Reisiger ein wenig ratlos.

„Gewiss. Doch trifft man mich auch öfter anderswo. Ich bin, wenn Sie so wollen, *viel unterwegs*", ergänzte der seltsame Fremde, „ich komme viel herum."

„Und Sie sind ein Bürger dieses Landes, ein Untertan des Großen Metaphysicus."

„Diese Landes, aber auch anderer Länder."

„Wie soll ich das …?"

In diesem Augenblick, da die Hupe des Rovers erschallte, wusste Reisiger, dass er sich von diesem Menschen trennen musste. Der Fahrer hatte den Wagen vollgetankt, und Ramzi blies ohne zu zögern zum Aufbruch. Nicht über Gebühr zu säumen – das hatte er ihm eingebleut, und der Araber hielt sich dran. „Es war gut, das zu wissen", dachte Reisiger bei sich, „der Mann war also wirklich zuverlässig und hatte die einheimische Mentalität weitgehend abgestreift".

„Maa salama – Mit Frieden!", sagte Reisiger in Richtung des Fremden auf Arabisch. Und obwohl er wusste, dass diese Sitte im Reich durchaus unüblich war, ja, als ein typisches Verhalten der Imperialisten und Kolonialisten sogar geächtet, streckte er zum Abschied die Hand nach dem Fremden aus. Doch der Fremde war mit einem Mal verschwunden. Reisiger ging einige Schritte nach rechts, um um die Ecke schauen zu können. Von dem Mann war nichts mehr zu sehen. Reisiger nahm einen der Wasserschläuche, die griffbereit an der Wand hingen, und übergoss sich mit einem Strahl kalten Wassers, denn er fühlte sich so heiß, als habe er Fieber. War dieser Fremde Resultat einer Halluzination, hervorgerufen durch die Hitze?

„Der kann sich doch nicht in Luft aufgelöst haben", murmelte Reisiger ungehalten in sich hinein. Er presste die Innenkante der rechten Hand im rechten Winkel an die Stirn, um sich selbst Schatten vor den Augen zu spenden, und spähte an der Tankstelle vorbei in die Ferne; doch es war weit und breit niemand zu sehen. Auch in das Haus konnte er nicht gegangen sein. Der Fremde war wie vom Erdboden verschluckt.

Sie fuhren weiter. Reisiger hatte nicht übel Lust, mit Ramzi und den anderen über diese seltsame Begegnung zu sprechen. Doch er unterließ es. Sollte er sich lächerlich machen vor jenen, die er doch anführte? Vielleicht war der Fremde ganz einfach nur davongerannt. Ja, das musste es sein; anders war es ja auch gar nicht möglich. Kein Mensch konnte so mir nichts, dir nichts einfach verschwinden. An derlei Dinge hatte er noch nie geglaubt, warum sollte er es jetzt tun?

* * *

Wie die Zacken einer groben Säge, wie die untere Reihe eines Haifisch-Gebisses ragten die felsigen Gipfel des Dschebel Ahmar, des Roten Berges, in die Höhe. Unvermittelt und ohne Übergang entwuchsen sie der sandigen Ebene, die freilich selbst ihr Produkt war. Zehntausende von Jahren hatten den Fels zu Sand zermahlen. Der grausame Zahn der Zeit hatte sich der Erosion bedient, um den Fels zu benagen und dann allmählich zu staubfeinem Pulver zu zerkleinern. In der beginnenden Abenddämmerung wirkten die Felszacken gespenstisch und drückten auf das Gemüt. Wie Ghule, die arabischen Wüstengeister, oder jene feurigen Wüstenwesen, die Ifrite, von denen

Ibrahim al Koni schrieb, der größte Dichter der Wüste, den Arabien in unserer Zeit hervorgebracht hat.

Dass die Strecke nach Süden, ins Gebiet von Edeyen Ubari, der Region der Garamanten, und Edeyen Murzuq, dem Gebiet des großen Halteplatzes (nicht nur) der Karawanen, trotz aller Technik nicht einfach werden würde, war Reisiger schon zuhause bewusst gewesen. Unter Edeyen verstand man im Reich des Großen Metaphysicus, was in den westlichen Nachbarländern als Erg bezeichnet wurde: riesige Sandmeere, mit Dünen, die sich bisweilen höher als zweihundert oder dreihundert Meter auftürmten.

Sie hatten am Abend zuvor nun doch noch einmal in Erwägung gezogen, die letzten Etappen bis zur antiken Hauptstadt der Garamanten nicht mit dem Auto zurückzulegen, sondern auf Kamelen, ganz im Stile der alten Reisenden. Reisiger hatte die anderen Teilnehmer der Expedition dazu bewegen können, nochmals darüber zu diskutieren, auch wenn die sich anfangs heftig dagegen gesträubt hatten. Reisende hatten über das Gebiet von Murzuq berichtet, beeindruckt, akribisch und trotz ihrer charakterlich bedingten Furchtlosigkeit auch mit einer Portion Respekt vor Mensch und objektiver Natur. Doch so weit waren sie noch nicht, nichts war in der Sache wirklich entschieden; man ließ die Dinge auf sich zukommen; und noch genossen sie die bequeme Fahrt mit dem Rover, der Dunkelheit des zweiten Tages entgegen. Sie ahnten nicht, dass sich bald etwas ereignen sollte, was die Frage, ob man nun später auf Kamele umsteigen solle oder doch mit dem Rover weiterfahren, zunächst einmal als obsolet erscheinen ließ.

In der sich ganz sanft und zaghaft ankündigenden Dämmerung verschwamm die endlose Fläche der Wüste in einem undurchsichtigen, milchigen Blau, dessen Intensität die Sinne verwirrte. Die Felszacken rings warfen lange Schatten; plastisch, mit scharfen Konturen trat das Gelände zutage.

Schon immer hatte Reisiger eine verborgene Neigung zu den Geheimnissen der Wüste in sich gespürt. Nie konnte er verstehen, dass andere von der „Leere" und „Öde" dieser so farbenprächtigen, oft sogar besonders vielgestaltigen Landschaft abgestoßen wurden. Die Großen Sande passten zu seiner Eigenbrötelei. In den Wüsten dieser Erde waren die großen Religionen entstanden, und schon immer hatten die Sandmeere eine gewisse Anziehungskraft auf kontemplative Geister ausgeübt. Man hörte dort fast zwangsläufig in sich hinein und musste in der Einsamkeit mit sich selber sprechen – weil kein anderer da war. Vor vielen Jahren hatte sich Reisiger mit den großen Wüstenreisenden der Geschichte befasst und war – jedenfalls zu einem gewissen Grad – gelegentlich sogar auf ihren verwehten Spuren gewandelt: In Algerien und Tunesien, im Gebiet von El Oued, war er eine Zeit lang Leben und Werk der Isabelle Eberhardt geradezu verfallen gewesen. In unruhigen Nächten hatte er von Gerhard Rohlfs geträumt, der wohl einer der kundigsten Wüstenwanderer aller Zeiten gewesen war, zusammen mit eben dem großen Heinrich Barth, dessen Aufzeichnungen er viel zu verdanken hatte. Barth war weniger ein Metaphysiker der Wüste gewesen, als vielmehr ein Empiriker: Gewissenhaft, wie das von einem deutschen Gelehrten erwartet wurde, hatte er fünf Jahre lang alles notiert, was ihm zwischen Tunis und dem Zentrum der saharischen Weiten aufgefallen und begegnet war. Alle Europäer, nicht nur seine deutschen Landsleute, hatten daraus Nutzen gezogen.

Die Wüste, das war ihm klar, war für die menschliche Kultur eine der bedeutendsten Landschaften überhaupt. Die großen monotheistischen Religionen mit ihrer fordernden Strenge, mit ihrem Appell zu Eindeutigkeit, zu einer Rede, die entweder ja, ja oder nein, nein bedeutete und nichts außerdem, hatten hier ihren rätselhaften, sich im Frühdämmer der Jahrhunderte und Jahrtausende vor der Moderne verlierenden Ursprung. Jesus und Mohammed, der Prophet des Islams, waren eine Zeit lang in der Wüste gewesen und waren verwandelt aus ihr zurückgekommen. Der Mensch begegnete in der schneidenden Einsamkeit seinem metaphysischen Partner: Gott. Man konnte es gewiss nicht verallgemeinern: doch Reisiger glaubte, dass der Polytheismus im Wesentlichen von Völkern bekannt wurde, die in üppigen Dschungeln, in fruchtbaren Ebenen und wasserreichen Bergen zuhause waren, in einer abwechslungsreichen Natur, deren Gliederung sich in der gegliederten Götterwelt widerspiegelte.

Sie zogen jetzt eine riesige Staubfahne hinter sich her, denn dieser Teil der Route war nicht asphaltiert. Am Horizont sah Reisiger schon das flache Massiv der Schwarzen Berge, die sich unvermittelt, wie von Titanenhand in die Ebene geschleudert, aus der beigefarbenen Fläche erhoben. Wie ein dunkel-drohender Schatten wirkten sie. Sie passierten ein Schild: „Sabha, Mittelstation, 210 Kilometer", in Arabisch natürlich, denn der Große Metaphysicus hatte schon vor vielen Jahren eine internationale, westliche Beschriftung von Hinweisschildern untersagt. Die westlichen Imperialisten schrieben auf ihren Hinweisschildern auch nicht arabisch, hatte er argumentiert. Reisiger hatte das damals – entgegen der allgemeinen Empörung – sogar ein wenig als gerecht empfunden und sich damit im Kollegenkreis nicht nur Freunde gemacht. Denn der Große Metaphysicus hatte es sich nach anfänglichen Erfolgen auf dem Felde der internationalen Politik bald mit dem Rest der Welt durch seine Gewaltexzesse verscherzt.

Ramzi spähte nun zur Seite, um einen geeigneten Platz für die Zelte zu finden. Bis Sabha schafften sie es heute nun doch nicht mehr, dazu war die Straße zu schlecht. Immer wieder mussten sie „Pfützen aus Sand", wie Reisiger sie nannte, umfahren, welche den Asphalt bedeckten und vom Wind zu kleinen Hügeln aufgetürmt wurden. Sie erinnerten an Ameisenhaufen. Im Hintergrund wurden die Hun-Berge allmählich sichtbar.

„Zur Not bleiben wir direkt neben der Straße", sagte Ramzi. „Wer kommt hier denn schon vorbei? Und selbst wenn, niemand von den Rebellen wird uns waffenlose Männer für Anhänger des Großen Metaphysicus halten. Und wenn es die andere Seite beträfe, könnten Sie, Herr

Reisiger, Ihre Einreise- und Forschungserlaubnis der Botschaft in Berlin vorweisen."

Und Ramzi behielt recht. Als sie am nächsten Morgen die beiden Zelte abbauten und einpackten, hatte niemand die „Straße" passiert, war ihnen niemand begegnet. Das war ungewöhnlich. Reisiger bereitete sich schon darauf vor, in Sabha, das sie in einigen Stunden erreichen würden, die Gefährten näher mit den Hintergründen ihrer Expedition bekannt zu machen. Gegen elf Uhr waren die Hun-Berge schon zum Greifen nahe. Der Begriff „Berge" war eigentlich übertrieben, denn dieser dunkel herüberschimmernde Höhenzug glich eher einem niedrigeren Mittelgebirge. Doch die Region hatte es in sich. Zwar gehörte sie zu den am dünnsten besiedelten Gegenden des gesamten Reiches, doch barg sie Schätze, die zu heben sich der Große Metaphysicus schon vor Jahren entschlossen hatte. Man förderte dort Gold, und in der Region war man ganz glücklich darüber, über solcherart Reserven zu verfügen.

Nach wie vor war die Straße gut ausgebaut. Der Rover fraß das graue Band aus Asphalt wie ein alles verschlingender Drache. Es berührte Reisiger seltsam, dass ihnen seit Stunden nicht ein Wagen entgegengekommen war. Nach der Normalisierung der Verhältnisse, nach dem merklichen Abflauen der Kämpfe war auch die Wirtschaft wieder in Gang gekommen. Warum begegnete man keinem Lastwagen? Waren mussten doch geliefert werden, von einem Ende des Reiches zum anderen. Und dies hier war sozusagen die Hauptverkehrsader, die Arterie, die den

Norden mit dem tiefen Süden verband; und Sabha gar war der Hauptkotenpunkt für den gesamten Handel, der mitten durch die Wüste lief. Irgendwann musste dieser Fernverkehr, trotz der Unruhen, wieder in Fahrt kommen.

Freilich: Für die Feneks, die spitznasigen, vorwitzigen Wüstenfüchse, war diese Verkehrsabstinenz, die sie sich nicht erklären konnten, eine Festzeit. Diese Tiere liebten ja die Einsamkeit, wenn sie bisweilen auch, auf der Suche nach Nahrung, in den Vorgärten der Oasen-Bauern herumwühlten. Die Zivilisation empfanden sie als zweischneidig: Viele Brocken und Brosamen fielen da für sie ab, doch wurden sie auch bedroht. Als auf den Straßen des Reichs noch jener rege Verkehr herrschte, der vor den jüngsten Unruhen schon viele gestört hatte, waren zahllose Feneks, wie das Fernsehen meldete, auf den Fernstraßen überfahren worden, so dass schon erwogen worden war, einen besonderen Bund zum Schutze der Wüstenfüchse zu gründen.

Reisiger schaute unablässig nach vorne. Der Karte nach hatten sie vielleicht noch eine Stunde bis Sabha zu fahren.

„Bald wird man die ersten Türme der Stadt sehen", unterbrach Masud die Stille. „Ich war schon einmal dort. Ein seltsamer Ort. Siebenstadt nennt man es auch, weil Sabha aus sieben großen Oasen, fast eigenständigen Ortschaften, besteht, sie ziehen sich aus der Ebene den Hügel hinauf, stetig ansteigend, auch wenn die Landkarten dies anders auszeichnen. Die Topographie dieser Stadt ist ganz anders, als alle Atlanten es angeben. *Warum* das so ist, weiß ich nicht. Ich weiß nur, dass es so ist. Bis man oben angelangt ist, dauert es seine Zeit; doch manche kommen *niemals* dort an. Manche scheitern schon in der Mitte, wenn sie glauben, nun sei es nicht mehr weit bis zum Ziel. Und manche, so sagt man, stürzen sogar am Ende des Weges ab; das ist besonders tragisch."

Alle hatten das gehört, doch keiner von ihnen wusste damit etwas anzufangen. Was konnte nur mit dieser merkwürdigen Beschreibung gemeint sein? Und auch mit der merkwürdigen, vom Großen Metaphysicus verordneten Lebensweise, die aber dort – so lautete jedenfalls die offizielle Version – alle freiwillig angenommen hatten? Rätselhaft war das. Von welcher Stadt hatte Masud denn gesprochen, vom wirklichen Sabha, das dort lag, wo es lag, und das eine Geschichte hatte, die bekannt war, oder einer Phantasiegestalt? So fraßen sie weiter das graue, immer weiter nach Süden führende Band.

Das dritte Kapitel

Die Pick-up-Wagen waren von links so schnell auf sie zugeschossen, dass niemand sie hatte kommen sehen. Widerstand war zwecklos, denn mindestens zwei Dutzend schwer bewaffnete Männer sprangen aus den Autos, wild gestikulierend, schreiend und die Gewehre in Anschlag bringend. Eine Staubwolke, durch die Fahrt, vor allem jedoch durch das abrupte Bremsen hervorgerufen, hüllte sie ein. Bremsen quietschten. Doch nach Sekunden hatten sich die wilden Gestalten aus ihr herausgeschält. Ein vierschrötiger, in Drillich gekleideter Mann mit Designer-Sonnenbrille und fransigem Turban riss die Fahrertür auf und brüllte:

„Alle raus und auf den Boden!"

Reisiger spürte ein Stechen im linken Fußknöchel, als er sich hinwarf und seine Arme über dem Hinterkopf verschränkte. Knapp neben ihm schlug der Italiener auf und stieß einen Schrei aus, da er sich am Kopf verletzt hatte. Zwar war es nur eine Platzwunde, aber dennoch versickerte ein dünnes Rinnsal Blut im Sand. Vier oder fünf der Angreifer nahmen Mahmud und Masud in den Schwitzkasten und zerrten sie zu den Wagen. Jeder Widerstand war zwecklos. Einer der Angreifer setzte sich hinter das Steuer des Expeditionswagens und reihte das Auto unter die übrigen Pick-ups ein. Dann preschten sie los.

Der Überfall hatte keine drei Minuten gedauert, die Angreifer mussten ihn sorgfältig vorbereitet haben. Mit großer Geschwindigkeit stoben die Wagen davon. Aus einem Wagen waren nun sechs geworden, die Expedition hatte sich unfreiwillig in eine Auto-Karawane verwandelt. Dunkelheit fiel ein, obwohl es heller, lichter Tag war. Es war eine Dunkelheit der Seele und eine Betrübnis des Herzens. Mit einem Schlag waren Planung und Überschaubarkeit einer – wenn auch nur kurzfristigen – Zukunft über den Haufen geworfen. Und ihre Gehirne mussten sich nun auf etwas gänzlich anderes einstellen.

Reisiger hatte man die Augen verbunden. Die Wagen rasten so schnell, dass sie riesige Staubwolken aufwirbelten. Wie lange sie fuhren, vermochte er nicht zu sagen; bei derlei zwanghaft verursachten Durchbrechungen des alltäglichen, gemächlich dahinfließenden Zeitgefühls verliert der Mensch recht bald die Orientierung in der Raumzeit, die das Gefüge unserer Welt ausmacht, wie wir es heute jedenfalls glauben.

So konnte Reisiger schwer sagen, wie lange sie fuhren, aber eine ganze Weile, länger als eine Stunde, war es schon. Es gelang ihm, die Augenbinde auf der rechten Seite ein wenig hochzuschieben, so dass er mit aller gebotenen Vorsicht einen schmalen Streifen Welt erkennen konnte. Hinten im Rover liegend – die übrigen waren auf die anderen Autos verteilt worden – musterte er mühsam und unterbrochen durch einen spärlichen Tränenfluss im rechten Auge den Mann mit Designer-Brille, der rechts neben seinem den Rover lenkenden Kumpan saß. Nur gelegentlich konnte er den Mann von der Seite sehen: ein markantes Profil, ohne Zweifel, das Gesicht von einem Vollbart umrahmt, dessen dunkle Haare von grauen, manchmal schon weißen Strähnen durchsetzt waren. Anfang bis Mitte vierzig war er wohl, wobei Reisiger in Rechnung stellte, dass viele Menschen in diesen Regionen der Erde aufgrund des anstrengenden Lebens früher alterten und viele nicht über die kosmetischen Segnungen der Europäer oder gar Amerikaner verfügten, die auch noch einem älteren Mann wie ihm zu einem vergleichsweise jungen Aussehen verhelfen konnten. Reisiger ertappte sich dabei, dass solcherlei Gedanken angesichts dieser vielleicht tödlichen Bedrohung ziemlich abwegig waren. Und überflüssig dazu. „Ein typisch europäisches Gehirn hast du", dachte er bei sich, während er versuchte, noch mehr Einzelheiten über den Weg, den sie einschlugen, herauszufinden.

Ohne Zweifel fuhren sie nach Osten, das hatte er schon mitbekommen, als sie losgefahren waren. Und einen abrupten Richtungswechsel hatte er nicht bemerkt. So brachte man sie vielleicht in die Hun-Berge. Aber sicher war das keineswegs.

Es dauerte nicht lange, bis Reisiger sich bestätigt fühlen konnte, denn als sie von der Piste abgebogen waren, nahm man ihm und seinen Begleitern die Augenbinden ab. Sie durchfuhren ein Wadi, das sich immer stärker verengte, bis es am Schluss so schmal war, dass ein Pick-up es bequem passieren konnte, doch mit einem entgegenkommenden Fahrzeug wäre es schon schwierig geworden. Nach etwa drei Minuten erreichten sie einen freien, annähernd runden Platz, der von Felsen gesäumt war. Einige Fahrzeuge waren zu sehen, dazu ein großes Zelt in den Tarnfarben der Armee. Etwas abseits hatte man offenbar eine Art *Musalla* eingerichtet, einen Gebetsplatz – mit primitiven Mitteln, einfach durch zusammengesuchte Steine eingefriedet. In einer der Felswände zeigte eine aufgemalter *Mihrab* wohl die Gebetsrichtung nach Mekka an: Südosten. Reisiger merkte sich das, vielleicht konnte das für die Orientierung einmal wichtig werden.

Ramzi fluchte, als man sie wie Vieh aus den Pick-ups scheuchte. Einige der Rebellen stießen ihnen ihre Kalaschnikow in die Rippen, unter unausgesetzten *Imschi*-Rufen: „Geh! Geh!" Es waren wilde Kerle in wilden Phantasiekostümen, deren Befehlen sie sich nun fügen mussten.

Was hätten sie auch anders machen sollen.

Reisiger fühlte plötzlich, wie groß der Kontrast zwischen der erhabenen, schweigenden, auf ihre Weise unschuldigen Natur und der Gewalttätigkeit der Menschen war, mit denen sie nun schicksalhaft zusammengeraten waren. Die Sonne stand schon niedrig über einem milchigen Horizont, der sich alsbald zu röten begann. Doch diesmal hatte Reisiger für dieses Naturschauspiel, das ihn üblicherweise begeisterte, keinerlei Sinn. Welch eine schlagartige Wendung, seitdem sie am frühen Morgen noch ihrer Aufbruchstimmung, ihren Hoffnungen, ihren Utopien Ausdruck verliehen hatten!

„Nun haben wir den Salat, Signore Reisiger", stieß Gianni Venone, zu Reisiger gewandt, auf Deutsch hervor. Dabei sah er den Deutschen mit einem Ausdruck an, der zwischen Schrecken und Belustigung zu variieren schien.

Reisiger fand, dass das deutsche Wort „Salat" so ganz und gar nicht auf ihre gegenwärtige Lage passte. Woher kannte der Italiener diesen deutschen Satz? Verstand und sprach er Deutsch und verheimlichte das vor ihnen?

Hier im Lager der Rebellen hatte man ihnen die Augenbinden abgenommen. Reisiger konnte jetzt den Eindruck vervollständigen, den er während der Fahrt von

dem Anführer gewonnen hatte. Der Mann war ungewöhnlich groß, breitschultrig und trug Militärstiefel. Seine kraftvolle Gestalt ließ seine Bewegungen ein wenig
langsam geraten, beinahe träge; er machte bedächtige
Schritte, als er seinen Leuten nun Anweisungen gab, dabei
abwechselnd mit beiden Armen in verschiedene Richtun-
gen des Hofes deutend. Um seinen Kopf hatte er jetzt einen Turban geschlungen, und zwar in der Art der südöst-
lichen Stämme des Landes.

Ramzi flüsterte Reisiger noch zu: „Das sind wohl Tubu", bevor ihn zwei Rebellen wegbrachten.

Auch Mahmud, Masud und der Italiener wurden anschließend weggeführt. Den Fahrer, jenen Targi mit dem
schlechten städtischen Orientierungssinn, hatten die Entführer schon zu Beginn ihrer Aktion auf diesem Platz er-
schossen. Unbeachtet von einem grausamen Schicksal lag
er einsam in jener mittelgroßen Blutlache, die sich um
seinen Kopf gebildet hatte, nachdem zwei Projektile ihm
die Schädeldecke zerfetzt hatten. Mit den Landsleuten
machte man, wie meistens, nur wenig Federlesens. Ausländer hingegen galten allen Geiselnehmern, gleichgültig
in welchem Teil der Welt, als wertvoll. Am hellichten Tag
war jetzt Nacht über sie hereingebrochen. Dass einer der
Gruppe ebenfalls dem Volk der Tubu angehörte, war den
Geiselnehmern offensichtlich nicht bewusst. Woher hätten sie das auch wissen sollen? Der Mann hatte wie ein
Tripolitanier ausgesehen, das war ihm zum Schickal geworden.

* * *

Stella Wedgewood war fünfunddreißig und die Tochter eines schottischen Farmers aus der Umgebung von Glasgow. „Ich bin ganz in der Nähe des Hadrians-Walls aufgewachsen", pflegte sie beiläufig hinzuzufügen, wenn das Gespräch auf ihre Herkunft kam. Für einen Mitteleuropäer war das ein Bildungsgut, für Stella Wedgewood Heimat und damit Teil ihres Schicksals.

Erst jetzt bekam Reisiger die Gelegenheit, die Mitgefangene zu mustern. Er verstand nicht, warum ihn die Geiselnehmer von seinen Gefährten getrennt und in denselben Raum wie diese Frau geschleppt hatten. Mittelgroß gewachsen, war sie nicht eben schlank, sondern neigte etwas zur Fülle; zu weichen Formen jedenfalls. Ihr Gesicht hatte die bei ihren Landsleuten übliche Blässe, hübsch oder gar schön war sie nicht. Doch vom Gesicht Stellas, genauer ihren Gesichtszügen, war Reisiger sofort fasziniert. Sie zeigten eine Mischung von Tat- und Geistmensch. Energisch gab sich das leicht spitz zulaufende Kinn, während die Augenpartie etwas Träumerisches zum Ausdruck brachte. Trotz ihrer Jugend – denn nur die verrückten Amerikaner und Europäer konnten einen Menschen diesen Alters als nicht mehr jung empfinden – durfte man die Gesichtszüge der Frau als Ausdruck einer beginnenden Vergeistigung charakterisieren. Stella hatte in Oxford klassische Archäologie studiert und später ihre Kenntnisse bei Ausgrabungen im Irak und in Ägypten erweitert. Eine Liebschaft mit Butrus, einem Kopten, der

Berufskollege gewesen war, hatte nur kurz gedauert; dabei hatte Stella anfangs geglaubt, eine Ehe mit einem christlichen Ägypter stehe auf kulturell soliderer Grundlage als mit einem Muslim; doch als der Gedanke an eine Ehe aufgekommen war, hatte Butrus sich fast auf einen Schlag von ihr entfernt. Stella hatte die Eltern des jungen Mannes hinter diesem Schritt vermutet und später über einen Mitarbeiter des Ägyptischen Museums in Kairo erfahren, dass sie damit so falsch nicht gelegen hatte.

Ihre danach ausbrechende Arbeitswut war Heilmittel und Gift zugleich. Zunächst konnte sie diese Enttäuschung, wie das oft der Fall ist, mit Hilfe einer geradezu faustischen Aktivität überwinden; doch je länger das ging, desto mehr verlor dieses Antidot seine balsamische Wirkung auf die Seele und wurde zur Ursache weiterer Krisen. Stella stürzte sich, nach London zurückgekehrt, in erotische Abenteuer, die eigentlich den Vertretern ihres Berufstandes fremd sind: Männliche Zufallsbekanntschaften häuften sich, regellose Dates kamen hinzu; ernsthafte Zweifel weniger am ausgeübten Beruf einer Gelehrten als vielmehr am Sinn und Zweck des Daseins überhaupt führten zu sexuellen Eskapaden, deren einziger Zweck die Betäubung war.

„Du regredierst", hatte Lionel, ihr engster Mitarbeiter am Museum, gesagt, und sie konnte dieser Diagnose nicht einmal widersprechen.

Da kam der Vorschlag der Direktion des Museums gerade richtig, ihre Kenntnisse der nordafrikanischen, besonders der saharischen Kulturen für eine Ausgrabung zu nutzen, die am Nordabhang der Hun-Berge stattfinden sollte, genau in der Mitte des Reichs des Metaphysicus, das zu jener Zeit – und zu Unrecht, wie sich bald herausstellen sollte – als Inbegriff politischer Stabilität galt und sich gerade den Ländern des Westens diplomatisch annäherte.

Stella hatte erleichtert aufgeatmet, als ihr das Institut, sozusagen in der Rolle eines Deus ex machina, diesen Ausweg aus ihrem seelischen Dilemma wies. Und die Mission hatte sich günstig angelassen. Ausnehmend zuvorkommend hatte man sie in der Hauptstadt empfangen und ihrem Weg in das Landesinnere keinerlei Hindernisse in den Weg gelegt. Und dies, obwohl auch damals schon Unruhe im Lande herrschte, es an allen Ecken und Enden, obzwar unmerklich, brodelte. Erstaunlich war auch, dass Stella und ihre beiden Mitarbeiter nach knapp zwei Wochen bereits erste Erfolge bei ihrer Grabung vorweisen konnten: Lange schon war vermutet worden, dass die Einflüsse der antiken östlichen Reiche weiter nach Westen in die Sahara hineingereicht hatten, als man bislang belegen konnte; doch nun fügten Stella Wedgwood, Dick Fletcher und Will Moynihan Steinchen für Steinchen zu einem Mosaik zusammen, das geeignet war, ein völlig neues, vertieftes und sogar höchst komplexes Bild der antiken saharischen Kulturen zu entwerfen, das nicht zuletzt bemerkenswerte Einflüsse aus dem alten Ägypten offenbarte.

Allerdings hatten sie, kurz bevor sie entführt wurden, das Gefühl gehabt, ihr Auftrag sei im Grunde beendet, denn die Zahl der Funde reduzierte sich drastisch, so dass Stella, als Leiterin der Grabung, über das Ende der Kampagne nachzudenken begann. Sie hatte deswegen schon einmal Kontakt mit dem Institut in ihrer Heimat aufgenommen, ohne ihren beiden Mitarbeitern etwas davon zu sagen. Man hatte gewohnheitsmäßig seine Arbeit getan auf jenem *claim*, den sie sich abgesteckt hatten, um die ersehnten früh-saharischen Artefakte oder vielleicht auch etwas anderes zu finden. Dann zuckten die Blitze der Weltgeschichte in Gestalt von Idriss und seinen Männern auf sie hernieder. Natürlich war sie sofort nach der Geiselnahme von ihren beiden Mitarbeitern getrennt worden; das waren die Entführer schon ihrem Ruf als gute Muslims schuldig. Umso mehr wunderte sich Stella, dass man mit diesem Deutschen einen männlichen Gefangenen in ihre Nähe gebracht hatte. Das hatte wohl damit zu tun, dass er offenbar der maßgebende Mann in dieser Gruppe war, wie *sie* eben die Leiterin ihrer Grabung. So hing dies wohl mit dem Denken in Hierarchien zusammen. Trotzdem schien ihr das Handeln dieser Entführer ziemlich unprofessionell zu sein; und Stella Wedgewoods Gefühl trog nicht, wie man bald bemerken wird.

* * *

Reisiger wusste nicht genau, wie weit die anderen von ihm entfernt waren. In welchem Loch quälte man sie? Er hatte mehrfach gerufen, denn wenigstens hatte man ihm nicht den Mund verklebt – doch eine Antwort hatte er nicht erhalten. Immerhin lag er nicht im Dunkeln in diesem Gewirr von Höhlen, das die Aufständischen insgesamt gut ausgebaut hatten, schon um der eigenen Bequemlichkeit willen. Man hatte ihnen nicht die Augen verbunden, so sicher fühlte man sich, hier, fast im Zentrum des riesigen Reiches; eine Flucht, ohne jegliche Hilfsmittel, hätte wohl den sicheren Tod des oder der Betreffenden bedeutet. So hatte Reisiger, als man sie in die natürlichen Kavernen des Basalt-Gebirges hineinführte, bereits erkennen können, dass ein Teil der Nischen und unterirdischen Räume mit technischen Geräten angefüllt war, die ohne Zweifel der Überwachung, doch auch der Kommunikation dienten. Sogar einige Bildschirme hatte er flimmern sehen. Es war ein hochmodernes Ambiente, das diese Leute sich in der Zurückgezogenheit der Höhlen und Kavernen verschafft hatten. Konnte Ramzi, als der erfahrenste Einheimische, irgendetwas erreichen?

„Unser Volk will nicht schon wieder unterdrückt werden", sagte Idriss. „Wir Tubu haben vierzig Jahre unter dem Großen Metaphysicus gelitten. Unter seinen Kriegen im Süden hatten wir am meisten zu ertragen, weil wir eben im Süden leben. Das Reich war ihm nicht groß genug. Wir im Süden lieben unsere Unabhängigkeit, unsere Freiheit. Wir sind eben Söhne der Wüste. Den Großen Metaphysicus haben wir fast abgeschüttelt, er hat im Oasen-Gebiet nichts mehr zu sagen, doch nun bedrücken uns die anderen Rebellen."

„Ihr habt doch bei dem Aufstand mitgemacht", wandte Reisiger ein. „Noch vor kurzem. Und jetzt macht ihr weiter, wie ich vermute. Eine neue Runde der Erhebung steht bevor, habe ich recht?"

„Natürlich! In gutem Glauben taten wir das. Sie sagten uns, dass wir nichts zu befürchten hätten nach einem Sieg, alle Völker und Stämme des Reiches würden gleichberechtigt sein. Auch wir verehren den verstorbenen großen Weisen, den großen ‚Pharao‘, der unser Land erneuert hat, als es das Reich noch gar nicht gab. Doch wir wollen nicht mehr kuschen, gleichgültig vor wem. Die Rebellen im Norden haben uns niemals angehört; das aber wollen wir: wenigstens angehört werden. Nun sitzen wir zwischen allen Stühlen, denn der Große Metaphysicus ist noch nicht entmachtet, und die Leute aus dem Osten, die uns nicht ernst nehmen, erleiden hohe Verluste. Sie können trotz der Unterstützung durch euch im Westen (ihr unterstützt das doch, oder?) den Großen Metaphysicus nicht stürzen. Auch sind sie unter sich uneins – eine alte Krankheit der Opposition in unserem Land."

„Was können wir dafür, dass ihr euch nicht versteht?", fragte Reisiger ein wenig aufgebracht. „Muss man deshalb friedliche Menschen ihrer Freiheit berauben? Wir wollen nur nach Süden, in die Großen Sande, weiter nichts. Wir sind auf einer wissenschaftlichen Exkursion, die ich lange vorbereitet habe. Wir sind Forscher und interessieren uns allein für unsere Forschung."

Der Anführer fuchtelte mit der Maschinenpistole vor Reisigers Gesicht herum.

„Ihr wascht eure Hände, wie immer, in Unschuld", zischte er Reisiger wütend ins Gesicht, „als hättet ihr nie etwas zu tun gehabt mit diesem Land und auch den Nachbarreichen."

„Das waren die Italiener, und das ist lange her."

„Auch sie sind verantwortlich bis heute. Unsere Väter haben die Italiener gehasst, und wir hassen sie noch immer. Die Italiener waren eine Karikatur der Franzosen, die weiter im Westen, in Algerien und Marokko, wüteten. Doch die Franzosen haben wenigstens nicht alles falsch gemacht in ihren Besitzungen, die Italiener bei uns aber schon; sie waren so hochfahrend und arrogant wie die Amerikaner aus dem fernen Westen heute …"

„Die Amerikaner haben den Großen Metaphysicus niemals gemocht. Haben Sie die Bombardements der Amerikaner vor Jahrzehnten schon vergessen? Ihre Antwort auf den Terror? Das war doch alles sehr schwierig und riskant damals. Wie können Sie behaupten, dass man nichts unternommen habe gegen den Großen Metaphysicus!"

„Im Gegenteil: Wir haben sie begrüßt, die Bombardierungen. Wir saßen damals in den südlichen Oasen und ballten die Fäuste. Wir haben zu Allah gebetet, dass es den Peiniger erwischen möge. Doch er kam mit dem Leben davon, wie alle schlechten Menschen, und machte weiter wie bisher. Ja, sogar noch schlimmer, wie sie ebenso gut wissen wie wir. Zehn Jahre danach unternahmen wir einen Aufstand, doch niemand half uns. Niemand interessierte sich für das Tubu-Volk. Nichts kam in die Presse. Nicht die Bohne. Die Zeitungen" – nun redete er sich vollends in Rage – „fanden damals die ersten Anschläge von Al Qaida und die Wirren im fernen Afghanistan wichtiger als das Aufbegehren des Tubu-Volkes, von dem auch kaum jemand wusste, dass es überhaupt noch existierte. Das ist auch heute noch so. Auch gibt es bei uns wenig zu holen. Sie wissen, was ich meine: ich meine das Schmiermittel der modernen Welt, das Erdöl, das schwarze Gold, wie man es auch nennt, das in unserem Land zwar reichlich fließt, nicht aber dort, wo das Tubu-Volk lebt. Es lebt bis heute armselig, es vegetiert mehr, als es lebt. Vor allem weiter unten im Süden, in Richtung auf das Tibesti-Gebirge. Der Große Metaphysicus jedoch konnte sich Paläste damit errichten, in fast allen Landesteilen und an fast allen schönen Orten, wo es sich wohl sein lässt, wenn man eben das Schmiermittel hat. Daran haben auch die Amerikaner und die übrigen westlichen Länder nichts geändert, auch Ihres nicht, denn auch diese Länder brauchen das Schmiermittel."

„Deshalb sollte gerade das kein Vorwurf sein, Mr. Idriss", widersprach Reisiger, „Sie und wir brauchen es eben, wie Sie selber sagen. Auch wenn der große Diktator, der Metaphysicus, eines Tages gestürzt sein wird – und ich zweifle nicht daran, dass dies geschieht –, wird das Land noch eine Zeitlang von diesem „Schmiermittel" leben müssen. Wovon denn sonst? Und an wen, wenn nicht an uns, wollen Sie es denn verkaufen?"

„Wir wollen nichts als unseren Anteil und Rechte für unser Volk. Wir wollen Gerechtigkeit, bei uns selbst und außerhalb. Das ist alles. Dafür sind Sie jetzt hier, nennen Sie das Erpressung, ein Verbrechen oder wie auch immer.

Wie anders sollen wir uns denn zur Wehr setzen? Gegen unseren Staatsverbrecher, der sich als Wohltäter feiern lässt, aber auch gegen den Rest der Welt, der aus durchsichtigen Gründen zu ihm hält. "

Angesichts des zuletzt vorgebrachten Arguments fühlte sich Reisiger unwohl. Wie oft hatte er, als er noch als Journalist tätig war, in den vergangenen Jahrzenten diese Art von Rechtfertigung aus dem Munde fanatischer Extremisten vernommen! Wenn man es akzeptierte, geriet man in des Teufels Küche. Und man stand bald vor der Frage, ob man es von allen akzeptiere oder nur von jenen, die einem ideologisch in den Kram passten und sich am Ende als siegreich erwiesen. Dies war ja einer der Schwachpunkte des Westens beim Kampf gegen den gewalttätigen Extremismus überhaupt, der bei den Muslimen am allerwenigsten geduldet wurde. Bei anderen sah man da gegebenenfalls über manches hinweg.

„Ich verstehe das nur zu gut", antwortete Reisiger entgegen seiner Überzeugung und versuchte zu lächeln. Er spürte, dass er diesen Mann zu mögen begann, trotz seiner ungehemmt zur Schau gestellten Brutalität. Eigentlich waren die Stämme der Großen Sande für ihre Härte bekannt, nicht jedoch für eine unmäßige Grausamkeit. Eigentlich ... doch wer vermochte derlei Charakterisierungen schon zu Gewissheiten zu machen? Dieser Mr. Idriss fuchtelte noch immer mit seiner Maschinenpistole vor ihnen herum. Dass er redete, schien für eine gewisse Leutseligkeit und Kompromissbereitschaft zu sprechen; aber seine Körpersprache wirkte bedrohlich. Die

Schweißausbrüche Reisigers waren ein sicheres Zeichen dafür, dass er Todesangst hatte. Nicht umsonst hatte er sich bei der Vorbereitung ihrer Reise mit jenen früheren Entführungsfällen im Inneren der Sahara auseinandergesetzt, die in den zurückliegenden Jahren vorgefallen waren und allesamt tragisch geendet hatten. Schon damals war ihm durch den Kopf gegangen, dass sich die Verhältnisse in den Ländern, die er so liebte und deren Kultur ihn seit jeher so angezogen hatte, zum Schlechteren gewendet hatten, seitdem er sie beruflich beobachtete und über sie schrieb. Gleichwohl hatte er sich immer als jemand verstanden, der versuchte, Ruhe und Vernunft in die Urteile über jenen offenbar explodierenden Teil des politischen Erdballs zu bringen, der den Rest der Welt seit vielen Jahren so sehr beunruhigte. Nun war er selbst Opfer dieser Explosion geworden, die sich anschickte, so etwas wie eine *Supernova* zu werden, die alles auflöste und verschlang, bis es dem Zerfall preisgegeben war.

Dass er so bald einem leibhaftigen Tubu begegnen würde, hatte Reisiger nicht gedacht – noch dazu unter diesen außergewöhnlichen, bedrückenden Verhältnissen. Theoretisch wusste er vieles über dieses Volk, das noch manche Rätsel aufgab, denn beim Studium der saharischen Kulturen, der Garamanten und ihrer Welt allemal, stieß man zwangsläufig auf sie. Man nennt sie auch Tibbu oder Teda. Im Libyschen Reich leben sie hauptsächlich im Süden, eine Minderheit im Norden der Republik Niger. Ihr Hauptsiedlungsgebiet war und ist das Tibesti-Gebirge im Norden Tschads, wo Nachtigal es mit ihnen vor mehr als hundertvierzig Jahren zu tun bekam – und zwar auf eine Weise, die sein Leben bedrohte. Es fehlte nicht viel und der deutsche „Postbote" auf dem Weg nach Bornu und Wadai wäre an den steilen, schrundigen Aufschwüngen des Tibesti zum Opfer des Fanatismus und der Fremdenfeindlichkeit geworden. Zwar galten die Tubu zu jener Zeit als nomadisierende Viehzüchter, vornehmlich von Ziegen, später jedoch auch von Kamelen; doch hatte sich bei ihnen – so jedenfalls las Reisiger es bei den alten Reisenden – auch ein kriegerischer Geist ausgebildet. Vor allem mit den Stämmen der Tuareg rivalisierten sie und fochten manchen kriegerischen Strauß mit ihnen aus. Möglicherweise stellten die Tubu sogar das saharische Urvolk dar, hinter dessen Existenz es kein wissenschaftliches Zurück mehr gab.

Reisiger wusste, dass sie früher einmal zu dem Großen Metaphysicus gehalten hatten, da sie sich von ihrer eigenen Regierung in Ndjamena kujoniert fühlten und sich von dem Führer im Norden Beistand erhofften; doch diese Erwartungen waren bald ins Nichts zerstoben, und so wurden die Tubu erbitterte Feinde des Herrschers von Tripolis. 1992 hatten sie sich erstmals zur Wehr gesetzt, auch gegenüber benachbarten arabischen Stämmen, deren Hegemoniebestrebungen sie fürchteten.

Zu Zeiten Nachtigals galten die Tubu als „räuberisch und diebisch". Dies bedurfte nach Reisigers Auffassung allerdings einer gebührenden Einordnung, denn die Tubu-Stämme praktizierten keine andere Lebensweise als alle anderen Nomaden der Region: Oft waren es der schmerzende Hunger und die blanke Armut, die sie dazu bewegten, sich „diebisch und räuberisch" zu verhalten. Nachtigal beschrieb sie als zäh und ausdauernd, als schnellfüßig, was angesichts ihrer Lebenswirklichkeit notwendig – buchstäblich die *Not wendend* – war:

Das scharfe Auge der Tubu, das an die Nacht, in der sie mit der ihrem ganzen heimlichen Wesen entsprechenden Vorliebe selbst ehrliche Geschäfte abmachen, gewöhnt ist, ihre Terrainkenntnisse, ihre unglaubliche Leichtfüßigkeit und Schnelligkeit, die schon im Altertum berühmt war, ihre harten Fußsohlen, die ihnen erlauben, barfuß über Felsen und Steine zu laufen und zu springen: Alles dies macht es für jeden anderen unmöglich, sie zwischen ihren Felsen, noch dazu in der Dunkelheit, einzuholen. Über ihre Schnellfüßigkeit erzählt man die wunderbarsten Geschichten unter den Fezzanern und Arabern. Ich habe ihrer viele im Scherze laufen sehen und konnte aus diesen harmlosen Übungen einen Schluss ziehen auf die Funktionsfähigkeit ihrer unteren Extremitäten und ihrer Lungen, wenn es sich darum handeln würde, ihnen Leben und Sicherheit zu verdanken …

Zwei der einheimischen Begleiter Nachtigals machten sich damals an die Verfolgung eines Diebes, der die Flinte des deutschen Reisenden gestohlen hatte – zu Fuß. Dies bot Nachtigal den Anlass dafür, sich mit der Schnellfüßigkeit der Tubu zu befassen. „Man konnte nur immer wieder", dachte Reisiger, „darüber staunen, welche Einzelheiten die klassischen Reisenden auf nordafrikanischem und arabischem Boden wahrgenommen und zu Papier gebracht hatten".

* * *

„Was habt ihr mit uns vor?" fragte Reisiger endlich, nachdem er tagelang in ein dumpfes Brüten verfallen war. „Gegen welche Leistung wollt ihr uns wieder freilassen?"

Idriss, der ihm und Miss Wedgewood Essen brachte, grinste in einer Weise, die Reisiger sofort in Zweifel stürzte, ob diese Sache überhaupt gut enden werde. Es war ein unbestimmtes, schwer zu definierendes, gerade deshalb aber umso grausameres Grinsen.

„Das wissen wir noch nicht genau", antwortete der Tubu-Führer. „Darüber werden wir noch nachdenken. Zunächst einmal wollten wir Leute in unsere Gewalt bringen, um überhaupt ein Faustpfand zu haben. Wahrscheinlich sind die Tage des Großen Metaphysicus doch gezählt, die Machtverhältnisse verschieben sich. Doch wir wollen berücksichtigt werden, wir wollen Garantien für die Zukunft, egal, wer Sieger bleibt. Bleibt der Diktator, was ich nicht wünsche, werden wir ihn mit euch zu erpressen versuchen; fällt er, dann wollen wir von den anderen Rebellengruppen Zugeständnisse."

Dies waren deutliche Worte.

Reisiger konnte das sogar verstehen, obwohl er verzweifelt war, dass immer nur solche Mittel angewandt wurden, um an sich berechtigte Ziele zu erlangen. War es denn nicht möglich, einen Wandel auf friedliche Weise zu erreichen? Und natürlich haderte er mit dem Schicksal, dass es ausgerechnet sie getroffen hatte. Sie, die weiß Gott Harmlosesten der Menschen, die sich der Wüstenforschung und der alten Geschichte verschrieben hatten. Stubengelehrte und Humanisten nach Gesinnung, Gesittung und Lebensart. Waren denn historische Veränderungen immer nur auf diese Weise möglich: gewaltsam, mit Raub, Betrug und Erpressung? Auch früher schon hatte sich Reisiger diese Frage gestellt und sie sich immer wieder auf die gleiche Weise selbst beantwortet: Warum sollten die Umwälzungen in diesem halb-archaischen Teil der Welt eigentlich anders vonstattengehen als bei uns? Diese Frage war nur allzu berechtigt.

* * *

Johannes Reisigers Frau Tanja erfuhr die Nachricht von der Geiselnahme, während sie sich gerade zum Einkaufen in die Stadt begeben wollte. Als sie den Telefonhörer abnahm und sich eine kräftige Frauenstimme mit „Auswärtiges Amt, ich verbinde" meldete, schwante ihr schon nichts Gutes. Jedenfalls hatte sie ein diffuses Drücken in der Magengegend. Sie hatte schon ihren Mantel – ein Geschenk von Johannes zu ihrem sechsundfünfzigsten Geburtstag, den sie ganz privat gefeiert hatten – an, als sie sich auf die Couch warf und auf die Stimme des Teilnehmers wartete.

„Hinrichsen", meldete sich der Beamte, „spreche ich mit Frau Reisiger?"

„Was ist los?", platzte Tanja sofort dazwischen. „Ohne Umschweife. Herr Hinrichsen, was ist los? Ist was mit Johannes?"

„Ich habe leider keine gute Nachricht für Sie. Leider. Aber es besteht auch kein Anlass zur Panik ..."

„Also was nun", stieß Tanja zwischen den Zähnen hervor.

„Ihr Mann ist entführt worden."

Tanja brachte kein Wort heraus. Es war wie ein dumpfer Schlag vor den Kopf, als sie das Wort „entführt" aus dem Hörer vernahm. Sie schwieg. Und sie schwieg lange.

„Hallo, Frau Reisiger! Frau Reisiger! Er lebt", schallte es nun aus dem Hörer. „Hören Sie doch, er lebt."

Es dauerte etwa eine halbe Minute, bis Tanja Reisiger den Schock zwar nicht überwunden hatte, aber wenigstens zu antworten imstande war.

„Wo ist das geschehen, schon in der Hauptstadt, bei der Ankunft? Ich habe überhaupt nichts von Johannes gehört seither. Der letzte Anruf kam aus dem Hotel, dem *Alhambra*. Was wissen Sie, Herr Hinrichsen?"

Legationsrat Walter Hinrichsen begann nun zu berichten, was vorgefallen war, freilich nur jene spärlichen Fakten, die der Botschaft in der Hauptstadt bekannt geworden waren. Dass die Gruppe nach raschem Vordringen Richtung Süden schon in der Mitte des Reichs angelangt gewesen sei; dass dann in der Nähe der Hun-Berge irgendwelche Rebellen – Hinrichsen wusste nicht zu sagen, welcher der zahlreichen Gruppen sie angehörten – die Gruppe innerhalb von vier bis fünf Minuten in ihre Gewalt gebracht und an einen unbekannten Ort im Massiv der Hun-Berge verschleppt hätten. Er vermute, es seien Rebellen aus dem tiefen Süden des Landes gewesen, die sowohl Gegner des Großen Metaphysicus als auch der übrigen Aufständischen seien. Die Botschaft habe von der Entführung von einem Mann erfahren, der kurz zuvor der Gruppe noch begegnet sei, an einer Tankstelle, und dort noch auf die Gefahr einer Entführung hingewiesen habe. Der Mann habe jedoch den Eindruck gewonnen, dass man seine Warnung vor „großen Prüfungen" leichtfertig für nichtig erachtet habe. Er aber kenne sich aus im Land, in dem er gewissermaßen – und er meinte das durchaus ernst – schon seit Äonen lebe. Er habe buchstäblich und in des Wortes wahrster Bedeutung den Überblick über all die Dinge, die im Reich geschähen. Seinen Namen indes wolle er nicht nennen, der besage ohnehin gar nichts; viel wichtiger sei, dass die Nachricht von der Entführung und Geiselnahme bekannt würde auf dem Kontinent der Europäer. Er warne davor, ähnliche Unternehmungen wie diese abenteuerliche Fahrt in nächster Zeit ins Werk zu setzen, ganz unabhängig davon, wie sich die Lage im Reich weiter entwickle. Man habe genug von den westlichen Einmischungen, selbst wenn sie mit bester Absicht und in allerbestem Glauben stattfänden. „Lassen Sie uns in Ruhe", hatte er wörtlich hinzugefügt, in einem Ton, als ob er tatsächlich etwas zu *melden* habe auf der Welt.

„Ein komischer Heiliger war das", sagte Legationsrat Hinrichsen zu Tanja, die solche Einzelheiten gar nicht hören wollte.

Obwohl sie so viele Jahrzehnte mit Johannes zusammen war, hatten sie sich in der letzten Zeit innerlich ein wenig voneinander entfernt. Das war recht eigentlich niemandes Schuld, sondern der das Leben gewissermaßen abschleifenden, glattschmirgelnden Wirkung der Zeit, dieser grausamen Linearität alles Werdens, zuzuschreiben, deren innerer Kern im Wesen des Menschen die Gewohnheit war, die beständige Wiederkehr des Gleichen. Zerrüttet konnte man ihr Verhältnis als Eheleute freilich auch nicht nennen; es war so, wie in vielen anderen Partnerschaften, auf die sie hier und da trafen, nicht zuletzt auch bei Ulla und Erwin, die sie beide seit Studientagen kannten.

Trotzdem zitterte Tanja, während sie noch den Hörer in der Hand hielt, wie Espenlaub. Und sie musste dagegen ankämpfen, dass ihr die Beine nicht unter dem Rest ihres zierlichen Körpers wegrutschten. Mit allem hatte sie gerechnet, mit einem Berg organisatorischer Schwierigkeiten für Johannes, mit den Plagen des Wetters, mit Krankheit, mit Streit innerhalb der Gruppe – nicht aber mit so etwas.

„Um Himmels willen!", rief sie in die Muschel des Telefons, so laut, dass Legationsrat Hinrichsen am anderen Ende zusammenfuhr, „um Himmels willen, tun Sie etwas! Oder kann ich etwas tun?"

„Ich fürchte nein, gnädige Frau. Aber sie können sicher sein, dass wir alles in unserer Macht Stehende unternehmen werden, um Ihren Mann frei zu bekommen. Wir haben da eine gewisse Erfahrung gesammelt in den vergangenen Jahren."

Es waren Phrasen.

Noch während er das sagte, wurde Hinrichsen klar, dass er log. Die Chancen, Reisiger und die gesamte Gruppe zu befreien, waren sehr gering. Genau darin bestand die Erfahrung der jüngsten Zeit: dass nämlich anderswo, insbesondere jedoch in einigen arabischen Ländern, zahlreiche westliche Menschen auf Nimmerwiedersehen verschwunden waren – gerade in den Traumreichen der Großen Sande. Elend waren sie umgekommen in den Fängen ihrer Entführer, die bis zum heutigen Tag auch unbekannt, jedenfalls offiziell unidentifiziert geblieben waren. So jedenfalls musste man es interpretieren, dass man nie wieder etwas gehört hatte von den Verschwundenen, vor allem keine Forderung der Entführer. Die hatten es offenbar auf bloßen Raub und Mord abgesehen gehabt, auf die schiere Verbreitung von Angst und Schrecken.

Doch das Amt hatte Anweisung gegeben, in solchen Fällen einen irgendwie lebenserhaltenden Optimismus an den Tag zu legen. Und war das nicht das Elixier aller Politik? Wer würde ohne diese Art von Zweckoptimismus von seinem Stuhl im Zimmer aufstehen und etwas bewirken wollen in der Welt?

Hinrichsen legte den Hörer auf. Ihm selbst war auch unwohl, weil ihn schon vor dem Telefonat mit Tanja Reisiger ein Gedanke beschlichen hatte, den er nicht zu Ende denken wollte: Ob diese Entführung eines deutschen Staatsbürgers möglicherweise ein Racheakt dafür war, dass die deutsche Regierung im Sicherheitsrat der Vereinten Nationen ein Veto gegen eine internationale Aktion zum Schutz der Zivilbevölkerung eingelegt hatte? Das ging gegen die überlegene Luftwaffe des Großen Metaphysicus, die in der Lage war, Tod und Verderben über die Bevölkerung zu bringen, ohne dass die Aufständischen in der Lage waren, mit ihren leichten Waffen dem etwas Wirksames entgegenzusetzen. Selbst unter den Europäern, angeführt von Frankreich – das solcherlei Aktionen allerdings auch unter dem Gesichtspunkt eigener nordafrikanischer Interessen betrachtete – hatte Konsens darüber geherrscht, die Bevölkerung gegen den Bombenbrand zu schützen und somit indirekt die Rebellen zu stärken. „Flugverbotszone" lautete das strategische Zauberwort; sogar von den arabischen Nachbarn des Reiches wurde es immer öfter ins diplomatische Spiel gebracht, was viele doch überraschte. Es wurde deutlich, dass der Große Metaphysicus lange schon nicht mehr beliebt war bei seinen arabischen Brüdern, dass „Bruderschaft" unter ihnen zum bloßen Lippenbekenntnis herabgesunken war.

Hinrichsen wusste nicht, ob sein Hintergedanke der Wahrheit entsprach, und er würde niemals – weder unter den Kollegen im Amt noch gar in der Öffentlichkeit – solche Spekulationen anstellen; doch es war nicht ganz ausgeschlossen, dass das Verhalten der deutschen Diplomatie bei einigen Rebellengruppen eine gehörige Welle des Zorns hervorgerufen und sie zu dieser Aktion veranlasst hatte. Was verstanden diese Leute auch von der deutschen Seele, die nach den selbstverschuldeten Apokalypsen vor Jahrzehnten eine Neigung zur Zurückhaltung entwickelt hatte, die bei anderen bisweilen Befremden hervorrief? Und über die Entführer wusste man ja gar nichts.

Tanja, so verzweifelt sie war, rief sofort ihre beste Freundin Ulla an. „Stell dir vor, was passiert ist!"

Erwins Schwager Georg hatte im Hintergrund mitbekommen, was Tanja berichtete. Sofort lud er Tanja ein: „Das sind wir Johannes und unserer Freundschaft schuldig. Du kannst und sollst jetzt nicht allein sein".

Auf dem Weg zu Ulla und Georg – Erwin befand sich seit einigen Tagen schon auf Dienstreise – war Tanja so zerfahren, dass sie sich verfuhr, obwohl sie die Strecke im Schlaf kannte. Hunderte Male hatte sie die fünfzehn Kilometer bis zum anderen Ende der Stadt zurückgelegt. Johannes, gerade Johannes. Was war ihm widerfahren? Sie hätte lügen müssen, wenn sie behauptet hätte, dass sie Johannes noch immer schrecklich liebe; aber sie schätzte ihn und seine Zuverlässigkeit. Auch hatte die Gewohnheit vieler Jahre ihr heilsames Werk getan. Dass ihm nun ein möglicherweise schreckliches Schicksal irgendwo in einem fernen Reich drohte, das hatte er nicht verdient. Trotz der alarmierenden Nachrichten, die Monate zuvor aus dem Reich nach draußen gedrungen waren, hatte sie mit so etwas nicht im Mindesten gerechnet.

„Gerade haben sie es in den Nachrichten gebracht", sagte Georg, während er vor Tanja die Haustüre öffnete. Er umarmte sie und drückte sie mitleidig an sich. Seine körperliche Präsenz tat ihr gut.

Eine Stunde später wurde im Radio wieder darüber berichtet, diesmal in einem anderen Programm, wobei die Dürre der Fakten, die aus der Sendung hervorging, Tanja und den Freunden einen Schrecken einjagte. Brachte man nur so wenig, weil man nicht mehr wusste? Oder hatte das Außenamt darum gebeten? In beiden Fällen war dies nicht dazu angetan, die Angst zu bekämpfen oder auch nur die Sorge um Johannes und die anderen ein wenig zu besänftigen.

„Wer hätte ahnen können, dass ausgerechnet jetzt der Endkampf dort unten ausbricht?", bemerkte Georg am Tisch, als sie Abendbrot aßen. „Die Lage hatte sich doch beruhigt, und es hatte sogar den Anschein, als ob der Große Metaphysicus das auseinanderstrebende Reich noch einmal einen könne."

„Du meinst, die Entführung hängt damit zusammen?"

Georg gab zu, dass er es nur vermute. Genauso gut könne es sich um eine rein kriminelle Tat handeln, wie sie zuvor schon mehrfach vorgekommen sei. Gerade unter den Tuareg-Stämmen in Niger, Südalgerien und Mali.

„Ich wusste nicht, dass solche Dinge dort stattfinden", sagte Tanja mit tonloser Stimme, die das gegenwärtige Grau ihrer Seele reflektierte. Sie begann sich natürlich auch Vorwürfe zu machen. Warum hatte sie Johannes nicht entschieden genug von der Reise abgeraten?

„Ich bin aber auch zu naiv", räsonierte sie, und es war völlig zwecklos, dass Ulla und Georg ihr diese Selbstvorwürfe auszureden versuchten. Dass Johannes beileibe nicht das erste Entführungsopfer in dieser wie in vielen anderen Gegenden des Globus sei, vermochte sie nun wirklich nicht zu trösten. Andererseits … man konnte auch in Deutschland … auf offener Straße …

Im Auswärtigen Amt fand Legationsrat Hinrichsen als Teil einer Task Force an diesem Abend keine Ruhe. Es war das erste Mal in seiner noch jungen diplomatischen Karriere, dass er so etwas erlebte. Und er war gewiss nicht stolz darauf. Solcherart „Bewährung" im Dienst war so ziemlich das Schlimmste, was einem abverlangt werden konnte. Lange Zeit hatte es so ausgesehen, als sei die Welle von Entführungen und Morden im Reich des Großen Metaphysicus abgeebbt, doch nun begann das von Neuem, wenn auch mit ganz anderen Leuten als Urheber. Noch wusste niemand, zu welchem Höllenbrand sich diese Runde neuer Gewalttaten aufschaukeln würde.

Das vierte Kapitel

Ramzi, Mahmud, Masud und den Italiener hatten sie in eine winzige Kaverne gesteckt, in ein stickiges, offenbar mit Spitzhacken und Schaufeln ein wenig erweitertes Höhlen-Loch, das durch zwei Funzeln nur notdürftig erhellt wurde. (Eigentlich war dieser Ausdruck ein Euphemismus, denn von Helligkeit konnte nur in einem sehr eingeschränkten Sinn die Rede sein.) Sie ahnten ihre Umgebung mehr, als dass sie sie tatsächlich sahen. Immerhin konnte Ramzi, der das Reich, zumindest in seinem nördlichen Teil, sehr gut kannte, sich ungefähr zusammenreimen, wo sie waren.

„Wir müssten in den Hun-Bergen sein", sagte er zu dem Italiener, der gerade damit beschäftigt war, eine der Decken, die man als Unterlage auf dem Boden ausgebreitet hatte, so zurechtzurücken, dass er einigermaßen bequem liegen konnte.

„Woher willst du das wissen?", fragte Gianni Venone, der über die Küstenstriche des Reichs nie hinausgekommen war, ein wenig pikiert.

„Wir sind nach Osten gefahren, ungefähr eine Stunde. Wir sind offenkundig in einer Höhle. Ich kenne hier im Landesinnern nur einen Ort, an dem es so etwas gibt: eben die Hun-Berge."

„Und was nützt uns das?"

Da warf Masud ein: „Es ist wichtig, das zu wissen. Auch ich glaube, dass man uns in die Hun-Berge gebracht hat; Rebellen brauchen Verstecke, Unterstände, Refugien, wo sie sich ausruhen können. Rückzugsräume. Wo, wenn nicht in den Bergen, fände man das? Und wir sind doch bei den Aufständischen, oder nicht?"

„Das ist so sicher, wie ich Ramzi heiße."

„Aber welche Gruppe ist es?", fragte Masud.

„Das ist mir ziemlich gleichgültig", sagte Gianni missmutig.

„Wir wollen jetzt nicht streiten", fiel ihm Ramzi ins Wort. „Viel wichtiger ist die Frage, wohin man Herrn Reisiger verschleppt hat und wie wir Kontakt mit ihm aufnehmen können."

„Ich war von Beginn an skeptisch, was diese Exkursion angeht", warf Mahmud aufgebracht ein. „Zumal zu diesem Zeitpunkt. Es war doch klar, dass die Kämpfe mit den Truppen des Großen Metaphysicus wieder aufflammen würden. Warum habe ich mich nur überreden lassen? Dieser Herr Reisiger hätte die ganze Expedition verschieben müssen."

„Oder sie ganz abblasen", warf Gianni Venone in gereiztem, ja beinahe giftigem Tonfall ein. Der Italiener sah sich, als Kontrast zu seiner gegenwärtigen Lage, im Geiste wieder zuhause in einem der besseren Vororte der Hauptstadt in seinem kleinen Garten, den er mit Hingabe pflegte, zumal an den Wochenenden, die freitags begannen.

Ramzi gab sich Mühe, den Unmut der Gefährten zu dämpfen, denn ihre augenblickliche Situation erforderte alles Mögliche, nur nicht Zerstrittenheit und Zerwürfnis. So etwas bedeutete den Beginn des Zerfalls einer Gruppe. Doch insgeheim konnte er schon verstehen, wie ihnen zumute war. Wenn er ehrlich war, musste er zugeben, dass auch er, bevor der Deutsche eingetroffen war, mit Sorge auf ihr Vorhaben geblickt hatte. Die Unruhen waren ja weitaus mehr gewesen als sporadische militärische Geplänkel; und nicht ohne Grund hatten die Länder des Westens, angeführt von den Franzosen, die solcherlei Ereignisse immer gerne zum Anlass nahmen, ihre – obgleich drastisch geschwundene – weltpolitische *Bedeutung* doch noch einmal hervorzukehren, mit der Möglichkeit geliebäugelt, auf irgendeine Weise in den Konflikt zwischen dem Großen Metaphysicus und den oppositionellen Freischaren einzugreifen. Andererseits, das musste Ramzi sich selbst gegenüber eingestehen, hatte doch der Drang, an maßgeblicher Stelle an einer solchen Unternehmung teilzunehmen, ja, möglicherweise sogar Forscherruhm erringen zu können, schließlich doch die Oberhand in seinem Denken gewonnen. Also war er, und nur er, schuld an der gegenwärtigen Situation – und die Rebellen natürlich, die Geiselnehmer.

Man wird verstehen, dass in der Nacht, die diesem Tag folgte, keiner aus der Gruppe wirklich schlafen konnte. Die natürliche Müdigkeit wurde von jener Ungewissheit überlagert, die ihr Inneres erzittern ließ. Wie würde das ausgehen, und war ihre kleine Expedition damit schon am Ende, noch bevor sie begonnen hatte? Es war wohl doch eine fatale Idee gewesen, aus dem Abflauen der Kämpfe zwischen den Rebellen und dem Großen Metaphysicus zu schließen, das ganze Land normalisiere sich wieder. Was hieß in diesen Breiten schon normalisieren – nach europäischen Verhältnissen herrschte hier, zwischen Casablanca im Westen und Teheran im Osten, eigentlich immer der Ausnahmezustand. Diese Länder wurden von den Geheimdiensten und den Armeen kontrolliert und von sonst niemandem. War die seit einiger Zeit andauernde Unruhe in Ländern der Nachbarschaft eine Entwicklung von historischer Tragweite oder nur ein Strohfeuer, das bald wieder verpuffen würde?

Man hatte sie nicht gefesselt. Diese Gegend war so entlegen, die Hun-Berge – eigentlich handelte es sich um bessere Hügel aus vulkanischem Gestein – in so großer Einsamkeit gelegen, dass man von Seiten ihrer Entführer nicht mit einem Fluchtversuch rechnete. Wie hätte er denn auch gelingen können? Doch eine Wache hatten sie vor ihrer Kaverne immerhin aufgestellt. Als Ramzi nach draußen trat, um sich ein wenig zu orientieren und Luft zu schnappen, blickte der Mann ihn mürrisch an und presste ihm den Lauf seiner Maschinenpistole in den Bauch. Sonst bekamen sie niemanden zu Gesicht.

Über Ramzi spannte sich ein wunderbarer Himmel, eine Weite, die so gar nicht zu ihrer gegenwärtigen Situation passen wollte. Wie kostbare Diamanten, die man auf ein schwarzes Samttuch gelegt hatte, funkelten die Sterne – majestätisch, doch kalt und teilnahmslos. Kalt und teilnahmslos wie der Rest der Welt. Wer würde sich denn schon um ihr Schicksal kümmern? Die große Politik versuchte, den Metaphysicus zu einer Änderung seines menschenverachtenden Kurses zu bewegen, während die Oppositionellen im Ausland Reden hielten und die Aufständischen sich vielleicht für eine neue Runde in dieser mörderischen Auseinandersetzung rüsteten. Da waren fünf *Verschollene* in der Wüste von geringem Interesse. Obwohl selbst so etwas wie ein Kind der Wüste, konnte sich Ramzi an ihrem Himmel nicht sattsehen. Doch er ertappte sich bei dem Gedanken, es sei doch reichlich merkwürdig, ja bizarr, sich nun angesichts ihrer Gefangenschaft solch romantische Gefühle zu leisten. Aber etwas Seltsames umgab diese Landschaft schon, dieses Nichts, diese Leere, die nun wie ein Ozean aus schwarzer Tinte vor seinen Augen lag

„Die Gruppe muss in jedem Fall zusammenhalten", schoss ihm durch den Sinn. Es wäre ja beschämend, wenn eine kleine Gruppe Männer, entschlossen und mit einem klar definierten Ziel vor Augen, bei der erstbesten Gefahr dem Zerfall anheimgegeben wäre. Das durfte nicht passieren. Er musste versuchen, irgendwie Kontakt zu Reisiger herzustellen. War dieser allein oder gab es noch andere Gefangene? Aber wie sollte man darüber etwas in Erfahrung bringen?

* * *

Seine Kindheit und Jugend hatte Idriss, der Sohn von Idriss dem Hinkenden, noch tiefer im Herzen der Wüste zugebracht. Sein Clan, sein Unterstamm, der dem großen, wie Sandkörner zerstreuten Volk der Tubu angehörte, siedelte nicht weit von den Kufra-Oasen im tiefen Südosten des Reiches, die schon immer ein Hauch von Geheimnis umwittert hatte. Seit vielen Generationen folgte man dort den religiösen Lehren des großen Scheichs der Senussi, der ein Feind aller Fremden gewesen war und diese Gesinnung als Vermächtnis an seine Nachfolger weitergegeben hatte. Der jetzige große Scheich war ebenso ein Gegner und Rivale des Großen Metaphysicus, so wie seine Vorgänger die Herrschaft der Italiener, freilich auch anderer Usurpatoren aus dem Lande selbst, oder davor auch die Hegemonie der Türken abgelehnt hatten.

Obwohl sein Vater sozusagen zum „Adel" der Tubu gehörte, musste Idriss schon als Junge Kamele, Schafe und Ziegen über die dürren Winterweiden treiben. In seiner Kindheit roch er immer nach Tier, und bisweilen stank er auch. Es waren einsame Tage und Nächte, in denen er allenfalls mit den Tieren Zwiesprache hielt, erst recht, wenn der greise Hamid ihn alleine ließ auf der kargen Fläche außerhalb der Oase. Nur Sonne, Wind und Sand waren da seine Begleiter; sie führten ihn, wenn sein junger Geist nicht durch das Hüten der Herde abgelenkt war, an den letzten Urgrund des Seins heran, der keinen Namen hat und keinen Ort, dessen Fülle identisch ist mit der Leere – wie das den Menschen oft erscheint, die ihn erfahren haben, aber nicht in Worten davon künden können. Der Vater hatte ihm das eines Tages einmal erklärt und dazu das Heilige Buch, den Koran, herangezogen, voller Stolz darauf, dass sein Junge Idriss alleine im Stande war, an die letzten Geheimnisse des Seins zu rühren. Dabei hatte Idriss nur in sich selbst hineingehört und war dadurch auf jene großen Fragen gestoßen, die ihm auch die Begegnung mit seiner Heimatlandschaft nahelegte. Wer hatte all dies hervorgebracht? Und war es überhaupt entstanden? Es konnte ja auch immer da gewesen sein, vom Beginn der Zeit an, und die Menschen verbrachten nur eine kurze Weile darin. Wie lange lebte denn ihr Clan schon in den Großen Sanden? Hatten sie eine Geschichte? Hatte er eine Geschichte?

Eines Tages hatte der alte Hamid ihm erklärt, dass die Wüste nicht immer so wüst gewesen sei wie gerade jetzt. Hamid war gewiss kein Gelehrter, wie die Professoren in der Hauptstadt des Reiches, Tripolis, doch hatte er im Buch der Weite gelesen, das die Tubu umgab. Noch weiter im Süden der Großen Sande war er gewesen, mit Karawanen, die regelmäßig die Reiche der Schwarzen besuchten, das Bilad al Sudan, um mit ihnen Handel zu treiben. Da wurde Salz eingetauscht gegen Gebrauchsgegenstände des Alltags, welche die Beduinenfrauen der Tubu verfertigten. Und in den südlichen Bergen hatte Hamid sie entdeckt: Felszeichnungen auf dem heißen Gestein zeigten Giraffen und riesenhafte Strauße, Antilopen und Elefanten, Rhinozerosse und viele andere Arten, die ihm völlig unbekannt waren. Idriss kannte zunächst gar keine Namen für diese Tiere, die ihm wie rätselhafte Monster aus der Vorzeit erschienen. Und er wäre für immer dumm geblieben, hätte der alte Hamid nicht aus seinem breiten Wissensschatz geschöpft und Abhilfe geschaffen. Er konnte es gar nicht fassen, dass dort, wo sich das Sandmeer erstreckte und die hochragenden Felsen des Tibesti wie knorrige, überdimensionale schwarze Finger in die Höhe ragten, einmal Gras gewachsen sein sollte – so üppig, dass all diese Lebewesen Nahrung fanden. Aber noch erstaunter reagierte er, als ihm Hamid eines Tages erzählte, dass in jenen Gebieten, die heute der weltabgewandten Seite des Mondes glichen, einmal zahlreiche Menschen und Stämme gelebt haben sollten, in volkreichen Städten, die später jedoch von den Dschinnen der Wüste zerstört worden seien. Im Tibesti-Gebirge, weiter im Süden, lebten verwandte Stämme, gegen die der Große Metaphysicus immer wieder einmal Krieg geführt hatte.

Wann immer Idriss sich hinaus in die Wüste der Umgebung begab, erinnerte er sich der Worte Onkel Hamids. Wo waren dann all diese Dinge geblieben, die Menschen, die Tiere, die blühenden Städte? Außer den Menschen waren ihm hier nur noch zwei Arten von Lebewesen bekannt: die Feneks und die Schlangen, die beide ihre unverwechselbaren Spuren im Sand hinterließen, vor allem die Füchse, während sich die Vipern häufig unter dem Sand bewegten. Die Vipern musste man fürchten, die Feneks hingegen fand er ganz lustig mit ihren fast ein wenig frechen Gesichtern. Sie schienen nie erwachsen zu werden. Und ihre Stimmen hatten tatsächlich etwas von Kindern an sich. Und vorwitzig waren sie bisweilen, wie junge Katzen.

So gingen die Jahre mit den Erzählungen Onkel Hamids, mit den Ausflügen in die Wüste, mit Arbeiten im Palmenhain der Oase dahin. Idriss wurde von Onkel Hamid auch in den Anfangsgründen des Glaubens unterwiesen. Da hörte er, als Hamid das Heilige Buch zitierte, zum ersten Mal die heilige Sprache, das Arabische, wie man es dem Hörensagen nach in den großen Städten Arabiens außerhalb des Reiches sprach oder las. Onkel Hamid war die einzige Autorität in diesen Dingen weit und breit, da er in seiner Jugend eine Zeitlang in der Siebenstadt gelebt hatte. Wenn er die heiligen Worte rezitierte, war es Idriss zumute, als ob er fliege. Er hob ab beim Hören der rhythmischen Sätze und Verse, die Gott, wie Hamid erklärte, selbst gesprochen hatte, als er den Propheten Mohammed erwählt hatte. Als Hamid jenen kurzen Vers vorlas, der die Himmelfahrt des Propheten andeutete, und der Onkel ihm anschließend die Umstände dieser mystischen Reise erklärte, schien er im Geiste selbst das Ross Buraq bestiegen zu haben und auf ihm in die sieben Himmel zu fliegen. Diese Träumereien waren geeignet, den Menschen über sich hinaus zu heben.

Manches Mal legte er sich auch auf den Wüstenboden und schaute in das überschießende Blau über sich. Was war dieses Blau? Eine bloße Farbe oder gehörte es schon zu Gott? Doch wo war Gott, der Unsichtbare, der den Menschen und der Welt fern ist und ihnen dennoch so nahe „wie seine Halsschlagader". Er kannte weder Raum noch Zeit. Das Blau war unbeweglich, während die Wolken wie die weiße Wolle der Schafe unter ihm hinwegglitten. War der Himmel unveränderlich? Diese Welt war voller unbeantworteter Fragen, und er wusste außer Hamid niemanden, an den er sich wenden konnte. Immer wieder griff er auch zu dem Heiligen Buch seines Glaubens und las darin. Dieser Text war voller großartiger Erzählungen und Geschichten. Auch voller Weisheit und Kunde der Welt. Doch auch schreckliche Dinge fand er darin: unheimliche Beschwörungen, Drohungen, Misshandlungen, Aufforderungen zu Mord und Totschlag. Den Ungläubigen wurde Schreckliches verheißen. Und dennoch hatte er das Gefühl, dass in diesem rätselhaften Buch, dessen Urheberschaft man Gott selbst zuschrieb, ihr aller Denken und Wollen beschlossen lag – seit Jahrhunderten schon. Da gab es kein Entrinnen.

Etliche Jahre später glaubte Idriss sich dem Ziel sehr nahe. Der Große Metaphysicus nämlich hatte die Oasen seines Tubu-Volkes im Süden besucht und um dieses Volk geworben. Ausdrücklich hatte er darauf hingewiesen, mit der neuen Zeit sei auch ein neuer Geist in das Land eingezogen; schon immer habe er darunter gelitten, dass das Tubu-Volk von den früheren Herrschern, in den Zeiten des großen „Pharao", den man nach Ägypten vertrieben habe, so sträflich und sogar vorsätzlich vernachlässigt worden sei. Diese Epoche der Dunkelheit sei nun zu Ende. Er sei gekommen, um seinem Volk das Licht zu bringen (so drückte er sich tatsächlich aus). Ein Licht für sein Volk, das unteilbar sei und alle erfassen und erleuchten werde. Dann legte man Pläne für eine umfassende Fortentwicklung der Kufra-Oasen vor.

So war es gekommen, dass man Idriss in die Hauptstadt des Reiches schickte. Zusammen mit zehn anderen Kameraden aus der Oase der Tubu besuchte er dort die höhere Schule; ja, am Ende kam er sogar auf die Universität in der großen Stadt, in Tripolis. Das Leben in diesem für ihn ungewohnten Gebilde von unfassbarer Ausdehnung entfaltete umgehend seinen Sog, wie das immer der Fall war, wenn die Söhne von Nomaden ihre sandigen Meere verließen und in die Welt aufbrachen. Es blieb nicht aus, dass Idriss von vielerlei Ablenkungen so sehr in Anspruch genommen wurde, dass er zeitweise vergaß, woher er gekommen war. Und es schien ihm geradezu unglaublich, was er alles zu lernen hatte, dass es solche Gegenstände überhaupt gab! Wie zurückgeblieben waren doch die Seinen, wenn er an all die Bücher dachte, mit denen er sich an der Universität beschäftigen musste. Nicht die leiseste Ahnung hatten sie von den Dingen, mit denen er sich nun tagaus, tagein zu befassen hatte: Politik und Wirtschaft, die Fragen des Rechts, die damit verbunden waren; auch hatte der Große Metaphysicus angeordnet, dass alle Studenten, gleichgültig was sie studierten, mit den unfassbaren Gräueltaten der Europäer, insbesondere mit denen der Italiener vertraut gemacht werden müssten. Nur flüchtig hatte ihm Onkel Hamid von diesen Zeiten erzählt, die längst vergangen zu sein schienen. Von der Besatzung, von den blutigen Gefechten, die sich Hadschi Omar Mukhtar mit den Italienern geliefert hatte, mit der öffentlichen Hinrichtung durch die Italiener, diesem äußerlich ach so schmählichen Ende, auf das doch gerade deswegen alle so stolz waren; auch von den Engländern mit den weißen Gesichtern und den Almani mit den blonden Haaren hatte er erzählt, die sich noch vor der Epoche des „Pharao" auf dem Gebiet des Reiches erbittert bekämpft hatten und am Ende doch weichen mussten. Das ganze Sandreich war zu jener Zeit ein einziges Schlachtfeld gewesen. Nun erfuhr er das alles genauer.

Omar Mukhtar war eng mit dem Orden der Senussiya verbunden gewesen, der schon Generationen zuvor den Osten Libyens unter seine Herrschaft gebracht und zeitweise bis in das ferne Timbuktu hinein seinen Einfluss geltend gemacht hatte. Der geistige Inspirator der Sanussi-

Derwische, Scheich al Senussi, war um die Mitte des 19. Jahrhunderts von der Arabischen Halbinsel herübergekommen. In der heiligen Stadt des Islam, in Mekka, und auch in Medina, wo der Prophet des Islams selbst begraben lag, hatte er sich mit den *ulema,* den religiösen Gelehrten, überworfen. Diese frönten seit etwa hundert Jahren nach seiner Ansicht einem finsteren Aberglauben, den sie freilich für den einzig wahren Islam hielten und als solchen propagierten. Scheich Sanussi schaffte es mit Beharrlichkeit und einer gehörigen Portion Hartnäckigkeit, in beinahe der gesamten östlichen Sahara seine Leute als die beherrschende religiöse, freilich auch politische Macht zu etablieren. Ja, zwischenzeitlich reichte der Arm der frommen Bruderschaft, die sich alsbald aus Scheich Sanussis Konventen heraus entwickelte, bis zu den muslimischen Völkern jenes breiten Savannengürtels, den die Franzosen als „Le Soudan" bezeichneten, der in späteren Zeiten dann den Namen Sahel, Küste, erhielt und ihn bis heute behielt. Sahel – das bedeutete die Küste des Sandmeeres. Bis in die Länder der schwarzen Menschen brandeten die Dünen an, ein stetiges Wechselspiel zwischen der körnigen Materie und dem Wind. Symbol der Dauer, der Beständigkeit aller irdischen Prozesse, soweit sie die außermenschliche Natur betrafen, gleichzeitig jedoch auch sichtbares Zeichen ständiger Veränderung und unaufhaltsamen Zerfalls. Nicht wenige der alten Wüstenreisenden waren fasziniert gewesen von diesem Windspiel der Erosion, die in Jahrtausenden noch die festeste Materie zermahlen und den Kräften des Windes preisgeben konnte. Für die menschlichen Sinnesorgane waren diese Prozesse kaum wahrnehmbar, für die Äonen der Evolution hingegen verliefen sie geradezu flüchtig. Wie unvollkommen waren doch die menschlichen Sinne!

Die Senussi bestimmten zeitweise die Formen des Glaubens bis nach Timbuktu und Gao, im heutigen Mali, ehemaligen Zentren großer Gelehrsamkeit, die unter dem Ansturm der Zeit gelitten hatten und sich unter der Bruderschaft zu erholen hofften. Diese Erwartungen waren berechtigt, denn es waren die Senussi, die aus der Tiefe der Wüste den Widerstand gegen die fremden, „friedlichen Durchdringer" aus Europa wenn nicht organisierten, dann wenigstens spirituell motivierten. Dazu gehörte freilich nicht allein mystisches Suchen nach den heiligen Prinzipien des Glaubens, sondern auch handfeste Politik, wie gerade die Italiener in Tripolitanien und der Cyrenaika am eigenen Leib erfahren mussten. Und diese Politik – Reisiger hatte noch vor einiger Zeit mit Erwin und Ulla zufällig darüber gesprochen – war manchmal nicht völlig eindeutig. Denn während des berühmten Afrika-Feldzuges, dessen strategische Mitte das Libysche Reich der Sande gewesen war, nahmen die Sanussi Kontakt mit den Deutschen auf, trafen sich mit Rommel, von dem sie erwarteten, dass er die westlichen kolonialen Durchdringer, zumal die Engländer, aus Nordafrika hinauswerfen würde und die Italiener insoweit demütigen, dass sie keine große Rolle mehr spielen konnten. Als Mensch war ihnen der deutsche General völlig egal, doch aus politischem Kalkül setzten sie auf die Deutschen. Die ägyptische Oase Siwa, die Hauptstadt Kairo und das oberägyptische Assuan waren zu jener Zeit Drehscheiben von Spionage und Gegenspionage; es waren die Jahre, da auch ein gewisser László Almásy, später von einem Autor einmal „der englische Patient" genannt, seine geheimdienstlichen Fäden zugunsten Deutschlands zwischen der östlichen Sahara und dem Nil spann.

Almásy gehörte zu jenen schillernden Figuren, die allesamt mit dem Wort „Entdecker" nicht ausreichend bezeichnet werden konnten. Selbst das so allgemeine Wörtchen „Abenteurer" passte nicht auf sie. Sie waren viel mehr: Ihre oft spannend zu lesenden Bücher schufen zwar einen zunehmenden Enthusiasmus für die fremde Welt des Orients, bereiteten aber auch den Kolonialisten den Weg. Manche im guten Glauben, es gehe nur um Wissenschaft, manche jedoch ganz bewusst – überzeugt von der Mission des „weißen Mannes" und der *Bürde, die der weiße Mann nun einmal zu tragen* hatte. In Arabien, immerhin, schätzte man die deutschen Forschungsreisenden anders ein als ihre englischen oder französischen „Kollegen". Almásy war eine problematische Ausnahme: Dass er sich im Gebiet des Gilf El Kebir tummelte, zwischen der Südostecke Libyens und der Südwestecke Ägyptens und im Grenzgebiet zu Sudan, konnte man ihm so wenig vorwerfen wie seine Erlebnisse dort. Es war bewundernswert, wie er sich in dieser Todeszone bewegte. Doch er war – anders als eine Generation zuvor Max von Oppenheim – ein Spion für die falsche Sache. Er schleuste im Auftrag Rommels Agenten quer durch die Wüste nach

Kairo, wo sie den deutschen Sieg vorbereiten sollten; ja, er selbst wurde in Nubien sogar Mitglied eines Stammes, der seine Vorfahren auf die Ungarn zurückführte. Eine verrückte Geschichte war dies und er ein verrückter Typ.

Nachdem sich die arabischen Hoffnungen im Zweiten Weltkrieg auf dieses deutsche Kalkül erledigt hatten, war es den Sanussi unter dem „Pharao" (so nannten ihn vor allem seine nationalistisch-fortschrittlichen Gegner) Idriss I. immerhin gelungen, den drei Regionen Cyrenaika, Tripolitanien und Fezzan erstmals zur Unabhängigkeit zu verhelfen, und sie hatten den Kurs bestimmt, bis der Große Metaphysicus schließlich die Macht an sich gerissen hatte. Der König mochte ein Reaktionär gewesen sin, doch verglichen mit den Eskapaden, dann Exzessen des Großen Metaphysicus konnte man ihn geradezu als Menschenfreund ansehen, zu dem der ihm von manchem verliehene Titel des „Pharao" eigentlich gar nicht passte. Die überall auf der Welt gleiche Wankelmütigkeit der Masse, deren stete Unzufriedenheit, deren Neid und Eifersucht jederzeit abrufbar sind und bleiben, war von jungen Feuerköpfen wie dem Metaphysicus, als er noch nicht „der Große" genannt wurde, und seinen Spießgesellen jederzeit zu instrumentalisieren, wenn man es nur geschickt genug anstellte.

* * *

Nach dem Ende seiner Studien war Idriss als einer der Lehrer seines Tubu-Stammes zurückgekehrt in die Oasen.

Onkel Hamid war inzwischen gestorben, aber die Feneks, die Wüstenfüchse, beherrschten noch immer ihr Territorium. Freilich bemerkte Idriss, dass nicht alles, was er den Kindern seines Stammes beizubringen versuchte, die ungeteilte Zustimmung seiner Umgebung fand. Da waren die Alten, die sich an seiner Art, die überkommenen Sitten und Gebräuche zu kritisieren, störten. Diesen Konservatismus konnte er noch ertragen, denn er hielt ihn in gewisser Weise für natürlich, so nämlich war es immer gewesen; schlimmer war, dass der Provinzgouverneur Abu Daud sich an seiner politischen Arbeit stieß, die nach einiger Zeit dazu führte, dass sich die Tubu gegen mancherlei Ungerechtigkeit erst zu wehren, dann sogar aufzulehnen begannen. Dies war gewiss nicht sein Verdienst allein gewesen, doch hatte er in den Stammesversammlungen, die regelmäßig stattfanden, um über dieses und jenes zu diskutieren, kräftig dafür geworben, die Forderung des Großen Metaphysicus, sich am Gemeinschaftswerk des Reiches zu beteiligen, wirklich ernst zu nehmen und frei von der Leber weg berechtigte Klagen vorzutragen. Ein Aufbruch war das zunächst gewesen, bis – ja bis der Gouverneur selbst eines Tages in eine der Versammlungen hineinplatzte und ziemlich unverfroren erklärte, sogenannte konstruktive Kritik sei in der Tat erwünscht, nicht aber Quertreiberei, als die man in der Führung des Gouvernements die ständigen Interventionen der Stammesversammlung in seine Tätigkeit zunehmend empfinde – von der Regierung in Tripolis ganz zu schweigen.

Das hatte Idriss, je länger es ging, zu denken gegeben. Als er bemerkte, dass sich die Sicherheitskräfte Abu Dauds für ihn zu interessieren begannen, als er hautnah Nachstellungen ausgesetzt war, begann er auch als Person sich aufzulehnen, mit Worten Obstruktion gegen das System zu betreiben. Es stimmte ihn allerdings froh, dass sich der Stamm der Tubu nicht einschüchtern ließ, sondern den Provinzgouverneur so sehr in die Enge trieb, dass dieser zunächst zu härteren Maßnahmen griff, am Ende jedoch abgelöst wurde. Sein Nachfolger machte es nicht etwa besser, verschärfte vielmehr die Unterdrückung so sehr, dass sich die Tubu militarisierten. Und eh er sich's versah, war er einer der Wortführer der Bewegung, die sich gegen Tripolis wendete.

Dann schlug der Große Metaphysicus zu. Idriss verlor noch die letzten Illusionen über dessen Vorstellungen von Freiheit und Volkssouveränität, als die Truppen mit schwerem Gerät in die Oasen einrückten, Dörfer zusammenkartätschten, Männern die Hälse durchschnitten, die Penisse abhackten und die Frauen und Mädchen hundertfach vergewaltigten, bevor sie sie töteten. Es war einer der blutigsten Vorfälle, die sich im Reich des Großen Metaphysicus seit Jahrzehnten „ereignet" hatte, wie es hier und da in der Sprache der Nachrichten beschwichtigend hieß; daran gemessen, waren die gelegentlichen Strafexpeditionen und Razzien des früheren „Pharao" kleine Scharmützel gewesen, die in der internationalen Presse so gut wie keine Erwähnung gefunden hatten. Ganz anders im Falle des Aufstandes der Tubu: Das brutale Vorgehen des Großen Metaphysicus gegen die eigene Bevölkerung hatte bis in die Länder der Europäer hinein helle Empörung und roten Zorn hervorgerufen; und Idriss war endgültig klar geworden, dass der Große Metaphysicus ein Blender war, ein begabter Schwindler und Volksverführer, dem Herrschaft über alles ging, dem die Stämme nur insoweit wichtig waren, als sie sein Machtgebäude trugen.

Von dieser Stunde an war Idriss, der Neffe des alten Hamid, im Widerstand. Nachdem ein Mordanschlag auf ihn gescheitert war, beschloss er, selbst zur Waffe zu greifen und in den Untergrund zu gehen: zunächst in Kufra, dann jedoch in den Hun-Bergen, an strategisch günstigerer Stelle, wie er seinen Mitstreitern erklärte, nämlich ziemlich genau in der geographischen Mitte des Reiches. In lockerer Absprache mit den Rebellen der Cyrenaika griffen die Männer von Commander Idriss Polizeistationen, Kasernen, Öldepots und Waffenlager in der Mitte des Reiches an, während die Hauptmacht der Aufständischen von Benghasi aus nach Westen vorzudringen versuchte. Es waren schwere, doch weitgehend unkoordinierte Kämpfe, bei denen die Aufständischen anfangs hohe Verluste zu erleiden hatten. Lediglich die Machtergreifung in Benghasi war ihnen relativ leicht gelungen, während der Versuch, sich nach Westen, in Richtung auf die Hauptstadt Tripolis durchzukämpfen, am granitenen Widerstand der Truppen des Großen Metaphysicus scheiterte, wenigstens zunächst einmal. Täglich fuhren sie wie Strauchdiebe verkleidet mit ihren geländegängigen Wagen in Richtung Misurata und Sirte, nur um von der Artillerie des Großen Metaphysicus zusammenkartätscht zu werden. Sie waren hoffnungslos unterbewaffnet; umso mehr war der Mut, ja die Tollkühnheit zu bewundern, mit der die Rebellen ihr Ziel verfolgten: ihren Peiniger seit vierzig langen Jahren, den Großen Metaphysicus, den Oberlehrer des Volkes, den zum Tyrannen gewordenen „Menschenfreund" endlich loszuwerden.

* * *

Idriss und seine Leute machten in der Mitte des Landes eine zweite, obschon viel kleinere Front auf, von der die Weltöffentlichkeit freilich nichts erfuhr. Sie hatte sich völlig auf die Hauptmacht der Aufständischen konzentriert, aus deren Reihen die Erhebung auch entstanden war. So flimmerten bunte, von vielen als ebenso grauenvoll wie exotisch empfundene Bilder aus der Cyrenaika, später dann von der tripolitanischen Küste allabendlich über die Bildschirme der Welt. Aus dem Inneren der Großen Wüste hingegen hörte man so gut wie gar nichts. Natürlich hing das auch an den internationalen Medien, für deren Vertreter es anfangs so gut wie unmöglich gewesen war, überhaupt über die grundstürzenden Ereignisse im Reich des Großen Metaphysicus zu berichten; dann gelang es den ersten journalistischen Stoßtrupps, im Windschatten der Senussi-Rebellen immer weiter nach Westen vorzudringen, von Ägypten aus, wo man die tripolitanischen Ereignisse mit dem entsprechenden Interesse verfolgte.

Die Gruppe um Idriss tauchte nirgendwo in den Nachrichten auf. Es gab sie sozusagen gar nicht. Ihrem Anführer war das nur recht, weil er die Ansicht vertrat, je bekannter man sei, desto mehr verliere man an Handlungsspielraum, an Handlungsfreiheit. Idriss hatte jene Mechanismen durchschaut, die der modernen Medienwelt eigentümlich waren: dass nämlich die Prominenz, die man durch sie erlangte, in gewisser Weise auf das eigene Handeln zurückschlug. Wer „in den Medien" war, hatte dort unfreiwillig eine Art Fußabdruck hinterlassen, den er nicht mehr loswurde und an dem ihn jeder erkannte. Ganz besonders galt das für die Bilder, die das Fernsehen täglich rund um die Welt sandte. Nichts war so sehr geeignet, jemanden festzulegen, wie die bewegten Bildschirm-Szenen, die ihn identifizierten. Ohne sie, ohne die optische, akustische oder gedruckte Aufmerksamkeit, blieb man frei und rätselhaft. Zwar wusste die Welt nichts von einem, aber sie wusste eben auch nichts Falsches oder Verdrehtes, wie das leider so oft der Fall war in der schönen neuen Medienwelt, die durch die Globalisierung eine ganz andere Tiefendimension angenommen hatte als viele Jahrzehnte zuvor.

Früher, als die Kämpfe noch nicht begonnen hatten, hatte auch er den Kontakt zu Fremden – Journalisten zumeist – gesucht. Allerdings immer nur zu solchen, die für Zeitungen und Magazine schrieben. Da lebte er noch in Tripolis und war bestrebt, sein Wissen über die wirklichen Verhälnisse im Land des Großen Metaphysicus an die Welt weiterzugeben. Doch mit dem Anbruch der bewaffneten Auseinandersetzungen hatte er diese Beziehungen radikal unterbrochen zumal er und seine Leute sich in das Innere der Wüste zurückzogen. Welches Desaster ein zu enger Kontakt mit den Medien anrichten konnte, hatte er letztens gesehen: Zwar sympathisierte alle Welt mit den Rebellen in Benghasi, doch wurden auch – sei es willentlich oder nicht – ungeheure Lügen über sie verbreitet. Manche Journalisten machten das mit Absicht, die meisten hingegen wohl aus Unkenntnis über die wahren Verhältnisse im Reich und über die wirklichen Ziele der Aufständischen. Obwohl er mit der Führung der Rebellen zu großen Teilen nicht übereinstimmte, musste er sie doch in dieser Hinsicht verteidigen. Sie waren besser als ihr Ruf.

Natürlich konnten ihre gelegentlichen Überfälle nicht viel mehr sein als Nadelstiche. Das hatte auch damit zu tun, dass die Südregion des Reiches äußerst dünn besiedelt war. Neun Zehntel der Bevölkerung lebten ja im Norden, in einem Streifen, der vielleicht hundert Kilometer von der Küste des Mittelmeeres in das Landesinnere reichte. In einem so dünn besiedelten und zudem abgelegenen Landstrich wie dem Süden konnte man dagegen wenig militärische Furore machen; das war auch für die sogenannte Weltpresse keine besondere Attraktion. Anders stand es natürlich mit Entführungen, zumal von Ausländern, deren medialer Wert ungleich höher war als der von Einheimischen, die Opfer solch terroristischer Gewalt wurden. Wenn europäische „Edelmenschen" zu Geiseln genommen wurden, stieg der Pegel der internationalen Erregung um ein Vielfaches. So empfand er es jedenfalls.

Idriss war indessen noch nicht so tief gesunken, dass er das Verbrecherische von Geiselnahmen nicht erkannt hätte, doch war ihm die Idee dazu gekommen, als zwei seiner Männer ihm gemeldet hatten, eine Gruppe von Zivilisten, zwei von ihnen offenbar Ausländer, befänden sich mit unbekanntem Ziel auf dem Weg nach Süden. Im Schlepptau hatten seine Leute drei Engländer, zwei Männer und eine Frau, die sie nördlich der Hun-Berge mitgenommen hatten – mitten aus deren archäologischer Grabung heraus. Zunächst wusste Idriss nicht, was er mit den drei Briten anfangen sollte, doch dann ließ er sie getrennt in zwei der Höhlen bringen, dort sollten sie fürs Erste bleiben. Die Frau war offensichtlich die Vorgesetzte der beiden anderen, so dass er sie isolierte. Man konnte nicht wissen, wozu es gut war, diese Leute als Faustpfand zu haben; auch die Aufständischen in der Cyrenaika und in Tripolitanien nahmen Geiseln, wenn auch nicht immer Ausländer, von denen viele sich ohnehin schon vor Monaten aus dem Staub gemacht hatten. Kein Mensch wusste, wie sich die Lage weiter entwickeln würde, doch gaben die Aufständischen im Norden ihrer Zuversicht Ausdruck, dass die nächste Runde der Kämpfe an sie gehen werde, jetzt, da auswärtige Mächte ihnen versprochen hatten, Beistand zu leisten. Andere wieder hatten die Hoffnung aufgegeben, der Aufstand werde zum Erfolg führen, denn der Große Metaphysicus hatte ja doch alle Machtmittel in der Hand. Idriss hatte in den wenigen Tagen, in denen er die drei Engländer gefangen hielt, sogar eine gewisse Sympathie für die Frau empfunden, denn er bewunderte aufrichtig die Art und Weise, in der Europäerinnen und Amerikanerinnen selbstbewusst ihr Leben gestalteten – ganz anders als jene Schattenfiguren, zu denen die muslimischen Frauen oft herabgesunken waren. Aber er wäre niemals auf die Idee gekommen, sich dieser Engländerin anzunähern, denn in gewisser Weise fürchtete er auch ihre Selbständigkeit. Manchmal wurde ihm schmerzlich bewusst, dass gerade auch fortschrittliche Menschen seiner Kultur wie er hin- und hergerissen waren in ihren Ansprüchen: Einerseits strebten sie danach, irgendwie so zu werden wie die Frangi im Westen, andererseits gab es auch vieles in deren Lebenswelt, das ihnen ganz und gar nicht passte, das ihnen Angst machte und das sie auch vom Standpunkt ihrer Moral ablehnten. Ihren Gott, den alten Christengott, hatten sie wohl fast ganz vergessen, so dass viele sich dahintreiben ließen in ihrem Leben, ohne Sinn, ohne Ziel, einfach nur ihren Gelüsten hingegeben. Dies aber wollte er, Idriss, der Tubu, in keinem Fall. Weder für sich noch für sein Volk.

* * *

„In der Hauptstadt scheinen sich grundstürzende Dinge abzuspielen", sagte Stella und sah Reisiger mit einem Blick an, der ihn ins Mark traf. Sie war von einem der „Verhöre", die Idriss angeordnet hatte, in die Höhle zurückgekehrt, lächelte ihm schnippisch, ja ein wenig lasziv zu und setzte sich ganz eng neben ihn. Diese „Verhöre", die Idriss offenbar für nötig hielt, nur um seine Macht zu beweisen, waren also völlig überflüssig; denn etwas Besonderes, das für die Rebellen von Wert gewesen wäre, hatten diese Gefangenen gewiss nicht mitzuteilen. Für Stella waren sie indessen eine Gelegenheit, den kurzen Ortswechsel für manche Beobachtung zu nutzen.

„Wie kommen Sie darauf, Stella?", fragte er ein wenig irritiert, denn es war lange her, dass ihn eine Frau in dieser herausfordernden Weise gemustert hatte.

„Meine Kameraden Dick und Will haben hektische Aktivitäten beobachtet, die sie sich nur als Reaktionen auf drastische Veränderungen im Reich erklären können. Heute Mittag, als man uns für eine Weile an die frische Luft ließ, konnten wir kurz miteinander sprechen; auch Ihre Leute waren da und erkundigten sich, warum man Ihnen dieses „Privileg" – bei der Nennung dieses Wortes verzog sich ihr Mund zu einer sarkastischen Schiefheit – nicht gewährt habe. Warum Idriss Sie nicht ins Freie ließ, ist mir ein Rätsel. Hat er etwas Besonderes gegen Sie? Haben Sie ihn beleidigt, Mr. Johannes?"

„Wir stimmen politisch nicht überein, das ist alles. Aber wer tut das schon in Bezug auf Entführer?"

„Irgendetwas ist mit dem Großen Metaphysicus los; nur was, das weiß niemand. Sie reden nicht arabisch miteinander, sondern ihren Dialekt, den wir nicht verstehen. Aber die Aufständischen scheinen auf dem Vormarsch zu sein … Und die früheren Freunde des Großen Metaphysicus beginnen sich abzusetzen, einer nach dem anderen …"

„Ist das gut für uns? Du bist schon länger im Land."

„Ich denke, ja", sagte Stella und musterte Reisiger abermals in jener verstörenden Weise wie zuvor. Er wurde innerlich unruhig, etwas wie verlegene Röte huschte über sein Gesicht, so glaubte er jedenfalls. Eine Hitzewallung überkam ihn, legte sich jedoch sofort, als sie aus der Ferne lautes Schreien hörten.

Es klingt wie Triumphgeschrei", meinte Reisiger.

„Oder wie Wutgeheul. Ich weiß nicht. Aber er war heute ganz anders, ganz anders."

Stella meinte natürlich Idriss.

Ohne Zweifel kamen die Stimmen von ihren Entführern. Und sie waren tatsächlich schwer zu deuten. Als das spärliche Licht in der Höhle erlosch, wussten sie, dass es Nacht geworden war. Eine Woche, so hatte Reisiger es für sich ausgerechnet, hatten er und die Kameraden, die irgendwo nebenan sein Schicksal teilten, den Sternhimmel so wenig gesehen wie das Licht des Tages. Doch bei Stella Wedgewood war dies schon viele Wochen her. Reisiger fand es erstaunlich, wie gelassen diese junge Frau angesichts ihrer unverschuldeten Höhlenexistenz noch war. Wie an jedem Abend versuchte Reisiger, es sich auf seiner primitiven Lagerstatt bequem zu machen, so gut es eben ging.

Konnte man aus dem Geschrei der Entführer wirklich Hoffnung schöpfen?

„Du bist alt, aber ich mag dich", vernahm er nach zwei Minuten wie aus heiterem Himmel Stellas schmeichelnde Stimme. Völlig unvermittelt war sie zum Du übergegangen.

Sein überraschtes Schweigen zerriss den dunklen Raum. Was war denn das? Was sollte denn eine solch bizarre Bemerkung inmitten katastrophaler Erwartungen? Plötzlich schien die Zeit aufgehoben zu sein oder verdichtet in einem Augenblick, der alles Gegenwärtige vergessen ließ. Reisiger wusste nicht, was er darauf antworten sollte. Schon wieder wurde er verlegen.

„Ja, du bist alt, aber auf deine Weise unglaublich jung geblieben", wiederholte Stella nachdenklich.

Dann legte sie sich einfach zu ihm. Sie wollte mit ihm schlafen. In dieser Nacht beging Reisiger zum ersten Mal in seinem Leben Ehebruch. Als sein Glied in Stella eindrang, war ihm ekstatisch zumute, als befände er sich nicht in ausweisloser Lage inmitten einer feindseligen Umwelt und noch feindseligeren Menschen; er hatte vielmehr ein Gefühl, als hielte er sich im Nirgendwo auf – an keinem Ort, nirgends. Nur im Geschlechtsakt, so hatte er einmal gelesen, vergisst der Mensch alles um sich herum, ist konzentriert allein auf die Lust und nichts anderes. In der Regel auf die eigene Lust, so dass jegliches Außen abfällt. Als sie nach einigen schnellen, allzu ruckartigen Stößen und einem überraschend schnellen Orgasmus Stellas voneinander abließen, regte sich – obgleich nur für zwei oder drei Sekunden – das schlechte Gewissen in Reisiger: *post coitum animal triste,* genauso fühlte er sich; doch es wurde sogleich verdrängt durch die Hoffnung, dass sich im Lande etwas ereignet hatte, das ihnen zugutekommen mochte. Denn er liebte Stella nicht. Oder doch?

Er war sich sicher, dass sie bald mehr hören würden über den Gang der Dinge. So schrecklich die Gefangenschaft hier auch war – man hatte sie nicht gefoltert. Er hasste Terroristen, überhaupt Fanatiker aller Art, doch dieser Idriss, der sie als Faustpfand gegen den Großen Metaphysicus, gegen andere Rebellen oder gegen wen oder was auch immer hielt, war offenbar aus etwas anderem Holz geschnitzt als andere Polit-Verbrecher. Das gab Reisiger Hoffnung, und wenig später sollte sich herausstellen, dass es den anderen ebenso ergangen war. Gleichwohl blieb im Hintergrund eine kaum zu dämpfende Furcht, am Ende werde ihre Lage sich vielleicht doch noch verschlechtern, denn der weitere Verlauf der Dinge, wenn denn die Vermutungen über das Schicksal des Großen Metaphysicus zutrafen, war ungewiss.

* * *

Im Ministerium für auswärtige Angelegenheiten war man verständlicherweise rund um die Uhr aktiv. Was dort im Einzelnen geschah, braucht nicht geschildert zu werden, ein jeder kann sich das ohnehin vorstellen. Legationsrat Hinrichsen jedenfalls charakterisierte die Angelegenheit mit den ebenfalls nicht gerade originellen Worten: „Das werde ich niemals vergessen!" – ein Gedanke, der sich bei solcherlei katastrophalen Ereignissen, wie Geiselnahmen es nun einmal sind, im Grunde jedem Beteiligten als Lebenserfahrung in sein Gehirn einbrennt, von den unmittelbar Betroffenen ganz zu schweigen. Und tatsächlich: Nie zuvor hatte Hinrichsen so etwas Herausragendes erlebt im Einerlei des Botschaftsalltags, der sich in viel Bürokratie, großem Ärger und ab und zu einer abendlichen Cocktail-Party erschöpfte.

Den Diplomaten in Berlin kam ohne jeden Zweifel zugute, dass der Große Metaphysicus ermordet worden war. Die Nachricht, die unter den Leuten von Idriss in den Hun-Bergen zu jenem Triumphgeschrei geführt hatte, das Reisiger und Stella so in Erregung versetzte, wurde zum Weckruf für das gesamte Reich. Niemand hatte damit gerechnet, denn der Große Metaphysicus schien trotz der Bombardierungen durch Flugzeuge der Nato im Westen des Landes noch immer Herr der Lage gewesen zu sein, zumindest propagandistisch Oberwasser zu haben. Die Rebellen hatten denn auch jene geheimnisvolle Stadt, aus der der Große Metaphysicus kam, nicht im eigentlichen Sinne erobert, ihre Paläste nicht gestürmt; vielmehr war ein geheimes Kommando – unter großen Opfern – bis in das Versteck des arabischen Leviathan, bis zu den marmornen Badezimmern mit den goldenen Wasserhähnen vorgedrungen und hatte den Großen Metaphysicus gefangen genommen. Dann hatte man ihn gefoltert und anschließend ohne viel Federlesens exekutiert. So lautete jedenfalls das Gerücht, das viele verbreiteten. Es stellte sich jedoch wenig später heraus, dass diese Version nicht zutraf, sondern von Rachephantasien seiner Feinde beeinflusst war, die von einem solchen Gang der Dinge befriedigt worden wären. Richtig war zunächst nur, dass der Diktator getötet worden war.

„Er ist gefallen! Tripolis und Benghasi haben es soeben gemeldet", sagte ein von den arbeitreichen Vigilien übermüdeter Beamter im Amt für auswärtige Angelegenheiten, der sofort alle anderen benachrichtigte. „Wer hätte das noch vorgestern gedacht?" Es war allen klar, dass dies die Verhandlungen mit jenem Idriss, die man über Funk führte, erheblich erleichtern würde. Umgehend wurde der Regierungschef in Kenntnis gesetzt, der seinerseits die Freudenbotschaft dem englischen Minister mitteilte. Der war ein vorsichtiger Mann, der sich zwar ob des Empfangs der Nachricht hocherfreut zeigte, freilich sogleich wieder in den pragmatischen Geist gewiefter Politiker zurückfiel.

Man wisse noch immer nicht, was dieser Idriss eigentlich wolle und bezwecke, gab der Mächtige zu bedenken. Sei es diesem nur darum gegangen, vom Großen Metaphysicus Zugeständnisse für seinen Stamm der Tubu zu erlangen, so dass nun mit dessen Tod sich solche Forderungen erledigt hätten wie alles andere auch? Wie stand dieser Idriss zu den übrigen Rebellen, die in den Wochen zuvor buchstäblich die Segel gestrichen hatten, bevor sie zu ihrer jüngsten, so überaus erfolgreichen Offensive angesetzt hatten? Sowohl der deutschen Regierung als auch dem englischen Kabinett sei von diesem Idriss nicht die mindeste Forderung zugegangen. So sehr man sich über den Sturz des Leviathan freuen könne, so zurückhaltend müsse man bei der Beurteilung dieser Geiselnahme sein.

Doch dieses Mal bekam der Pragmatismus der Politiker Unrecht. Idriss ließ die beiden Regierungen wissen, er lasse die Gefangenen umgehend frei; der überraschende Tod des Metaphysicus und der meisten seiner Getreuen, mit denen alle Welt lieb Kind gewesen sei, habe die Situation von Grund auf verändert. Ein völliger Neuanfang sei nun möglich, auch die übrigen Rebellengruppen hätten nun, nach diesem unerwarteten Triumph, ihm und seiner Truppe Entgegenkommen signalisiert. Der Vorsitzende des Nationalen Übergangsrates, ein glaubwürdiger Mann, habe zugesichert, man werde in Zukunft alle Stämme und Volksgruppen des Reiches mit den gleichen Rechten ausstatten, selbstverständlich auch die Tubu. Dafür verbürge er sich persönlich. Auch werde man anerkennen, was Idriss mit seiner kleinen Truppe für die Revolution geleistet habe. Diesen Aufbruch seines Landes wolle er nicht schon zu Beginn über Gebühr belasten, er gebe die Geiseln frei. Da hatte offenkundig in Idriss der alte Idealist die Oberhand gewonnen.

Das fünfte Kapitel

Reisiger staunte nicht wenig, als Stella ihm eröffnete, sie wolle sich der kleinen Expedition anschließen. Dass sie sich in ihn verliebt hatte, wollte er zuerst gar nicht glauben. Er hatte ihre intime Eskapade der außergewöhnlichen Situation und auch langer sexueller Abstinenz zugeschrieben, die sich einfach ihre Bahn gebrochen hatte – ein Tribut der menschlichen, vielmehr, wenn man es recht besah, im Grunde tierischen Natur. Fast schon ein wenig peinlich empfand er es, wie sie um ihn herumscharwenzelte, ihn anhimmelte mit ihren blauen Insel-Augen unter den dunklen, beinahe ein wenig byzantinischen Augenbrauen.

„Was ist mit Dick und Will"?, fragte er sie. „Was wird aus eurer Grabung?"

Stella eröffnete ihm, die beiden Kollegen hätten, schon bevor man die Gruppe entführte, am weiteren Sinn des ganzen archäologischen Unternehmens „Excavations in central Libya" gezweifelt. Idriss und seine Männer hätten mit der Geiselnahme ihrer nachdenklichen Zögerlichkeit sozusagen nachgeholfen, wenn auch auf brutale Weise.

„Wenn das hier vorbei ist", hatte Dick gesagt, „werde ich die Fliege machen."

„Und du, was ist mit dir?", fragte Reisiger.

Stella erklärte ihm nun, dass sie die Meinung ihrer beiden Kameraden nicht in dieser Schärfe teile, doch immerhin auch schon Zweifel am sinnvollen Fortgang dieser Grabung gehabt habe, als das Unglück über sie alle hereinbrach. Im Grunde habe man während der Grabungskampagne schon erreicht, was man wollte. Und niemand werde es ihr verwehren, zu einem späteren Zeitpunkt zurückzukehren, um eine ausführliche Bilanz ihrer archäologischen Tätigkeit zu ziehen, natürlich zuerst und vor allem für das Institut.

„Deine Tour hingegen ist phantastisch", sagte sie, ihn anhimmelnd, zu Reisiger. „Einmal im Leben muss man etwas tun, was an die Grenze geht, in jeglicher Hinsicht. Dein Schatz der Garamanten und die Suche danach ist etwas so Irrsinniges, eine Privatexpedition, wie man sie seit Schliemanns Zeiten nicht mehr erlebt hat. Nur viel kleiner. Dilettantismus im besten Sinne. Und dann auch noch zu diesem Zeitpunkt, da man in diesem Land ganz andere Probleme hat. Phantastisch! Es wirkt wie ein Traum und ist wohl auch ein Traum, nicht wahr? Es ist dein Traum ganz alleine. Ich nenne es *Reisigers Traum*, wenn du damit einverstanden bist. Und als Archäologin kann ich euch ja zur Hand gehen", erklärte sie. „Ich habe das typische Archäologen-Auge", fügte sie noch hinzu. „Wenn du weißt, was ich damit meine. Ein Blick für das Terrain, ein Instinkt, der wissenschaftliche Beute wittert, wenn man so will. Und langjährige Erfahrung."

„Ich weiß es. Du kannst einem Gelände ansehen, ob es etwas zu entdecken gibt oder nicht."

„Im Allgemeinen ja."

Reisiger hatte ihr in den langen Stunden ihrer Geiselhaft natürlich von seinem Unterfangen und dem Schatz der Garamanten erzählt. Um die Zeit totzuschlagen und den seelischen Druck zu vermindern hatte er ihr dabei Einzelheiten verraten, die noch nicht einmal seine Gefährten, die Teilhaber des bisherigen Geschicks und Missgeschicks, in dieser Ausführlichkeit zu hören bekommen hatten. Stella hatte von der Chronik des al Aswani natürlich noch nie gehört. Angesichts ihres langen Aufenthaltes in Ägypten war Johannes ein wenig erstaunt darüber. Stella hatte ungläubig reagiert, als Reisiger ihr von den wenigen Hinweisen berichtet hatte, die auf einen Schatz der Garamanten hindeuteten. Doch nun schien ihr gerade das Ungewisse, ja Aberwitzige dieser Mission, das rundherum Abenteuerliche und Hasardeurhafte, die unsichere Quellenlage besonders zuzusagen.

„Ich habe dir alles gesagt, was ich weiß", sagte Reisiger abschließend.

„Es ist phantastisch, ganz phantastisch", wiederholte sie und ergriff liebevoll seine Hand. „Nachhause zieht es mich überhaupt nicht." Insgeheim dachte Reisiger, ob es nicht vielmehr ein ganz egoistisches Prinzip war, das Stella so handeln ließ: Furcht vor Vereinsamung. Doch hätte er dies ihr gegenüber niemals erwähnt. Wer wartete denn in der nebelverhangenen Heimat auf sie?

Reisigers Begleiter waren von der Aussicht, künftig Stella im Schlepptau zu haben, nicht gerade begeistert. Vordergründig rein sachlich scheinende Bemerkungen wie „Das war nicht vorgesehen" oder „Im Wagen wird es zu eng sein" waren wohl eher Ausdruck eines unterschwellig, wenn nicht offen zutage tretenden mediterranen oder arabischen *Machismo*. Stella bekam davon nichts mit, weil Ramzi und der Italiener doch so viel Anstand hatten, ihre Quengelei nicht in ihrer Anwesenheit vorzubringen. Johannes wusste das zu schätzen, doch war ihm klar, dass sich in der Gruppe ein Riss aufzutun begann, der möglicherweise schon durch die mehrtägige Geiselhaft entstanden, nun aber gewiss vertieft worden war; andererseits sah er nicht ein, warum er seine neue Liebe nicht mitnehmen sollte auf diese Exkursion. Schließlich war er der Leiter.

Zu allem Unglück stellte sich heraus, dass es ihren Rover nicht mehr gab. Die Rebellen um Idriss hatten ihn schlicht und einfach in ihren zu geringen Fuhrpark eingegliedert; bei einer Razzia auf einen Militärposten des Großen Metaphysicus war der Rover dann mit allen Insassen in die Luft geflogen, als eine Handgranate Wagen und Besatzung traf. Idriss hatte sich unsagbar geärgert, denn in dieser Sache war einer seiner Leute, dem die ganze Situation nicht passte, selbstherrlich vorgeprescht. Gerade jetzt, wo die Waffen des Reiches schon seit einiger Zeit schwiegen, müsse man die Soldaten des Großen Metaphysicus attackieren; man dürfe dem Großen Metaphysicus und seinen Leuten keine Atempause gönnen, sie nicht in die Lage versetzen, ihre Kräfte zu regenerieren und weitere Schandtaten gegen die Bevölkerung auszuhecken. Ohne es zu ahnen, hatten die so selbstherrlich handelnden Tubu-Krieger das Wiederaufflammen der Kämpfe in Gang gebracht.

Idriss erklärte sich allerdings bereit, Reisiger, Ramzi, Masud, Mahmud, Gianni und nun auch Stella Wedgewood in einem der Wagen seiner Truppe bis nach Sabha bringen zu lassen. Dort könnten sie sich ja ein neues Fahrzeug besorgen; in einer Wüstenstadt wie Sabha werde ihnen das problemlos gelingen, fügte er hinzu.

Dies sollte sich freilich als Irrtum erweisen.

Der Abschied von Idriss und seiner Truppe war beinahe freundschaftlich. Niemals hätten sie geglaubt, dass ihre Geiselhaft ein so unverhofftes, glückliches Ende nehmen würde – und das auch noch nach solch kurzer Zeit. Wussten sie doch, dass gerade Geiselnahmen in der Sahara drastisch zugenommen hatten in jüngster Zeit und dass etliche dieser brutalen Verbrechen nicht gut ausgegangen waren. Insbesondere weiter im Süden, in Algerien, in Niger oder in Mali – von dem brodelnden Nigeria ganz zu schweigen – waren Fremde, zumal Christen, häufig so etwas wie Freiwild. Die Weltpresse war voll davon. Und die Intensität der Verfolgungen nahm zu.

* * *

Als sie in Sabha, der Mittelstation, eintrafen, wurde ihnen erst wirklich klar, welcher Gefahr sie entronnen waren. Vor allem Gianni gab deutlich zu erkennen, wie sehr ihn doch die Geiselhaft mitgenommen hatte. Am meisten irritierte ihn, dass dieser Idriss, von dem er zunächst den Eindruck gehabt hatte, er werde sie eher töten als sie für irgendetwas freigeben, sie mit einem Mal, sozusagen „von jetzt auf gleich", freigelassen und sich sogar als ziemlich leutselig erwiesen hatte. Das verwirrte ihn. Zu Gianni Venones Idiosynkrasien gehörte es allerdings, in jedem Araber einen Ausbund an Unberechenbarkeit, Wankelmütigkeit, Unstetigkeit, kurz an Irrationalismus zu sehen. Insofern fühlte er sich durch das Verhalten des Tubu-Führers bestätigt, denn auch die Tubu galten bei ihm als

Araber, obwohl sie mit ihnen nichts zu tun hatten. Zudem waren Mahmud und Masud, ebenso wie Ramzi, als Araber in den Höhlen der Hun-Berge viel besser behandelt worden als er und diese beiden Engländer. Als sie freikamen, hatte er sich auch als Erstes bei den Gefährten darüber mit sarkastischen Worten beklagt, was vorübergehend für böses Blut gesorgt hatte.

Dass Ramzi beschlossen hatte, sie bei einem Freund unterzubringen, dessen Haus inmitten der Wüste alle Bequemlichkeiten dieser Welt bot, schätzte die Gruppe nun doppelt und dreifach. Es war wie eine Erlösung, wie ein Erwachen aus einem langen Alptraum. Da konnte man sich, so hofften sie jedenfalls, regenerieren, die verwundete Seele heilen und den Körper kräftigen.

„Ganze Viertel sind im Entstehen", hatte vor fast vierzig Jahren der Forschungsreisende Heinrich Schiffers über Sabha geschrieben. Unter ungleich besseren Bedingungen folgte er den Spuren Nachtigals und Rohlfs, noch dazu in der Aufbauphase des damals noch jungen Großen Metaphysicus.

Baukräne ragen zu Dutzenden auf. Altbauviertel werden abgerissen und durch neue ersetzt. Hotelbauten sind hochgezogen. Wohnkomplexe breiten sich aus für die expandierende Stadt mit einer sich vergrößernden Beamtenschaft der neuen Verwaltung ... Die alte Struktur ist noch erkennbar. Sie umfasst mehrere Oasen (Al Jedid, Al Minshia, Zukra, Al Mahdi und Al Karda). Zwischen

ihnen entwickelte sich – die Siedlungskerne verbindend –
das neue Stadtzentrum Ibeiya, früher Dar el Bei.

Als Reisiger zuhause in den Schriften von Schiffers gelesen hatte, dass ein Teil der Neubürger Sabhas aus den umliegenden Gebieten der Sahara nach Sabha ströme, insbesondere auch aus der Region des Dschebel Adschal und Edeyen Ubaris, dem Kerngebiet der antiken Garamanten, war seine Neugier auf die Stadt ins Unermessliche gestiegen. Bei Schiffers hieß es weiter:

Immerhin, die Wüstenbewohner sind weltoffener geworden! Sie bleiben maximal ein Jahr unterwegs; dann besuchen sie ihre Familienangehörigen, der Jahreszeit entsprechend irgendwo zwischen Hoggar und Tamesna in der Republik Niger. Das Gemisch der Vielvölkerschaft zeigt sich besonders auf dem Markt oder bei der Wanderung durch die Geschäfte der neuen Innenbereiche kurz vor Dunkelheit. Oder im Kino. Fast alle Länder der Sudanstaaten sind hier vertreten. Ebenso in Garküchen und Restaurants, wo sich die Fahrer nach Tagen und Wochen der Einsamkeit in der Wüste den Staub von den Schultern wischen, alte Bekannte begrüßen, Geschäftspartner treffen oder müde und abgespannt in der Ecke dösen …

Zu Zeiten eines berühmten Reisenden, der hundert Jahre vorher dort war, des unglücklichen Eduard Vogel, soll Sabha gerade einmal 400 Einwohner gehabt haben. Man sieht: Nicht allein der „Pharao", auch der Große Metaphysicus hatte in Sabha ganze Arbeit geleistet.

In diesem Viertel nun ragte ein Wald von Minaretten in die Höhe; wie Finger zeigten sie nach oben, mahnend, doch auch wegweisend. Der Große Metaphysicus hatte zwar von der Religion ganz eigene Vorstellungen gehabt, eben diesen Vorstellungen indessen einen breiten Raum in der Volkserziehung beigemessen. Jedes Minarett war anders, der Charakter ihres Baus bewegte sich zwischen der traditionellen maghrebinischen Art und experimentellen Formen; dasselbe galt für die Moscheen selbst, von denen manche aus der Ferne und auf den ersten Blick wie Sanddünen erscheinen mochten. Tatsächlich hatte der Große Metaphysicus den Architekten des Reiches den Auftrag gegeben, sich bei ihren Entwürfen zu den Gotteshäusern ganz von der *Natur* inspirieren zu lassen, in welche die Untertanen eingebettet waren.

Reisiger war nicht besonders religiös, doch der näselnde Singsang der Muezzine, der fünf Mal am Tag von den Minaretten erschallte, berührte ihn doch tief im Innern. Er barg eine süße Melancholie in sich angesichts der Abgründe des Daseins, eine Melancholie, die freilich nicht ohne Hoffnung war. Es war die Hoffnung des Glaubens, die er nicht hatte, jedenfalls meistens nicht. In rührseligen Augenblicken hatte er immer einen Begriff davon bekommen, was Gläubige zu empfinden schienen. Ohne Zweifel lag eine geheimnisvolle Sehnsucht nach dem Ganzen, nach der Vollendung des Lebens, nach einem umgreifenden Sinn in dieser Melodie, die zwischen Casablanca und Djakarta im Großen und Ganzen dieselbe war. Er selbst hatte sich schon vor vielen Jahren von Kirche wie Religion verabschiedet, ohne dass er freilich gänzlich ungläubig geworden wäre. Zuweilen faszinierte ihn sogar die Art und Weise, wie die Muslime in der Regel zu ihrem Glauben standen.

Manchmal stellte er sich dennoch die Frage, ob er nicht doch an irgendetwas glaubte. Vor allem der Anblick des Sternenhimmels, der in der Wüste unvergleichlich war, regte in seinem Gehirn solche Überlegungen an. Da konnte er niemals nach oben schauen, ohne an den Satz des berühmten Königsberger Philosophen vom „bestirnten Himmel über mir und dem moralischen Gesetz in mir" zu denken. Seine Augen suchten dann das verschwommene, in den eigenen Breiten selten klar zu sehende Band der Milchstraße und die schwarze Leere des unendlichen Weltraums mit ihren Milliarden Sonnen und Galaxien. Besonders angetan hatten es ihm zwei Sternbilder, die aufs äußerste mythologisch befrachtet waren: die Plejaden, das Siebengestirn, das auf die Menschen aller Zeiten und Kulturen immer eine ganz besondere Anziehungskraft ausgeübt hatte, und der so gut zu identifizierende Orion. Von ihm hatte er immer den Eindruck, dass er den Himmel beherrsche, dass er Regent sei in der ungeheuren, moschusschwarzen Leere und Tiefe des Weltalls. Besonders die drei für unser Auge dicht nebeneinander liegenden Gürtelsterne dieses Sternbildes hatten es ihm angetan. Hatte man sie entdeckt, wusste man: dies ist der Orion. Irgendwo hatte er gelesen, die alten Ägypter hätten die drei großen Pyramiden von Gizeh, was ihre Anlage betraf, an den drei Gürtelsternen des Orion ausgerichtet. Niemand wusste, ob das wirklich zutraf, doch hätte dieses Faktum, wenn es denn stimmte, noch nicht einmal eine der krausen und kruden Erfindungen und Phantastereien eines *Piazzi Smyth* zu sein brauchen. Die Ägypter waren, wie alle Völker der Alten Welt, zutiefst davon überzeugt, dass kosmische Kräfte auf die Erde einwirkten. Und er war das auch.

Außerdem hatte Reisiger irgendwo gelesen, dass der Körper des Menschen mit all seinen Tausenden und Abertausenden, ja Millionen von chemischen Verbindungen buchstäblich aus Sternenstaub bestehe. Seine Materie, sein *Mutterstoff*, ist derjenige der Gestirne. Und angesichts dieser Vorstellung überwältigte ihn ab und an ein Glücksgefühl. Letzten Endes war er mit der Milchstraße, mit den Gestirnen verwandt. Würde sein Körper am Ende wieder zu Sternenstaub werden, in das System der Milchstraße ganz allgemein eingehen? Das hatte fast etwas von jenem Sternenglauben, dem auch manche antiken Denker und vor nicht allzu langer Zeit die Kosmiker gehuldigt hatten, wenn sie die Seelen der Verstorbenen zu den ewigen Sternen auffahren ließen.

Andererseits misstraute Reisiger den Wissenschaftlern mit ihren Tiegeln und Retorten, jenen nüchternen Geistern, die wahrscheinlich auch eine Frau erst lieben konnten, wenn ihnen dies schwarz auf weiß bewiesen worden war. Anders konnte man ihr Weltbild ja kaum interpretieren, denn sie akzeptierten allein das Beweisbare, das im Labor Simulierbare und empirisch Überprüfbare. Doch was war schon ein Beweis? Und was war nicht schon alles bewiesen worden? Was hatte nicht schon als unwiderlegbare Wahrheit gegolten, bis die Wissenschaft selbst diese wieder von ihrem Thron gestoßen hatte? War nicht auch die Wissenschaft auf bestimmte Paradigmen gegründet, die wechseln konnten? In dieser Angelegenheit war keine Gewissheit zu erlangen, und der Glaube, der Berge versetzt, war eben nicht jedem gegeben. Der Mensch lebte, trotz seiner vielen Errungenschaften und Erkenntnisse, in tiefer Nacht. Davon war und blieb er überzeugt.

Seit jeher war Reisiger von Atheisten umgeben gewesen, denn alle „Liberalen", die er kannte, setzten sich zwar vehement für die Religionsfreiheit ein, glaubten aber selbst rein gar nichts mehr. Im Grunde hatte er gegen den Atheismus und seine Anhänger wenig einzuwenden; es war ehrlicher, in einem Menschenleben nichts anderes zu sehen als eine „tragische Passion", eine „heroische Leidenschaft", einen Weg aus dem Nichts wieder zurück in das Nichts, wie der Existenzialismus es sah und die Menschen aufrief, sich in dem von Leidenschaften, Gier und sinnlosen Zufällen bewegten Dasein energisch und mit gezieltem Zugriff auf die Verwirklichung der je eigenen Existenz zu *behaupten*. Was ihn allerdings störte, war die Tatsache, dass jene Gottesleugner alles andere als ein heroisches, gar tragisches Leben führten, sondern ein über die Maßen triviales: Sie hatten die Suche nach etwas, was größer ist als sie selbst, eingestellt und waren in der Regel mit der intelligenten Organisation ihrer Lüste beschäftigt. Ihr metaphysisches Bedürfnis war erstorben – anders übrigens als bei ihrem modernen Stammvater Nietzsche, der den Atheismus als Nihilismus konsequent zu Ende dachte und dessen Opfer wurde, weil er seine neue Form der Bejahung, den stählernen *Übermenschen,* welcher der Schlange den Kopf abbeißt als Symbol für die Akzeptanz des Tragischen in seinem Furor für den *amor fati,* selbst nicht für glaubwürdig hielt. Zuhause hatte Reisiger einmal, in einem Anfall poetischen Übermuts, ein Gedicht über die letzten Dinge geschrieben, das ihm gerade jetzt wieder einfiel:

Sei mir gegrüßt milkyway
süßer Vorgeschmack der Unendlichkeit
Sternenbanner der Nacht
im Nebelkleid.
Aus deinem Stoff
sind wir alle gemacht
und zu dir
wird einmal die Rückkehr sein.

Er hatte diesen wenigen, dürren Zeilen die Überschrift „Milchstraße" gegeben und glaubte, mit ihnen sein letztes weltanschauliches, ein irgendwie pantheistisches Wort gesprochen zu haben. Aber wer weiß so etwas schon sicher?

* * *

Der utopiegesättigte Retortenort Barzakh, den tatsächlich kaum jemand wirklich kannte und von dem unbekannt ist, ob es ihn heute, nach dem Sturz des Tyrannen, noch gibt, stellte sich für sie tatsächlich als eine Prüfung heraus.

Zwar konnten sie sich hier regenerieren, doch mussten sie sich dabei an ganz ungewöhnliche Umstände anpassen. Es war auch eine ganz ungewöhnliche Stadt, deren Bewohner sich schon in ihrer Kleidung vom Rest des Reiches unterschieden. Ramzi, in Sachen der eigenen Religion beschlagen, erklärte ihnen, dass das Wort „barzakh" bei manchen Mystikern des Islams so etwas bedeute wie eine Zwischenwelt, die das Diesseits mit dem Jenseits verbindet, eine Welt der Engel und seligen Geister, die das Band zwischen Gott und Mensch bildet.

„Wohl eine Art Fegefeuer", warf Gianni ein und lächelte in sich hinein, wobei sich sein Gesicht zu einer sarkastischen Maske verzog.

„Vergleichen Sie das nicht miteinander", entgegenete Ramzi und warf Gianni einen Blick zu, aus dem man die ganze Verachtung für den Italiener spürte. Zwischen ihnen beiden stand von Beginn dieser Unternehmung etwas, was sie nicht hätten benennen könnten und was dennoch eine Barriere zwischen ihnen aufrichtete, die sie nur durch Erziehung und Gesittung zu überschreiten imstande waren. Wahrscheinlich hatte es mit der Vergangenheit, der Geschichte zu tun.

Der Große Metaphysicus wollte dort, in Barzakh, von Beginn seiner Herrschaft an ein Experiment wagen, wie es andernorts bereits mehrere Male unternommen worden war. Das störte ihn freilich nicht. Da kam ihm diese Ansiedlung inmitten der Großen Wüste mit ihrer unbefleckten Gottverlassenheit gerade recht. Es begann damit, dass er unter der Bevölkerung des ganzen Reiches dafür warb, sozusagen als Pioniere für eine andere *Daseinsweise*, als sie bisher üblich gewesen war, dorthin zu übersiedeln. Dafür hatten die Avantgardisten den Versuch zu unternehmen, streng nach den Regeln, die der Große Metaphysicus für eine *vita nuova* entworfen hatte, zu leben. Das Reich sorgte für ein müheloses materielles Auskommen der Städter, von denen im Gegenzug erwartet wurde, dass sie auf alle Äußerungen des Egoismus, des Neides, der Zwietracht und der Niedertracht zu verzichten hatten – im Namen der großen Nation, die im Entstehen war oder doch entstehen sollte.

Auch hatte der Große Metaphysicus allen eine einheitliche Kleidung verordnet, die sich – nach Angaben der führenden Altertumsforscher des Reiches – an der Tracht der mittelsaharischen Ureinwohner orientierte, bestehend aus hellen, fast weißen Beinkleidern, einem purpurroten Überwurf und bequemen Sandalen in Schwarz oder Weiß. Alle ohne Ausnahme mussten diese symbolträchtige Kleidung tragen; nur einige wenige, welche die Prüfung der revolutionären Kommission für gesellschaftliches Schöpfertum mindestens mit einem „Gut" bestanden hatten, erhielten das Recht, den roten Überwurf durch einen *völlig weißen* zu ersetzen. Diese Kommission trat in jedem Jahr einmal zusammen, um jene zu prüfen, die sich dafür qualifiziert hatten oder wenigstens glaubten, für sie qualifiziert zu sein. Die Erfolgreichen bildeten die einzige Form von Hierarchie, die der Große Metaphysicus duldete. Sie galten als Musterbeispiel und Vorbild für ein tugendhaftes Dasein.

Sein plötzlicher Sturz freilich hatte die Bewohner von Barzakh, wie man sich denken kann, auf das Tiefste verstört. Es herrschte Ratlosigkeit. Sollte man die vita nuova nun weiterführen oder sich den Rebellen anschließen, deren Ziele und Vorstellungen ja niemand kannte?

Unsere Forschungsreisenden bemerkten bald, dass die Bewohner der Region dennoch wie befreit waren angesichts des tiefen Falls ihres Despoten. Trotzdem spürte Reisiger auch ihre Verunsicherung, denn wenn die Despotie einstürzt, bedeutet dies noch lange nicht, dass sich die Freiheit ungeschmälert durchsetzt. So flüchteten sie sich in den von der längst trivialisierten Ideologie vorgegebenen Alltag und betrieben ihre Geschäfte wie gewöhnlich. Sie logen und betrogen, sie legten falsch Zeugnis ab und machten dunkle Geschäfte, sie begingen Ehebruch in den Tavernen der südlichsten Region von Barzakh, die einmal die Musterregion gewesen war, dann aber katastrophal falliert hatte und moralisch auf Abwege geraten war; dabei hielten sie jedoch den Kodex der revolutionären *Semantik und Linguistik nach außen hin* ein, indem sie ihre Handlungen strikt nach den vorgegebenen Begriffen einordneten. Wer log, tat dies unter dem Signum der Wohltat, welche den Angelogenen „nicht beunruhigte"; wer betrog, verschaffte sich unter dem Vorwand, dem Betrogenen für künftige Fälle eine geradezu schöpferische Lehre erteilt zu haben, seinen Vorteil, denn der Betrogene wurde ja doch hoffentlich *aus Schaden klug*; und all jene, die die Ehe brachen, gaben sich ganz der endlich einmal ungeheuchelten Ehrlichkeit und dem natürlichen Realitätssinn und Bedürfnis des Menschen hin, um damit sogar als gute Beispiele voranzugehen. So hatte man sich schon lange mit den weisen und erhabenen Lehren des Großen Metaphysicus arrangiert. Utopie war in ihr Gegenteil umgeschlagen, eine Entwicklung, die man außerhalb der Stadt Barzakh nirgendwo bemerkte; und außerhalb des Reiches glaubten sogar noch immer viele Anhänger dieses Führers, die Lehren des Großen Metaphysicus würden tatsächlich im Großen und Ganzen verwirklicht. Denn man sollte sich nicht täuschen: Selbst Johannes hatte in jungen Jahren durchaus große Stücke auf den Großen Metaphysicus gehalten, der doch immerhin Neues gewagt und in der Politik ein Verhalten an den Tag gelegt hatte, das die „selbstgefälligen Routiniers des Althergebrachten", wie er sich in seinen Artikeln etwas geschraubt ausdrückte, im Namen der außereuropäischen Völker in Verlegenheit brachte.

Bis vor kurzem hatten auch Dissidenten einen schweren Stand gehabt, denn man misstraute zwar längst den so schön klingenden Theorien der Menschheitsbeglückung; doch hieß das noch lange nicht, dass man auch bereit war, mit ihnen zu brechen, die Dissidenten zu unterstützen und die Person des Großen Metaphysicus fallen zu lassen.

Ihr Gastgeber, Ramzis Freund mit Namen Muzaffar, ein früherer Vertrauter des Großen Metaphysicus, der freilich schon vor langer Zeit mit ihm gebrochen hatte, versuchte ihnen die Zeit so angenehm wie möglich zu machen. Wichtiger noch als die körperliche Regeneration war die seelische und geistige. Sie durchstreiften die großzügigen Basare der Stadt, die ein Relikt aus den „pharaonischen Epochen" waren, das dem revolutionären Eiferertum des Großen Metaphysicus und seiner Leute noch nicht zum Opfer gefallen war. Dabei hatte jede der einzelnen Siedlungen, aus denen Sabha bestand, einen Markt ganz eigener Prägung. Es begann mit einem Bücherbasar, in dem ursprünglich nur die Werke des Großen Metaphysicus und seiner Getreuen angeboten werden durften, in dem man aber längst auch als Konterbande angesehene Literatur haben konnte, wie Reisiger und Masud gleich feststellten. Der Italiener entdeckte sogar etliche westliche Werke, deren Besitz bis vor kurzem streng verboten gewesen war, und machte die anderen auf sie aufmerksam. Auf den anderen Basaren herrschte jene nach Handwerken vorgenommene Gliederung des Warenangebots vor, die Reisiger aus dem Orient vertraut war. Nur wurden sie unter einem ganz anderen Namen geführt: nicht als Möbel, Schmuck, Haushaltsgeräte und dergleichen, sondern unter der Überschrift „Eigentlich zu meidende Waren des Überflusses". Doch der Andrang war jetzt, da der Große Metaphysicus offenbar das Zeitliche gesegnet hatte, so groß wie all die Jahre zuvor nicht. Überfluss begann wieder etwas zu gelten im Land.

Als ihr Gastgeber ihnen eröffnete, er könne ihnen trotzdem leider keinen geeigneten, geländegängigen Wagen besorgen, da die Rebellen alle beschlagnahmt hatten, war der Ärger groß. Dies hätte Reisiger zuallerletzt für möglich gehalten.

„Dieser Lügner und Halsabschneider Idriss", zischte Ramzi, für alle hörbar, in sich hinein.

Der Italiener Gianni gebärdete sich am radikalsten. Ihm schwante, dass sie nun doch auf Kamele würden umsteigen müssen, das verdüsterte seine Laune mit einem Schlag. Ramzi freilich brach gleich auf, um sich nach geeigneten Tieren umzusehen. Er wusste, dass dies in dieser zentralen Wüstenregion allemal einfacher war als nach den offenbar heftigen Kämpfen, die sie in den Hun-Bergen verpasst hatten, ein Auto nach ihrem Geschmack zu beschaffen; die Rebellen pflegten bei solchen Beschlagnahmungs-Aktionen ganze Arbeit zu leisten. Dennoch beschloss er, die Flinte nicht gleich ins Korn zu werfen und doch noch zu versuchen, ob er nicht auf irgendeine verschlungene Weise an ein geeignetes Gefährt geraten könne.

Doch es war vergebens. Die kriegerischen, gewaltmäßigen Verhältnisse hatten alles durcheinandergebracht, was zuvor geordnet und überhaupt problemlos gewesen war. Auch seine Kenntnis der einheimischen Mentalität, die Kniffe und Tricks, mit denen man in diesen Regionen das Leben meisterte, meistern musste, um nicht unterzugehen, versagten in diesem Fall. Ramzi verfluchte den Großen Metaphysicus ob der kurz vor Beginn des Aufstandes gefassten Idee, den Bestand an Autos aus ökologischen Gründen auf ein Minimum zu begrenzen, die man – unabhängig von der Beschlagnahme durch die Rebellen – in einem Reformviertel wie Barzakh ganz besonders gesetzestreu beherzigt hatte.

Seit zwei Tagen waren die Schulen in ganz Sabha geschlossen. Nun, nachdem der Despot tot war, wollte man – aus einer Stimmung der Unsicherheit heraus – jede Unruhe vermeiden. Es galt abzuwarten, ob sich die Lage denn wirklich normalisieren würde. Zu oft schon hatte man es in den angrenzenden Ländern, die alle auch Bürgerkriege durchgemacht hatten, erlebt, dass die Behörden vorschnelle Entschlüsse gefasst hatten, was sich dann rächte. Auch gab es noch Kräfte aus der umfangreichen und weit verzweigten Familie des Großen Metaphysicus, die gewiss nicht gewillt waren, so einfach aufzugeben. Macht macht beharrlich, sie ist wie Leim, an dem man klebt – erst recht, wenn man wie die Familie des Großen Metaphysicus aus ärmlichen Verhältnissen stammt. So war es nicht ausgeschlossen, dass dem Großen Metaphysicus ergebene Truppenteile, angeführt von einem seiner Söhne, abermals gegen die Rebellen losschlagen würden. Der älteste Sohn, der den Aufständischen hatte entkommen können, hatte den Ruf eines hochfahrenden Haudegens, ihm traute man zu, dass er willens und auch imstande sei, wenigstens für die Familie, wenn der Große Metaphysicus selbst schon tot war, das Äußerste zu wagen und sich den siegreichen Rebellen entgegenzustellen.

Dieser Sohn hatte lange als durchaus hoffnungsvoller Nachfolger gegolten, sich in den Jahren vor Ausbruch des Großen Aufstandes im Reich jedoch zu seinem Nachteil entwickelt. Eskapaden erotischer Natur hatten sein immer selbstherrlicher werdendes Gebaren „abgerundet", so dass aus dem Hoffnungsträger von einst in den Augen vieler

Untertanen am Ende doch ein hochintelligentes Schreckgespenst geworden war.

Reisiger wollte sich deshalb so schnell wie möglich in den Süden aufmachen. In den Sandbergen von Edeyen Murzuq waren sie sicher. In einem Gebiet, das so entlegen war wie die erdabgewandte Seite des Mondes, drohte allein die Natur als Gefahr, nicht aber die Menschen. Da war man ganz auf sich selbst gestellt, mit Wechselfällen, wie es die Entführung gewesen war, hatte man dort nicht zu rechnen. Jedenfalls glaubte Reisiger das.

In der Nähe des Rathauses stießen Ramzi und Mahmud, der sich mit Kamelen besser auskannte als der Libanese, auf einen älteren Beduinen, den sie nach dem Kamelmarkt fragten. Es war ein Targi, der sie sogleich unter seine – ein wenig schmutzigen – Fittiche nahm und sie zum Kamel-Suq brachte. Es war dies ein schon vor vielen Jahren angelegtes rechteckiges, ummauertes Areal, das dem Markt für Schafe und Ziegen benachbart war. Von dort drang beißender Gestank herüber. Mit einem der traditionellen Kamelmärkte hatte das nichts mehr zu tun. Ganz in der Nähe hatte man auch, völlig geometrisch gerade und glatt, eine moderne Ladenstraße angelegt, die allerdings schon ein wenig heruntergekommen war. Mangelnde Pflege sowie der ständig von Sand durchmischte Wüstenwind hatten das bewirkt.

Dort lagen oder standen etwa achtzig dieser braunfelligen, als ausdauernd, treu, doch bisweilen auch störrisch geltenden „Wüstenschiffe", dösten in der Sonne. Einige tänzelten nervös und bereiteten ihren Besitzern offenkundig Schwierigkeiten, sie ruhigzustellen. Ihr Fell war ein wenig heller als das der anderen Kamele und schimmerte in dem prallen Licht. Es waren Meharis, das heißt Exemplare jenes Wüstenadels unter den majestätisch dahinmarschierenden Vierbeinern, deren Wert in früheren Zeiten nur mit Gold aufgewogen werden konnte. Und für die Meharis traf noch mehr zu, was selbst außerhalb der Großen Wüste oder der arabischen Länder bekannt geworden war: dass das Wort für Kamel, Gamal, demselben Wortstamm entnommen war wie das Wort für „schön". Freilich bezog sich das – jedenfalls nach Reisigers Empfinden – mehr auf den eleganten Gang des Tieres und seine schlanke Silhouette als auf sein Haupt, das – zumal wenn man es von vorne betrachtete – wenig Schönes zu bieten hatte. Viele Jahrhunderte lang konnten die Karawanenstraßen ihren Rang als Lebensadern des transsaharischen Handels nur dank der Meharis bewahren, bevor mit dem Einbruch von „modern times" ihr Stern zu sinken begann.

Dies hatte für Ramzi und Mahmud allerdings keinerlei Bedeutung. Sie erstanden sechs der kräftigsten Tiere, die freilich zunächst unter der Obhut jenes Targi blieben. Noch am gleichen Tag sorgten sie für Proviant und weitere Vorräte, Wasserkanister eingeschlossen, und ließen sie zu den Kamelen transportieren. Für ein paar Dinar belud der Targi die Tiere, fütterte sie ausgiebig, tränkte sie und behauptete dann zu Recht, besser gerüstet als mit diesen Tieren könne man für die Großen Sande gar nicht sein. Natürlich sprach aus dem Mann die Erfahrung von Jahrhunderten. Ihre Erfahrung mit Kamelen waren hingegen begrenzt, wenn man von Masud, dem Tubu, absah.

Das sechste Kapitel

Am Abend vor ihrem neuerlichen Aufbruch rief Reisiger alle zusammen, um über die nächsten Etappen zu sprechen. Endlich wollte er auch einiges mehr über die Garamanten sagen, über den Schatz und das Ziel ihrer Wünsche. Ramzi, Mahmud und Masud hatten sich zwar – ebenso wie der Italiener – mit der Materie befasst, doch man hätte kaum sagen können, sie wüssten genug über dieses ausgestorbene rätselhafte Volk der Sahara.

Mit den Garamanten betrat man, wie der Professor es ausgedrückt hatte, eine Welt, „wie sie rätselhafter und geheimnisvoller kaum sein konnte". Noch immer galten sie der Wissenschaft als das unbekannteste Volk der antiken Saharakulturen, gleich nach den Tuareg, ihren späteren Schwägern. Reisiger hatte natürlich schon bald erfahren, dass sich die Imohar, die man in Europa Tuareg nannte, als die Nachfahren der Garamanten betrachteten, was übrigens von einigen Ethnologen bestritten wurde. Doch diese Erkenntnis vereinfachte das Problem nicht, denn auch die Tuareg, die einstigen Herren der Wüste, gaben noch genug Rätsel auf. Selbst alte Kulturen wie die kuschitische im Sudan, das so anziehende, doch wenig erforschte Reich der Nubier, die frühen äthiopischen Epochen gar und andere Kulturen der Region wurden inzwischen schon vom hellen Licht der Geschichtswissenschaft bestrahlt. Nicht so die der Garamanten. Sie geisterten wie Phantome durch die Werke der Reiseschriftsteller, die es in die zentrale Sahara verschlagen hatte – in der Hauptsache waren das Europäer unterschiedlicher Herkunft gewesen. Und mit den altrömischen Quellen war, wie Reisiger wusste, nur wenig Konkretes anzufangen. Doch wenigstens behandelten sie die Garamanten.

Schon vor Jahren war er – wenn auch nur als gewöhnlicher Tourist – in jener beeindruckenden Römerstadt an der Küste des Reichs, die bei den wenigen fremden Besuchern des Landes als besonderer Höhepunkt galt, gewesen: in Leptis Magna. Römische Autoren berichteten, dass in der Arena als Gladiatoren bevorzugt Garamanten, meistens Kriegsgefangene, ihre Haut zu Markte trugen – als Opfer tödlicher Volksbelustigungen. So wurde dieses einst stolze Volk herabgewürdigt zum Reservoir lateinischer Blutorgien. Auch in Karthago, als es noch der machtvolle Rivale Roms war, kannte man die Garamanten. Entweder sie arbeiteten dort, in der Vielvölker-Metropole der Punier, als Sklaven oder Diener, oder sie gingen ebenfalls dem Gewerbe eines Kämpfers nach. Man schätzte im Lande Hamilkars und Hannibals die furchtlosen Krieger aus dem Inneren der Wüste. Es gab freilich auch Wissenschaftler, die den Wahrheitsgehalt all dieser Berichte bezweifelten.

Wie bei vielen anderen antiken Völkern, stand auch bei den Garamanten Herodot Pate, jener Marco Polo der Antike, der in seinen „Historien" eigene Anschauung genial mit dem bloßen Hörensagen, manches Mal wohl auch mit

Flunkereien und Übertreibungen vermischt hatte. Das galt auch für die Garamanten, über die er im vierten Buch seines Werkes berichtete. Vierspännige Wagen, so schreibt er, seien das wichtigste Fortbewegungsmittel dieser Saharier gewesen; ihre Rinder aber seien rückwärtsgegangen, nicht vorwärts – eine Behauptung, die wohl in die Kategorie der fabelhaften Einhörner und Ein-Bein-Menschen fällt, die es nach Meinung mancher durchaus angesehener Geographen des Mittelalters auch einmal gegeben haben soll. Was nun die Wagen betraf, so hatten die Garamanten sicher bei den Ägyptern gelernt, deren Reich im Osten an das ihre grenzte. Vielmehr verlor sich die Grenze im Unbestimmten und Unbetretenen, denn für die Ägypter war die westliche Wüste ja das Totenreich.

Vor allem Plinius der Ältere war es, der seriösere Informationen über die Garamanten vermittelte, und sogar bei Tacitus und Livius liest man ein wenig über sie und ihre Reiche.

Reisiger hatte sich auch mit Cornelius Balbo befasst, einem Mann der Sahara, der – in realistischer Einschätzung der Lage – im Dienste Roms Ordnung in das Reich der Garamanten und die umliegenden Gebiete der Saharier gebracht hatte – auf römische Weise. *Parcere subjectis et debellare superbos*, wie das allzeit zu missbrauchende Motto aus der Aeneis des Vergil hieß. Als einzigem Nicht-Römer hatte ihm das Zentrum der bewohnten Welt, des gesamten bekannten Erdkreises einen Triumphzug gestattet, der zugleich eine Erhöhung und eine Demütigung des Volks der Garamanten war.

Doch was wusste man noch über sie?

Eine Generation später lehnten sie sich gegen Roms Herrschaft auf. Das war der große Aufstand des Jahres 20 nach Christus, als die Garamanten in der Person von Tacfarnes einen genialen Strategen fanden, der den römischen Kohorten das Leben in einer Weise schwermachte, wie sich das in Rom niemand hatte vorstellen können. Nur ein gewisser Varus hatte kurz zuvor eine schlimmere Niederlage erlitten – in den dunkel rauschenden Laub- und Tannenwäldern des unbehausten Germaniens.

Schon zu jener Zeit, als Rom mit seinem kaiserlichen Glanz die ganze Welt überstrahlte, gab es Legenden über die Schätze der Garamanten. Waren sie mit den von Gerüchten und Sagen aller Art umwitterten Atlantiern gleichzusetzen? Von einem Edelsteinberg tief im Innern des Garamanten-Gebietes war die Rede. Diese Gerüchte gehörten zu den Gründen, die Rom an seinen nordafrikanischen Besitzungen so zäh und hartnäckig festhalten ließen. Andernfalls wäre es kaum zu verstehen gewesen, warum man die Legionen sozusagen einem Haufen Wüstensand und Geröll hätte überantworten sollen. Die Gier war so groß, dass Rom hin und wieder sogar Expeditionen in das Innere der Großen Wüste unternehmen ließ. Mit Forscherdrang war es bei diesen Fanatikern des Realismus nicht weit her gewesen. Wahrscheinlich, so mutmaßte der Professor, waren die Berichte über den Edelsteinberg auch die Quelle all jener Phantasien über den Schatz der Garamanten gewesen.

Es war Reisiger immer merkwürdig vorgekommen, dass das Reich in der Sahara, durch Rom geschwächt und offenbar durch Hungersnöte an den Rand seines Untergangs gebracht, trotzdem *Roma aeterna* um einige Generationen überlebt hatte. Gewiss hatte dazu die Isolation der Saharier im abgeschlossenen Inneren ihrer Ödnis beigetragen. Am Ende waren es die Muslime gewesen, die, kaum war ihr Glaube in der Welt, wie ein Sturmwind über Nordafrika hinwegfegten und die dortigen Völker eroberten. Der Halbmond besiegte das Kreuz, und er drang sogar in die Großen Sande vor, um das alterschwache Besitztum der Saharier einfach aufzusaugen. Dies ereignete sich schon wenige Jahre nach dem Tod des Propheten Mohammed in Mekka, seinem Geburtsort, und Medina, wo man ihn begrub. Als das starke Ägypten den Truppen des Welteroberers Amr Ibn al As nicht standhalten konnte, war es auch um das Schicksal der Sahara-Völker geschehen. Nur an Nordafrikas Küste konnten die „Berber" noch einen sich hinziehenden, lange Zeit auch erfolgreichen Widerstand gegen die Eroberer leisten.

Doch wie so oft im Lauf der Welt, bedeutete die Vernichtung ihrer Herrschaft keineswegs ihr Ende. Der Professor war überzeugt, dass die heutigen Tuareg recht hatten mit ihrer Behauptung, sie seien die direkten Nachfahren der Garamanten. Vieles war da zwar noch ungeklärt für die Wissenschaft, doch manche Aussage auch stimmig. Das heutige Siedlungsgebiet der blau Verschleierten, der *mulaththamun,* wie die Araber sie nannten, deckte sich zu großen Teilen mit dem der Garamanten. Im Reich des Metaphysicus bildeten die Tuareg eine verhältnismäßig kleine Minderheit, doch konnten die tief in der Wüste gelegenen Zauberstädte aus getrocknetem Lehm als ihre traditionellen Zentren gelten.

Die Verschleierten – bei den Tuareg trugen nur die Männer den verhüllenden Litham vor dem Gesicht, während die Frauen gänzlich unverschleiert gingen – hatten ihre große Zeit schon lange hinter sich. Als die Franzosen sich den größten Teil der Sahara unterwarfen, konnten ihnen die Tuareg nur wenig Widerstand entgegensetzen, ja, viele kollaborierten sogar – um des Überlebens willen – mit ihnen, den „Rotnasen", wie sie die Franken, einen Stamm der westlichen Europäer, gelegentlich nannten. Allerdings waren auch die vielen Jahrhunderte vor der „Frankenzeit" kein Zuckerschlecken gewesen: Oft genug waren die stolzen Wüstensöhne in arge Bedrängnis durch jene muslimischen Reiche geraten, die sich im Mittelalter vom Nigerbogen immer weiter auch nach Norden ausgedehnt hatten. Aus den Ländern der Schwarzen waren sie herangeflutet wie die Sturzbäche in den Wadis, die sich alle paar Jahre mit zerstörerischer Gewalt ihre Bahn brechen, rücksichtslos, unschuldig, wie die gesamte Natur es ist. Tief im Süden, dort wo im Lande Ghana die Wüste an den Regenwald grenzt, waren die Krieger aufgebrochen, hatten sich Mali unterworfen, die großen Salzrouten unter ihre Herrschaft gebracht, so dass dem Reich von Ghana alle Tribut entrichten mussten, die ihre kostbare Ware von Agadez nach Bilma und zurück verbrachten, mitten durch die große Leere, die ihnen zuvor einige Sicherheit geboten hatte. Dann folgte das Reich von Mali. Es war das mächtigste im 14. Jahrhundert und ging von den Songhay aus, die auch das glänzende Timbuktu beherrschten. Die Songhay waren so machtvoll, dass der Ruf ihrer Herrscher sogar im fernen Hidschas, an den heiligen Stätten des Islam an den östlichen Küsten des Roten Meeres zu vernehmen war.

Die Perle aber wurde Timbuktu. Wenn seine Blütezeit auch kürzer war, als man später vermuten sollte, so war sie doch bemerkenswert. Am Nigerbogen gelegen, doch in Sand und Einsamkeit eingebettet, entwickelte sich Timbuktu für einige Zeit zu einem blendenden Zentrum muslimischer Gelehrsamkeit. Gelehrte aus dem arabischen Osten, aus Kairo oder Damaskus, Bagdad oder Merw in Chorassan, scheuten sich nicht nur nicht davor, einige Jahre in der Stadt zuzubringen, sondern verlangten regelrecht danach. Umgekehrt kamen Gelehrte aus Westafrika in die Metropolen des Geistes im islamischen Osten. Im Laufe der Jahrhunderte wurden Tausende und Abertausende von kostbaren Handschriften in der Wüstenmetropole angefertigt und aufbewahrt. Und jedes Kind kannte den größten Gelehrten der Stadt, dem man vor fast vierhundert Jahren den liebevollen Beinamen „Ahmed Baba" verliehen hatte.

Auch Reisiger hatte schon früh von den Büchern und Handschriften gehört, die noch immer in Timbuktu aufbewahrt würden und die Aufmerksamkeit der ganzen Welt erweckten. Heute erschien die Stadt am Nigerbogen den allermeisten dennoch wie die erdabgewandte Seite des Monds. Wie erstaunt war man da zu hören, dass die Handschriften sogar in die Obhut der Vereinten Nationen gelangt waren, denn der moderne Staat Mali, die Regierung in Bamako, verfügte nicht über die Mittel, die zu einer dauerhaften Bewahrung dieser kostbaren Handschriften notwendig waren. Das waren keine guten Vorzeichen.

Unter den schriftlichen Zeugnissen stach, was ihr Unterfangen betraf, die Chronik jenes Fadl al Rahman al Aswani hervor, die wohl aus dem 14. Jahrhundert stammte und von manchen Kennern als wichtigste arabische Quelle für die saharische Geschichte in frühislamischer Zeit angesehen wurde. Das Werk trug den Titel „Hadija al Arab li-schuub Ifriqija", übersetzt ungefähr: „Das Geschenk der Araber an die Völker Afrikas", wobei mit Afrika eben jener Bereich zwischen Ägypten und dem eigentlichen Maghreb gemeint war.

Über den Autor al Aswani war nicht eben viel bekannt. Aus seiner Nisbe konnte man erschließen, dass er Ägypter war und aus der Stadt Assuan im Süden kam. Was ihn in den Westen verschlagen, was ihn dazu gebracht hatte, im Innern der große Leere – obzwar in einer damals berühmten Stadt – Fuß zu fassen, war nicht bekannt. Da war man einzig auf Spekulationen angewiesen. Ein Mann wie er hätte wohl, das konnte man aus dem gesamten Duktus seiner Chronik schließen, auch an anderen Höfen der muslimischen Welt, nicht zuletzt im Kairo der Mamluken, eine glänzende Karriere gemacht. Hatte ihm der Herrscher von Mali Reichtümer geboten? Oder wollte er sich gar selbst um den Schatz der Garamanten bemühen, über den er andeutungsweise schrieb?

Reisiger war von Erwin auf den Text dieser Chronik aufmerksam gemacht worden und natürlich sofort Feuer und Flamme gewesen. Auch der Professor kannte den Text, der für die damalige Zeit von ungewöhnlicher Länge und Ausführlichkeit war. Das Manuskript, im maghrebinischen Duktus geschrieben, war außerdem sehr gut erhalten, damit deutlich lesbar. Der Text, von dem wir hier nur geringe Auszüge bieten können, fing mit den üblichen Einleitungsformeln an, um dann zum eigentlichen Kern zu kommen:

Im Namen Gottes, des barmherzigen Erbarmers. Dank und Lob sei Allah, dem Erhabenen und Barmherzigen, der am Tage des Gerichtes herrscht, gewaltig und mächtig ist Er. Lob und Preis sei auch Mohammed, dem Auserwählten, dem Siegel des Prophetentums, seiner ganzen Familie und allen seinen Gefährten.

Von Fadl al Rahman al Aswani, dem Gottesknecht, geschrieben als Geschenk der Araber an die Völker und Stämme Afrikas.

Um unmittelbar zum Inhalt überzugehen, begann Reisiger den Versammelten aus dem Manuskript vorzulesen:

Es gelangte zu mir die Kunde, dass Ahmad, Sohn des Mohammed, berichtete, dass zu ihm die Nachricht kam

über Abdullah, Sohn des Muwafiq, dass dieser von Ab-
dal Rahman al Tarhuni vernommen habe: Einst wurde
das Land Fazza von mächtigen Fürsten beherrscht, die
zu Zeiten der Dschahilija (diesen Begriff kannte Reisiger
als die gängige Bezeichnung der Ära des vorislamischen
Heidentums) Macht ausübten von den inneren Oasen
der Großen Wüste bis an die Küste des Bahr al Muta-
wassit, des Mittleren Meeres. Obwohl sie Heiden waren,
hatten sie große und berühmte Herrscher, und ihr Reich
blühte viele Jahrhunderte lang. Ihr Arm reichte bis in
das Land der Schwarzen und der Fundsch im Südosten,
im Südwesten bis an die Grenzen von Ghana, wo eben-
falls schwarze Menschen lebten. Im Süden schoben sie
ihr Herrschaftsgebiet immer weiter in Richtung jenes
großen Sees vor, der sich fast genau in der Mitte der
Großen Wüste befindet.

Viele Jahrhunderte lebten sie Seite an Seite mit den
Herrschern der Romäer und später der Rum, doch führ-
ten sie mit diesen Mächten auch Kriege. Es blühte ihre
Hauptstadt, das vieltorige Garama; und man sagte, dass
Garama eine der glänzendsten Siedlungen in der Wüste
überhaupt gewesen sei. Doch Gott weiß es am besten!

An dieser Stelle hatte der Zahn der Zeit das Manuskript
benagt, so dass es unleserlich war. Ganz offensichtlich
fehlte auch ein Stück Text. An wieder lesbarer Stelle stand
dann geschrieben:

Kapitel über die Eroberung durch das Heer der Recht-
gläubigen. Im Namen Gottes, des allbarmherzigen Er-
barmers! Wenige Jahre, nachdem Amr Ibn al As das
Land der Pharaonen für den Islam ‚geöffnet' und am
Ufer des Nils al Fustat errichtet hatte (so hieß die Keim-
zelle des späteren Kairo), drangen die Krieger des Glau-
bens an der Küste nach Westen vor. Noch ehe Sidi Oqba
in Richtung auf die Länder der Ungläubigen im fernen
Westen vorstoßen konnte, bogen die Kämpfer des Islams
nach Süden ab, um mit den Leuten von Garama abzu-
rechnen. Da diese sich weigerten, den Islam anzuneh-
men, das heißt, den taslim *zu vollziehen, kam es zu*
kriegerischen Auseinandersetzungen, die viele Jahre
währten. Als das Ende der Ungläubigen von Garama
nahte, so wird es dank der erwähnten Gewährsmänner
und von vertrauenswürdigen Überlieferern berichtet,
brachte ihr letzter Herrscher, bevor er sich selbst richtete
(Gott verdamme ihn dafür tausendmal!), den gewalti-
gen Schatz seines Volkes in Sicherheit. Nicht sollte er in
die Hände der Feinde fallen. Bis zum heutigen Tag hat
niemand diesen Schatz gesehen, sich am reichen, strah-
lenden Gold der Garamanten erfreut. Niemand auch
kennt den geheimen Ort, an dem ihn der Herrscher ver-
steckte, bevor er sich und seine letzten Getreuen den
Armen seiner Feinde, dem Heer der Rechtgläubigen,
auslieferte. Einige Überlieferer berichten von einer
schmalen Pyramide, gleich den Ahram in Ägypten, nur
viel kleiner, im Wüstensand unweit von Garama, unter
der die letzten Garamanten alles Gold, das sie besaßen,

und alle ihre funkelnden Edelsteine tief in der Erde ver-
graben hätten, dann hätten sie die Pyramide beschädigt,
um sie wie eine unscheinbare Ruine aussehen zu lassen.
Andere sagen, die Pyramide sei nicht beschädigt wor-
den, sondern noch Generationen danach weithin sicht-
bar gewesen, zumal ihre Spitze, den Göttern, den Göt-
zen der Garamanten zu Ehren, aus purem Gold gewesen
sei. Aber Gott weiß auch das am besten.

Diese letzten Bemerkungen al Aswanis hielt Reisiger für
eine pure Ausschmückung, die literarischen Vorbildern
geschuldet war.

Die Chronik aus Timbuktu war an dieser Stelle noch
nicht zu Ende, doch war der Rest für ihre Zwecke uninte-
ressant. So hörte Reisiger zu lesen auf und blickte fragend
in die Runde. Etwa eine Minute lang herrschte beredtes
Schweigen; Reisiger spürte, dass die Kameraden doch beeindruckt waren von dem, was er ihnen da vorgelesen
hatte. Nur auf einen traf das nicht zu.

Als Erster meldete sich der Italiener:

„Das ist alles?", fragte er in vorwurfsvollem Ton und
warf Reisiger einen durchaus giftigen Blick zu.

„Das ist viel", widersprach Ramzi, obwohl ihm klar
war, dass über den vielbeschworenen Schatz der Garamanten in diesem Text wenig Konkretes gesagt wurde. Im
Grunde klang das alles allzu *phantastisch.* Aber war das
nicht in allen alten Schriften so? Man konnte es vielleicht
als eine Krankheit ansehen, dass der moderne Mensch
darauf bestand, über alles und jedes dokumentarisch in-

formiert zu werden. Doch damit konnten die alten Zeiten nicht dienen.

„Auch Gerhard Rohlfs", so fügte Reisiger abschließend hinzu, „berichtet, er habe bei der Durchquerung Fezzans ein pyramidenförmiges Gebilde von etwa dreißig Fuß Höhe gesehen, das ohne Zweifel nicht der Natur, sondern Menschenhänden entsprungen gewesen sei. Warum also, so frage ich, sollte es die von al Aswani beschriebene winzige Pyramide nicht auch geben?"

Er war sich in diesem Augenblick nicht klar darüber, inwieweit er von dem überzeugt war, was er soeben gesagt hatte.

Auf die Stelle im Werk von Rohlfs hatte ihn seinerzeit der Professor aufmerksam gemacht.

„Dieser Rohlfs hat aber gar nicht nach den Garamanten gesucht und schon gar nicht nach deren Schatz", glaubte der Italiener dazwischenmaulen zu müssen. Es war offenkundig, dass er die Erlebnisse der jüngsten Zeit am wenigsten verkraftet hatte, seine Laune war ohnehin von Beginn ihrer kleinen Expedition an nicht die beste gewesen; doch hatte der insgesamt recht unerquickliche Aufenthalt in Sabha und vor allem in Barzakh sie nicht gehoben – trotz aller Möglichkeiten des Ausruhens und der Unterhaltung. Ebenso schlug die Unsicherheit und Ungewissheit der politischen Umstände ihm wohl aufs Gemüt.

Längst bereute Reisiger, dass er auf Gianni zu große Stücke gesetzt hatte. Dem Mann ging die Freundlichkeit, Anpassungsfähigkeit und Konzilianz seiner Landsleute ganz ab. Ob das daran lag, dass er schon so lange im Reich lebte? Im Unterschied zu den anderen zeigte er auch wenig Interesse an Geschichte und Kultur der Garamanten, das sah man ja jetzt, schien allenfalls auf diesen sogenannten Schatz fixiert zu sein. Es gab ja Menschen, so dachte Reisiger kurz vor dem Einschlafen, die sich für irgendetwas entschieden, die irgendetwas machten, nur weil ihnen die Zeit lang wurde und sie mit ihr nichts Sinnvolles anzufangen wussten. Weniger denn je war ihm klar, warum Venone sich ihnen angeschlossen hatte. Trotzdem war Reisiger guter Stimmung. Nach der unerwarteten Unterbrechung lag nun die zweite Etappe vor ihnen, der Weg nach Süden war frei. Es stand angesichts der Lage nicht mehr zu erwarten, dass ihnen dort Unvorhergesehenes widerfahren würde. Daher war Reisiger in seinem Optimismus nicht zu erschüttern.

* * *

Was weder Reisiger noch seine Mitstreiter wussten, war, dass sie mit ihrem jüngsten Erlebnis in ein Stadium eingetreten waren, das manche Esoteriker des Islams als eine notwendige *Prüfung* der Seele zu imaginieren imstande waren. Der Große Metaphysicus hatte, als er das Stadtviertel von Barzakh vor vielen Jahren ins Leben rief, gewiss davon keine bestimmte, allenfalls eine verschwommene Kenntnis gehabt; doch unter „Barzakh" verstanden die Esoteriker – wie Ramzi seinen Kameraden schon kurz angedeutet hatte – seit alters her einen geistigen Bereich, der zwischen Gott und Welt, zwischen dem Jenseits und dem Diesseits existierte, eine Zwischenwelt auch, die Leben, Tod und Auferstehung miteinander verband. Es war eine Welt der Engelwesen, der spirituellen Boten, die imstande waren, einerseits dem Menschen Botschaften zukommen zu lassen, andererseits ihn jener verheißenen lichten Welt, von welcher der Glaube sprach, ein Stück weit entgegenzuführen, sofern er die Prüfungen der Geschöpflichkeit einigermaßen mit Anstand hinter sich gebracht hatte.

Jenes Barzakh, in dem sie sich einige Tage aufgehalten hatten, stellte – ohne dass ihnen die Hintergründe bekannt waren – so etwas wie eine völlig säkularisierte Form dieser metaphysischen, transzendenten Zwischenwelt dar. Durch die Anordnungen des Großen Metaphysicus war hier eine Stätte entstanden, in der sich politische Utopie mit religiöser Eschatologie vermischte. Dies alles war ihnen umso weniger bewusst, als sie die Bewohner Barzakhs als stupende Heuchler erlebt hatten, die sich nur noch nach außen hin und *verbaliter* an die utopischen Vorgaben der vita nova gehalten hatten.

Hätte Reisiger dies gewusst, dann wäre er auch imstande gewesen, die Begegnung mit jenem rätselhaften Fremden an der Tankstelle, die ihn so verblüfft hatte, in den Ablauf und das Gefüge ihrer Exkursion einzuordnen. Ihm wäre dann vielleicht klar geworden, dass ihre Reise nicht *unbeobachtet* vonstattenging. Möglicherweise wäre ihm der Gedanke gekommen, er sei jenem Schicksal begegnet, dem manche *in den Rachen greifen*, das andere

Erdenbewohner hingegen gläubig *annehmen* wollen. Doch andererseits hat der Gedanke etwas zutiefst Befriedigendes, dass man diese Dinge nicht wirklich weiß, sondern – wenn überhaupt – bisweilen nur ahnt. Etwas anderes – mit allen Konsequenzen – wäre schrecklich.

Gianni Venone beispielsweise war schon in die Räder jener verstörenden, weil als blind empfundenen Macht geraten, der die alten Griechen den so wohlklingenden Namen Moira verliehen hatten, aber er wusste natürlich so wenig davon wie die Übrigen. Sie mussten erst noch ein beträchtliches Stück Weges zurücklegen, bis ihnen dies deutlich wurde. Bis dahin umgab sie jene fast bewusstlose Selbstverständlichkeit des Lebens, die es selbst geschaffen hat, um nicht unterzugehen, um den Lebensschwung gleichmäßig aufrechtzuerhalten; dächte der Mensch – wie es manche Philosophen sogar vorschlagen – immer nur daran, dass es in nur kurzer Zeit „aus" sein kann mit seiner Herrlichkeit – er wäre durch diese *Krankheit zum Tode* vielleicht wie paralysiert oder eben allzeit bereit zu den schlimmsten Verbrechen. Für beides fielen Reisiger Beispiele ein.

* * *

Zwei Tage, nachdem sie Sabha und Barzakh verlassen hatten, betraten sie die sandige Unendlichkeit von Edeyen Murzuq. Zugute kam ihnen, dass sie alle schon vorher auf Kamelen gesessen und – aus den unterschiedlichsten Anlässen und mit den divergierendsten Zielen – auf den Rücken dieser Tiere kleinere Ritte absolviert hatten. Sogar Stella konnte aus ihrer Zeit in Ägypten auf einschlägige Erfahrungen zurückblicken. Das Gelände erwies sich als ungünstig, Hamada mit scharfkantigen Steinen durchsetzt, die den Reittieren bisweilen Schmerzen zu bereiten schienen.

Doch sie waren rasch vorangekommen auf dem Rücken der Meharis, obwohl Stella sich zunächst schwergetan hatte mit ihrem Tier. Es war eine recht bockige Mehari-Stute, die offenkundig von ihrem vorherigen Besitzer nicht gut behandelt, wahrscheinlich sogar misshandelt worden war. (So etwas konnte als ungewöhnlich gelten, geht doch der Flaneur der Wüste, der Kamel-Nomade, mit seinen Tieren häufig liebevoller um als mit seinen Frauen.) Doch nun gehorchte das Tier dem sanften Schenkeldruck Stellas und ihren Anweisungen, als werde es schon lange von ihr geritten.

Die Region südlich von Sabha ist ein unendliches Meer der Einsamkeit. In ihm fühlen sich nur Menschen wohl, die mit innerlichen Ungereimtheiten zu leben vermögen. *„Lasst alle Hoffnung fahren!"* könnte – nach Dante – als Motto über dieser Landschaft stehen. Es gilt auch noch heute, im Zeitalter asphaltierter Fernstraßen. Wer nicht in der Lage ist, Abgründe seines Gemüts zu ertragen, wird niemals dorthin aufbrechen und sich auch niemals nach Erlebnissen sehnen, die eine Reise (welch euphemistisches Wort) durch diese Wüsteneien zu schenken vermag. Alleine das Ertragen und Aushalten der Natur in ihrer trockenen Nacktheit, Ursprünglichkeit und auch Grausamkeit ist ein Stahlbad für den Geist. Es kommt nicht selten vor, dass die Macht der Sande ein Menschenwerk vernichtet, an dem Jahrzehnte lang gebaut worden war.

Sie stießen immer weiter nach Süden vor. Reisiger und Mahmud hatten bewusst eine Route gewählt, die nicht parallel zur Sandpiste, ja der Fernstraße verlief, denn sie wollten schon auf dem Weg zur Ortschaft Murzuq untersuchen, ob die Garamanten nicht, wie es gerüchteweise immer wieder hieß, bereits in jener Gegend sichtbare Spuren ihrer Kultur hinterlassen hatten. An manchen Stellen konnten sie tatsächlich zusammenhängende Mauerreste ausmachen, deren ungefähre Lage Reisiger, wenn sie rasteten, auf seiner großen Karte des Reiches eintrug. Bald hatten sie allerdings herausgefunden, dass sie nicht von jenem rätselhaften Volk herrühren konnten, waren sie dafür doch nicht alt genug. Reisiger vermutete, dass es sich um historische Reminiszenzen der Türken handelte. Sie hatten das Reich vor dem brutalen Angriff der Italiener viele Jahrhunderte lang beherrscht, wenn auch ihre Art und Weise des Regierens zumeist indirekt und vergleichsweise milde gewesen war. Ihre Statthalter hatten in Tripolis residiert und dort ein nicht unbedingt feudales Leben geführt. Lange hatte man versucht, mit Piraterie zu Reichtümern zu gelangen. Immerhin hatte sich der Einfluss dieses Volkes bis tief in den Süden der Wüste hinein erstreckt, wo er sich dann irgendwo im Unbestimmten verlor. Eine exakte Grenze zu den afrikanischen Dynastien war nie gezogen worden.

Edeyen Murzuq, ihr nächster Halteplatz, und Edeyen Ubari, das Gebiet des *Übergangs,* der Transition in neue, südlichere Welten, sind zwei große Sande, die zusammengenommen so ausgedehnt sind wie Deutschland oder Polen. Getrennt werden sie durch den Dschebel Adschal, der sich wie eine überdimensionale schwarze, basaltene Sichel zwischen sie schiebt. Jenseits der Grenze, die praktisch nur auf dem Papier existiert, gehen diese Sande in die Wüsten Ost-Algeriens über, in den Östlichen Großen Erg mit seinen wenigen, doch umfangreichen Oasen. Eine Landschaft kahl und bleich wie der Mond. Die ganz am Rande des Landes Fazza, des heutigen Fezzan, gelegene große Stadt Ghat, aber auch Orte wie Murzuq selbst zeugen noch in ihrem Verfall davon, dass diese Landschaften in früheren Epochen belebter und kultivierter waren als in moderner Zeit. Andernfalls hätten ja die Garamanten, folgte man der Chronik und den anderen antiken Berichten, im Inneren der Wüste kein blühendes Reich aufbauen können.

In Murzuq, das sie zwei Tage später erreichten, spürte Gianni Venone erstmals eine schmerzhafte Schwellung in seinem Hals, gab aber als typischer Italiener zunächst einmal nichts darauf. Er machte die trockene Luft der Wüste dafür verantwortlich. Auch dass er leichtes Fieber bekam, konnte seine Laune nicht trüben. Im Grunde ging es ihnen ja wieder gut, hatten sie sich alle überraschend schnell von der Gefangenschaft bei Idriss und seinen Tubu-Kämpfern erholt. Sie war ohnehin mehr eine seelische Tortur gewesen, als eine körperliche, Freiheitsberaubung eben, während es ihnen an Nahrung oder Trank niemals gefehlt hatte in diesen düsteren Tagen. Sogar mit der Tatsache, dass sie nun auf diesen dreckigen „Wüstenschiffen" weiter nach Süden vordrangen, hatte sich Gianni abgefunden. Für die drei Araber war dies ohnehin keine große Angelegenheit.

Reisiger dachte an Rohlfs. Von den großen Wüstenreisenden der Deutschen hatte er, der Mann aus Vegesack bei Bremen, Murzuq am ausführlichsten beschrieben. Als Sitz des osmanischen Kaimakams, auf dessen Wohlwollen er angewiesen war, war die Stadt für ihn besonders wichtig. Und sie war das Tor zur Wüste. Wer in das Innere der Geheimnisse vordringen wollte, musste von hier seinen Ausgang nehmen. Doch schon der Name „Murzuq" war geeignet, phantastische Assoziationen orientalistischer Art zu wecken, die freilich durch die von den großen Reisenden abgebildete triviale Wirklichkeit schnöde enttäuscht wurden.

Rohlfs beschrieb die Stadt in seinem großen Reisewerk mit nüchternen Worten:

Die Stadt Mursuk bildet ein zwei englische Meilen umfassendes Viereck, dessen Nord- und Südseite etwas länger sind als die West- und Ostseite. Sie ist von stellenweise geborstenen, aus an der Sonne getrocknetem Lehm errichteten Mauern umgeben, die eine Höhe von zwanzig bis dreißig Fuß haben, an der Basis zehn Fuß, oben aber nur zwei Fuß dick sind und von dreißig zu dreißig Schritt breiten viereckigen Türmen flankiert werden. An den Ecken der Ostseite befin-

den sich Bastionen, mit einigen Geschützen besetzt … Eine
breite Straße führt in ziemlich gerader Richtung von Westen
nach Osten durch die Stadt … Die Straße weiter verfolgend,
gelangt man rechts an die Hauptwache und daneben an die
Wohnung des Kaimakams, des Gouverneurs der Festung.
Schräg gegenüber auf der linken Seite steht das ehemalige
englische Konsulatsgebäude, das jetzt der Katib el mel, der
Finanzdirektor, bewohnt. Von da an hat die Straße zu bei-
den Seiten nur kleine Hanut (Buden aus Holz oder Ton) –
es ist der Bazar von Mursuk –, bis sie auf einen freien Platz
mündet, dessen nordwestliche Seite die Kasbah (das
Schloss) und die Kischlah (die Kaserne) einnehmen …

Sie machten einen kurzen Abstecher zur alten Türkenfeste, die gleichsam am Weg lag. Ein sperriger Koloss in einer Landschaft, die sonst den Blick auf endlose Horizonte
freigab. Fast unwirklich ragte der Komplex der Mauern
und Zinnen aus dem erdfarbenen Sand empor. Die Feste
– das überraschte sie alle, und besonders Mahmud und
Masud gaben ihrer Überraschung durch ein pronociertes
„maschallah!" beredten Ausdruck – war ungewöhnlich
gut erhalten, nur in einem Teil des Hofes hatte der Wind
kleine Sandhügel platziert, was freilich nicht zu vermeiden war; doch hatten sie den Eindruck, dass das Reich
dieses Bauwerk und auch andere in den vergangenen Jahren im Zuge einer Welle historischer Nostalgie hatte res-
taurieren lassen. Der Sand war hier besonders fein, denn
sie befanden sich ja in einem Teil Edeyen Murzuqs, den

die Geologen ganz bestimmt als Kernwüste bezeichnet hätten.

Rohlfs war seinerzeit von der Feste ebenso beeindruckt gewesen wie unsere kleine Gruppe, die hier auf seinen längst verwehten Spuren wandelte:

Die Kasbah, ehemals Residenz der Sultane von Fesan, war seitdem die Amtswohnung des türkischen Kaimakams gewesen, von Halim Bey aber verlassen worden, angeblich weil Geister (die Dschinnen) darin hausten, in Wahrheit, weil der Wind überall durch die unverwahrten Tür- und Fensteröffnungen pfiff.

Hier hatten die Osmanen so manchen Kommandanten verschlissen, der in der näheren Heimat oder gar im kosmopolitischen *Qostantiniye*, wie Istanbul zur Zeit der Sultane zumeist genannt wurde, unangenehm aufgefallen war. Die Großen Sande boten sich geradezu dazu an, jemanden abzuschieben, den man los sein wollte, sei es wegen seiner unerwünschten politischen Gesinnung, sei es wegen anderer Verfehlungen. Und oft war der Posten eines Befehlshabers der Feste von Murzuq eine Reise ohne Wiederkehr gewesen: ein schleichender Tod hatte viele dort heimgesucht, und man wusste häufig nicht, woran die Türken gestorben waren, denn eigentlich war das Klima, wenn man einmal von der Hitze und den großen Temperaturschwankungen zwischen Tag und Nacht absah, nicht ungesund. Es waren wohl insbesondere seelische Leiden, die ihren Tribut gefordert hatten. So hatte sich in vielen Fällen wahrscheinlich die Einsamkeit, die Isolation als Mörder erwiesen.

„Die armen Kerle", sagte Ramzi spontan zu Reisiger, als beide die höchste der Turmzinnen erklommen hatten.

„Wir haben in diesem Augenblick dasselbe gedacht", gab dieser zur Antwort. „Es muss für den einfachen Asker die Hölle gewesen sein."

Beide Männer malten sich aus, welch trübes Erdendasein die Soldaten in der Tat hier erwartet hatte, wenn sie nach Edeyen Murzuq abgeschoben worden waren. Tagaus tagein standen sie auf Posten und bewachten eine Grenze, die es im Grunde gar nicht gab. Alles menschliche Planen und Wollen, alles Herrschen und Beherrschen verlor sich in der Unbestimmtheit der Sande, gleichsam wie in einem luftleeren Raum. Absurd. Und nach wem hielt man denn Ausschau? Gewiss, hier und da gab es Belästigungen durch Tuareg-Krieger, die sich aus dem Innern der Wüste hervorwagten, weil sie auf Beute aus waren, meistens jedoch auf Lebensmittel, denn der Hunger war der heimliche Herrscher über die Wüste, sofern man nicht in den Oasen wohnte, sondern nomadisch umherstreifte. Es war mehr eine virtuelle denn eine reale Grenze.

„Das Ende der Welt", sagte Stella, die sich fast unbemerkt zu ihnen gesellt hatte. Sie ergriff Reisigers Hand und fügte hinzu:

„So etwas muss man mal gesehen haben!"

„Wie meinst du das, Liebes?"

Ihm war seit dem Verlassen Barzakhs klar geworden, dass er Stella liebte.

„Ich dachte gerade, wo und in welcher Entfernung hier die nächsten Menschen leben werden. Und früher, im 19. Jahrhundert, muss das noch viel einsamer gewesen sein."

„Südlich von Murzuq gab es so gut wie keine größeren Ortschaften mehr", gab Ramzi zur Antwort. „Es sind dreihundert Kilometer Luftlinie nach Süden, bis man, wie Nachtigal, die Region von Tümmo erreicht. Aber das liegt bereits jenseits der Grenze zu Niger und Tschad. Der Große Metaphysicus wollte vor vielen Jahren diese Gebiete erobern, einschließlich des Tibesti-Gebirges, um alle Tubu unter seine Botmäßigkeit zu zwingen."

„Schrecklich. Tatsächlich wie auf dem Mond."

Er fühlte sich, auf den niedrigen Zinnen dieser Befestigung stehend, an den Roman „Die Tatarenwüste" von *Dino Buzzati* erinnert. Er hatte dieses Buch existenzialistischer Leere und dämonischer Gefahren vor vielen Jahren gelesen, und es war ihm zu jener Zeit recht künstlich erschienen. Nun konnte er sich eher in die trostlose Stimmung jenes Offiziers, Giovanni Drogo, hineinversetzen, welcher der „Held" dieses Buches war. Dann berichtete er ihr vom tragischen Schicksal der unglücklichen Alexandrine Tinne, von der sie noch nie gehört hatte: Wie diese, durchaus erfahren in Wüstenreisen, im Jahre 1869 von Tripolis aufbrach, besessen von dem Gedanken, die Kultur der Tuareg, der Nachfahren der Garamanten, zu erforschen, eine Zeitlang bei ihnen und mit ihnen zu leben; wie sie Kontakte zu dem Führer der Tuareg in Ghat aufgenommen und sich seines Schutzes versichert habe; wie sie sich darauf verlassen habe und von Murzuq aufgebrochen sei, nur um wenige Kilometer von der Stadt entfernt erschlagen zu werden.

„Sie war die Königin der Wüste. Alexandrine wollte nach Ghat, das damals eine türkische Garnison hatte und den Karawanenweg in das Hoggar-Massiv hinein hütete, den Verkehrsweg vor allem gegen die räuberischen Tuareg schützen sollte. Sie war mit Nachtigal gut befreundet", dozierte er.

„Jetzt bist du meine Alexandrine Tinne", sagte er im Scherz zu Stella und lächelte sie zärtlich an.

Bei ihren frühen Grabungen in Ägypten hatte Stella Wedgewood die Wüste durchaus lieben gelernt, als ästhetisches Phänomen vor allem, das die durch die Hyperzivilisation reizüberfluteten Sinne reinigen konnte. Aber da war die arabische Einöde ein Blickphänomen gewesen, ein Gehirnprodukt, dem man jederzeit entkommen konnte, denn das umherschweifende Auge ruhte alsbald wieder auf dem Grün des Nil-Tales und anderen Farbtönen, die das bunte Leben widerspiegelten. Da war Wüste sozusagen ein kulinarisches Ereignis gewesen, etwas, was man konsumieren und schätzen konnte, ohne ihm jedoch auf Gedeih und Verderb ausgeliefert zu sein. Dies war aber nun der Fall, denn seit sie – zumal mit den Kamelen – von Sabha aufgebrochen waren, gab es vor der Einsamkeit endgültig kein Entrinnen mehr.

Masud, Mahmud und der Italiener fanden diesen Platz gleichfalls nur wenig anheimelnd, trotz der gelungenen Restaurierungsarbeiten, die dem türkischen Fort eine Gediegenheit verlieh, die es wohl niemals besessen hatte. Die drei Männer drängten Reisiger und Ramzi zur Eile.

Im Ort Murzuq selbst stiegen sie in einer einfachen Herberge ab, die von einem uralten, beinahe zahnlosen Targi unterhalten wurde. Der Mann servierte ihnen nachdem er die Meharis versorgt hatte heißen Tee, und ein einfaches Mahl, das sie freilich gierig verschlangen. Der Zahnlose versuchte ihnen partout zu entlocken, was ihr Ziel war, doch Reisiger hatte die Parole ausgegeben, darüber so wenig wie möglich verlauten zu lassen. Sie berichteten nur über ihr Abenteuer in den Hun-Bergen, über die Tage der Gefangenschaft bei Idriss und seinen Kämpfern. Vom Sturz des Großen Metaphysicus hatte der Targi noch nichts vernommen; er zeigte sich aufs höchste überrascht, denn gerade um diese Verschleierten der Wüste hatte der Herrscher von Tripolis viele Jahre lang gebuhlt und schließlich ihre Gunst auch gewonnen.

Murzuq zeigte erstaunliche Spuren von Fortschritt, entpuppte sich jedoch insgesamt als wenig einnehmender Provinzort, dessen einzige Existenzberechtigung für sie eben darin zu bestehen schien, bloße Station zu sein, *Halteplatz* für Reisende und Rastende in Handelssachen, aber auch der Seelenbewegung, zu der das Reisen in der Wüste fast zwangsläufig wird, da sich das Auge der gewohnten Vielfalt der Eindrücke entwöhnt. Seele und Denken werden leer, da ihnen gewissermaßen das Material der Anschauung ausgeht. Damit aber verliert auch die Seele die entsprechenden Empfindungen. Nicht umsonst ist ja die Wüste die Heimat aller Eremiten und Heiligen, der metaphysischen Eigenbrötler vor dem *Herrn*; nicht umsonst versuchen sie dort, ihr Ich zu transzendieren, sich im Alles zu verlieren, bewusst-los zu werden im eigentlichen Sinne, damit das All-Bewusstsein, die Einheit des göttlichen Seins, in ihnen Raum greife. Auch sie waren in den letzten zwei Tagen leer geworden, was man auch daran merkte, dass nur selten gesprochen wurde. Schweigen lag über dem majestätischen Rhythmus, über dem tänzelnden Wiegeschritt ihrer Kamele. Allein der Körper spürte die Hitze, die Ausstrahlungen der Sande, und der Geist war – ebenso wie der Wille – damit beschäftigt, die dadurch verursachten Qualen zu überwinden.

Reisiger sinnierte eine Zeitlang darüber, ob und wie sehr sich das heutige Murzuq von jenem Ort unterschied, den die großen Sahara-Reisenden des neunzehnten Jahrhunderts besucht hatten – damals unter Lebensgefahr. Und zwar einer Lebensgefahr, die sich von der heutigen unterschied. So musste etwa Heinrich Barth fünf Jahre lange verbergen, dass er Christ war, nicht Muselman. Über das damalige Murzuq schrieb er hingegen überraschend positiv, offenbar, weil der Ort – trotz aller Abgeschiedenheit – damals als Stützpunkt des türkischen Padischahs eine weitaus größere Bedeutung hatte als heute. Bei Barth heißt es:

Ich sah voraus, dass wir längere Zeit in der Hauptstadt von Fezzan würden verweilen müssen. Denn die Verhandlungen mit den Tuareg-Häuptlingen, unter deren Schutz wir unsere Reise fortsetzen sollten und die wir erst von Ghat hierherkommen lassen mussten, konnten voraussichtlich nicht in wenigen Tagen zu Ende geführt werden. Das Paschalik Fezzan besteht zwar zum größten Teil aus unfruchtbarem Boden, enthält aber auch zahllose sehr schöne Kulturflecken und hat eine überaus günstige Lage für Handelsbeziehungen mit den verschiedensten Gegenden dieses Erdteils. Es klingt daher fast unglaublich, dass diese weite Provinz gegenwärtig nur eine Bevölkerung von weniger als 60 000 Seelen ernährt. In allen Orten Fezzans stellt sich dem Reisenden dasselbe Bild des Verfalls und gänzlicher Verarmung dar. Die Stadt Murzuq selbst hat einen Umfang von nicht ganz drei Kilometern. Gleichwohl ist die Stadt noch viel zu groß für ihre geringe Einwohnerschaft, die sich mit Einschluss der Garnison von 400 Mann nur auf 2800 Seelen beläuft. Der Basar ist das gesuchteste Quartier und er gewährt mit seinen auf Palmstämmen ruhenden Hallen einen bequemen Platz für Ein- und Verkäufer. Die Kasbah hat Mauern von ungeheurer Dicke und nur kleine Gemächer. Die äußere Erscheinung der Stadt hinterlässt keineswegs einen ungünstigen Eindruck und hat sogar etwas Malerisches. Dagegen macht die außerordentliche Trockenheit den Platz zu einem überaus unerfreulichen Ort. Der Mensch kann der drückenden Hitze nicht anders entfliehen als in den kühlen Hallen seiner Behausung, und er findet keine Erheiterung als in sinnlichen Genüssen. In Bezug auf den Handel ist die Stellung von Murzuq insofern eine ungünstige, als es nur ein Zwischenplatz, aber nicht der Sitz reicher Kaufleute und eines bedeutenden selbständigen Handels ist ... Daher mag es auch kommen, dass ein

frisches Volksleben hier gänzlich fehlt, obgleich einige der
wohlhabenderen Einwohner ein angenehmes häusliches Le-
ben zu führen scheinen ...

In ihrer Herberge strahlte ein schlechter Farbfernseher
Bilder aus, die jetzt endlich den toten, nun nicht mehr
großen Metaphysicus zeigten. Aus Utopie war ein Nichts
geworden, aus menschlicher Hybris ein lebloses Stück
Fleisch. Man sah alte und junge Frauen, die ob der Nachricht, das Wild sei erlegt, freudig in die Hände klatschten
und jenes grelle, ja gellende Trillern intonierten, das vom
Hohen Atlas bis zu den Ufern von Euphrat und Tigris als
ein Ausdruck ekstatischer Begeisterung gelten kann. Doch
die Berichte darüber, die Ramzi und die arabischen Begleiter übersetzten, waren widersprüchlich. Sie konnten
sich keinen verlässlichen Reim darauf machen. Klar war
nur: Die Rebellen hatten nicht viel Federlesens mit dem
Großen Metaphysicus gemacht. Obwohl Ramzi wie auch
Mahmud und Masud alles andere als dessen Anhänger
gewesen waren, gerieten sie sich kurz in die Haare: Es
ging schlicht um die Frage, wie man die letzten vierzig
Jahre zu bewerten habe, ob denn der Große Metaphysicus
von Beginn an ein Verbrecher gewesen sei oder man ihn
erst dazu gemacht habe.

Johannes Reisiger hielt sich heraus. Ihn beschäftigte
die Frage, ob der Italiener ernsthaft krank werden würde
oder nur an einer momentanen Unpässlichkeit litt. Auch
sie war gegenwärtig, wie so vieles, nicht zu beantworten.

* * *

Am nächsten Morgen verließen sie in aller Herrgottsfrühe
Murzuq. Richtung Südwest ging es nun schon. Am Rande
Murzuqs geht das Terrain unvermittelt in die Vollwüste
über. Die Kamele verfielen alsbald in jenen gleichmäßigen
Trott, der für sie so charakteristisch ist. Wenn am Kamel
etwas wirklich hinreißend ist, dann sein gemessener Wiegeschritt, der in der Tat etwas ganz und gar Graziöses an
sich hat. Geradezu majestätisch-erhaben mutet es an, am
Horizont eine Reihe von Kamelen dahinschreiten zu sehen. Ja, sie schreiten – anders kann man es kaum ausdrü-
cken. Ihre Gestalt freilich entbehrt in fast allen Belangen
der harmonischen Proportionen, die Beine sind zu dünn
für ihre Länge, und ihre Köpfe und „Gesichter" sind geradezu ein Ausbund an Hässlichkeit. Indessen empfindet
der Araber, der Beduine zumal, der seit alters her aus bit-
terer Notwendigkeit heraus in einer Symbiose mit dem
Kamel lebt, es offenbar völlig anders. Das zeigt, wie selbst
der erhabene Begriff der Schönheit sich subjektiven Bedürfnissen unterordnen kann, wie abhängig er ist von
ihnen. Da kommen Ästhetik und Pragmatismus zusammen.

Bald waren sie im Bauch der Sande wie verloren. Sechs
winzige Punkte in grenzenloser Einsamkeit. Auf dieser
schönen blauen Kugel, auf der sich die „Weltgeschichte"
abspielt, gibt es drei Orte, an denen der kleine Gott der
Welt fast unsichtbar wird, für das Auge seiner Mit-Götter
gleichsam ins Nichts zerstiebt und sich in jenen kosmi-

schen Dimensionen verliert, aus denen er kommt, die ihn hervorgebracht haben und in die er – mitsamt seiner blauen Kugel – eines Tages wieder verschwinden wird: das Hochgebirge, den Ozean und die Wüste.

Bevor sie die Kernwüste erreichten, mussten sie im südlichen Weichbild der Stadt jene *Zone der Verwüstungen* durchqueren, welche die moderne Zivilisation anrichtet. Dort, wo man früher allenfalls einmal das ausgetrocknete Skelett eines Tieres, eines Kamels oder einer Ziege, fand, hatte der Sand teilweise jenen Müll eingehüllt, den man als Schrott bezeichnet, sofern er aus Metallen oder Kunststoffen besteht. Die Einwohner Murzuqs verhielten sich nicht anders als ihre Landsleute, ja viele andere Menschen in der Welt: Plastikflaschen, leere Kanister, unbrauchbare Autoreifen, gelegentlich selbst ausgeschlachtete Autos säumten jenen Teil der Piste, auf dem sie zunächst der Orientierung wegen ritten. Hier war von der sprichwörtlichen Sauberkeit der Wüste nichts zu spüren, und Reisiger fühlte sich an ähnliche Szenen in Ägypten oder Saudi-Arabien erinnert, wo man diese Form der Entsorgung bis zum Exzess betrieb. Dieser Müllfriedhof war noch harmlos und endete auch nach wenigen hundert Metern. Doch fielen sarkastische Worte über die Wüstenromantik, wie man sich denken kann, vor allem aus dem Mund des Italieners. Die seelischen Verwüstungen freilich, die solchem Handeln vorausgehen, erwähnte er mit keinem Wort.

Sie ritten drei Stunden streng nach Südwesten. Es fiel auf, dass einige Wolken vorbeizogen und für wenige Minuten Schatten spendeten, bevor das unendliche, tiefe Blau wieder seine Herrschaft übernahm. Der Himmel schien hier einen Sog zu haben, der Erde näher gerückt zu sein als sonst. Dann wurden die Wolken wieder dichter, die Hitze stieg an. An ihrer Unterseite waren sie tiefgrau. Kündigte sich etwa einer jener Platzregen an, die alle paar Jahre in den Trockengebieten der Erde herniedergingen und die Wadis zu reißenden, alles vernichtenden Strömen anschwellen ließen? Eine Stunde später erwies sich alles als eine vorübergehende Täuschung, die dunklen Wolken hatten sich verflüchtigt. Nur das gelegentliche Blöken der Kamele war zu vernehmen.

„Wann kommt denn nun mal eine Fata Morgana?", fragt Gianni in die Stille hinein, der hinter Ramzi und Reisiger an dritter Stelle ritt. Reisiger hatte das angeordnet, weil es dem Italiener nicht gut ging, er ihn auf diese Weise in seiner Nähe wusste und ihm im Zweifel sofort helfen konnte.

Ramzi und Stella lachten gleichzeitig laut auf.

„An solchen Stellen erscheinen in Filmen immer Fata Morganas", sagte Gianni in einem Ton, der sofort deutlich machte, dass er diese Bemerkung allenfalls spaßig gemeint haben konnte. Wollte er mit diesem etwas sarkastischen Witz die anscheinend beginnende Krankheit bekämpfen oder wenigstens von ihr ablenken?

„Erst kurz bevor wir am Verdursten sind", sagte Stella ebenso belustigt. „So ist es, Gianni hat ganz recht, in den Filmen und in den Romanen. Aber da besteht ja keine Gefahr."

„Uns hat auch noch keine Sandviper gebissen", setzte Masud lächelnd dieses Gesellschaftsspiel fort, „an deren Biss man dann unter Krämpfen qualvoll verendet."

„Und noch kein Skorpion gestochen", vervollständigte Mahmud die Reihe sarkastischer Witze, mit denen sie offensichtlich auf die Dutzendware der Wüsten-Kolportageromane anspielten.

„Auch *Pestkranke* haben wir schon lange nicht mehr in diesem Land", fügte Ramzi hinzu, die verbale Frotzelei damit auf die Spitze treibend.

Stella deutete auf die Wasserkanister, die jeweils links und rechts der Kamelrücken aufgeschnallt waren.

„Ihr werdet lachen", warf Ramzi ein, „aber es gibt in der Wüste von Fezzan etliche Seen."

„Tatsächlich …?"

„Auch darüber hat Rohlfs geschrieben", assistierte Reisiger. „Überhaupt gibt es hier mehr Wasser, als man glaubt. Sowohl in Ghat als auch in Murzuq braucht man nur wenige Meter in die Tiefe zu graben – und schon sprudelt es. Andernfalls hätten sich diese Orte kaum entwickeln können."

Mahmud und der im Kamelreiten erfahrene Masud bildeten den Schluss der kleinen Karawane. Sie nahmen nicht an dem Gespräch teil, sondern blickten teilnahmslos in die Weite hinaus. Gegen Süden trafen ihre Augen auf einen Streifen, der wie ein grauer Bleistiftstrich auf hellem Papier aussah. Doch er entpuppte sich als Serir, als eine trostlose Kieswüste, deren es im Fezzan einige gibt. Rohlfs hatte diese Region ebenfalls passiert und Bemerkungen über die Serire niedergeschrieben, wie überhaupt die Geologie und Morphologie der Landschaften bei allen großen Reisenden in dieser Region eine besonders wichtige Rolle spielten.

Das arabische Wort „Serir" kann mit „Bett" übersetzt werden. Die Serire bilden große Kiesflächen oder Kiesbetten, wobei man den Verdacht nicht loswird, man habe die Bezeichnung gewählt, um dieser Form der Ödnis ihren Schrecken zu nehmen. Während andere Arten der Wüste, etwa die Felswüste, durch ihre teilweise bizarren Formen und je nach Lichtverhältnissen wechselnden Farbenspiele den Betrachter faszinieren und die Sandwüste durch die geometrische Ästhetik ihrer Dünen, vor allem durch die halbrunden, halbmondförmigen Barchent-Dünen beeindruckt, strahlen die Kieswüsten eine Trostlosigkeit aus, die der Seele jede Hoffnung nimmt. Auch in Großstädten sind Kiesflächen das Ödeste, was man sich vorstellen kann. Und die Serir-Wüsten gelten als extrem trocken.

„Eine Schinderei für die Tiere", sagte Ramzi nach einer Weile.

Tatsächlich war der Serir, den sie durchquerten, teilweise von Kiesen durchsetzt, die vom Wind noch nicht völlig abgeschliffen waren, sondern mit ihren scharfen Kanten und Spitzen den Hufen der Meharis schwer zusetzten. Sie versuchten, die Tiere so zu lenken, dass das Gelände ihnen möglichst wenig Schmerz zufügte, was indessen nicht immer gelang. Ansonsten verließen sie sich auf den Instinkt der Tiere. Die Zeit brachte es mit sich, dass der schaukelnde Rhythmus, in dem sich die Kamele bewegten, auch den Geist der Reiter erfasste und ihr Gemüt beruhigte. Kontemplation konnte man es gewiss nicht nennen, doch allzu weit weg davon war ihr Seelenzustand auch nicht. Es gibt eine Befindlichkeit des Geistes, in welcher er nicht wirklich leer ist, aber niemand zu sagen vermag, womit er sich eigentlich beschäftigt. Er gleicht dann einer Schachtel, die kaum noch einen Inhalt hat, aber ihr eigenes Gewicht, ihre eigene Materie spürt, ohne dass dies irgendetwas Sinnfälliges, stringent zu Definierendes bedeutet. Ist es ein dumpfes Brüten ohne einen Gegenstand, auf den es wirklich gerichtet wäre?

Hinter dem Serir setzte wieder leichte Dünung ein. Der Sand begann im Wind scheinbar ziellos zu tanzen, kräuselte sich entlang der scharfkantigen Spitzen der niedrigen, erst im Anwachsen begriffenen Hügel in einer Weise, wie *Le Clézio* sie in seinen Nordafrika-Romanen oft beschrieben hatte. Darüber das endlose Himmelsblau. Neben sich verfolgte Stella die Schattenlinie ihrer Kamele, eine dunkle, bewegliche Silhouette des Schweigens, unterbrochen nur vom schweren Atmen der Tiere.

„Wie auf einem Bild von De Chirico oder Dali", dachte Stella bei sich, die beide Maler sehr mochte. Es war, als werde ihr Brüten durch eine Fulguration unterbrochen, und sie wusste nicht, woher diese so plötzlich kam. Wenn es eine Landschaft gab, in der man dem Surrealen sehr nahe war, dann war es die Wüste. Und sowohl Dali als auch de Chirico waren Künstler der transzendierten Zeit, einer Welt, in der die Struktur unseres messenden Bewusstseins in Zeitlosigkeit aufgehoben war. Hier hatte der

Surrealismus Ähnlichkeit mit den Erfahrungen der Mystiker. Menschen, Dinge, Gegenstände wurden zusammengebracht, die normalerweise durch das Tagesbewusstsein streng nacheinander geordnet waren oder ganz getrennt vorkamen.

Solche Gedanken waren indessen inmitten der trostlosen Sande zu schwer, als dass sie Stellas Denken dauerhaft hätten durchziehen können. So ließ sie sich wieder in jene halbe Bewusstlosigkeit fallen, die das Schaukeln der Kamelrücken in ihrem Geist bewirkte.

* * *

Während die sechs nach Süden strebten, Stella und Reisiger sich ineinander verliebt hatten und Gianni Venones Fieber stieg, bewegten sich Dick Fletcher und Will Moynihan, beide Mitarbeiter des angesehenen *Ashmolean Museums* und freigelassene Kameraden der Archäologin und Spezialistin für das Mittlere Reich im alten Ägypten Stella Wedgewoood, mit einer Gruppe von Rebellen nach Nordosten. Ihr Ziel war Benghasi, jene jetzt so triumphierende Stadt, von welcher der Aufstand seinen Ausgang genommen hatte. Niemand hätte diese beiden Briten dazu veranlassen können, die nordwestliche Richtung, nach Tripolis, einzuschlagen. Konnte man dem Frieden, der ja noch gar keiner war, trauen? In Benghasi, immerhin, residierte die provisorische Übergangsregierung, war die Ordnung nicht völlig zusammengebrochen. Milizen, so hieß es, sorgten dort für ein Minimum an Sicherheit, während in Tripolis marodiert wurde.

Doch auch in Benghasi war die Lage alles andere als überschaubar.

Viele Wochen lang hatte Mustafa Abdal Dschalil, den der dunkle Fleck mitten auf der Stirn als einen eifrigen Beter auswies, von Hotelzimmern aus die Geschicke der Oppositions-Bewegung geleitet. Benghasi, die „Perle der Cyrenaika", war schon provisorische Hauptstadt, lange bevor der Große Metaphysicus fiel. Dass der fromme Mann und frisch zu volksrevolutionären Ehren gekommene Abdal Dschalil die Quartiere so häufig wechseln musste, sprach Bände. Einerseits trachteten ihm Häscher des Großen Metaphysicus nach dem Leben, andererseits war man auch vor Verrätern nicht sicher, etwa vor ehemaligen Kampfgefährten aus den Zeiten der Exil-Opposition, die sich nun schon an den Rand der Ereignisse, insbesondere jedoch der Macht gedrängt fühlen mochten. Längst hatte der Aufstand gegen den Tyrannen ein Stadium erreicht, bei dem es immer schwieriger wurde, das reine Gute von der teuflischen Macht zu unterscheiden. Das war allen historischen Ereignissen von ähnlicher Tragweite eigen. Da gab es auch keine Unterschiede der Kultur oder Religion. Einmal spülen Aufstände und Revolutionen immer Elemente nach „oben", die unter den Umständen eines normalen, träge dahinfließenden Lebensstromes so gut wie keine Chance auf eine Erhöhung ihres trivialen Daseins gehabt hätten; zum anderen öffnen die Gewalt-Paroxysmen solcher Ereignisse, die im Rahmen der menschlichen Geschichte allenfalls mit Vorkommnissen wie Vulkan-Ausbrüchen in der Naturgeschichte zu vergleichen sind, alle Schleusen, um dem zutiefst problematischen Menschenwesen die Last der Zivilisation, das heißt von Moral und Gesittung, zu ersparen. Da fliegen dann eben die sprichwörtlichen *Späne, wenn man hobelt.*

Mustafa Abdal Dschalil war gerade damit beschäftigt, ein Notdekret zu unterzeichnen, welches das Plündern unter Strafe stellte, als ein Bewaffneter bei ihm vorstellig wurde und ihm ankündigte, man habe zwei Engländer quer durch die gesamte Cyrenaika gefahren; nun begehrten diese, bei ihm vorgelassen zu werden.

Der Notverordner sah ein wenig unwirsch vom Schreibtisch auf.

„Jetzt nicht", sagte er brummig. Doch der Bewaffnete gab nicht so einfach nach:

„Die beiden waren in der Hand von Tubu-Rebellen, sie waren Geiseln!"

„Wie kamen sie frei?"

„Sie sagen, ein gewisser Idriss, Anführer der Geiselnehmer, habe sie freigelassen. Wie die ganze Gruppe, zu der sie gehört haben."

„Etwa Touristen?", fragte Abdal Dschalil mit einem so höhnischen Gesichtsausdruck, dass man spürte, er könne so etwas angesichts der Lage im Lande gar nicht für möglich halten. Wer konnte denn so töricht sein und sich nun im Reich aufhalten? Die Ausländer hatten das Land doch in Massen verlassen.

„Keine Touristen", erwiderte der Mann, „Archäologen. Sie waren schon lange im Land, bevor sie entführt wurden."

„Na gut. Nach dem Mittagsgebet werde ich sie empfangen."

Wenige Minuten später verschwand der neue starke Mann des Landes in einem Nebenraum, um seine religiöse Pflicht zu erfüllen.

Fletcher und Moynihan wussten nichts darüber, wem sie eine Viertelstunde später gegenüberstanden und wie sie sich verhalten sollten. Abdal Dschalils Freundlichkeit überraschte sie.

„Ich heiße Sie in einem befreiten Land willkommen", begann er.

Die beiden Briten musterten den Mann, der nun – so jedenfalls musste man das wohl verstehen – zunächst an die Stelle des Großen Metaphysicus getreten war. Er war der Reichsverweser. Abdal Dschalil war mittelgroß und hatte ein offenes, freundliches, von Sorgenfalten allerdings nicht freies Gesicht. Der dunkle, braune Gebetsfleck, groß wie eine Haselnuss, zierte, wie Fletcher sofort registrierte, seine Stirne – als Ausweis seiner Frömmigkeit. Er trug nicht die Tracht der Cyrenaika, sondern einen westlichen, dunklen, ziemlich abgetragenen Straßenanzug von eher billigerer Qualität. Unter seinem Schreibtisch wippte er mit den Beinen, während er nervös einen Kugelschreiber zwischen den Fingern hin- und herdrehte.

„Was ist Ihnen widerfahren?", fragte er die beiden Engländer unvermittelt.

Fletcher und Moynihan berichteten von ihrer Grabung in der Wüste, dann von ihrer Entführung durch Idriss und seine Gruppe sowie von ihrer überraschenden Freilassung.

„Und wo ist Ihre Mitarbeiterin, diese Frau Wedgewood?"

„Sie begleitet den Deutschen und seine Leute, die weiter nach Süden wollten. In das Gebiet von Djerma oder Garama."

Abdal Dschalil schwieg. Er warf einen kurzen Blick an die Decke, als suche er höheren Orts nach einer Erleuchtung.

Dann sagte er: „Ihr Entführer war Idriss, der Tubu?"

„So nannte er sich."

„Wir kennen ihn. Er ist ein aufrechter Mann, der Sache der Freiheit treu ergeben, wenn auch ein wenig eigensinnig. Unsere neue Ordnung wird auf Männer wie ihn kaum verzichten können."

„Das wird ihn freuen", sagte Moynihan mehr aus Verlegenheit, denn im Grunde war ihm dieser Idriss so gleichgültig wie die gesamte riesige Sandkiste, die durch diese verdammten Rebellen in Aufruhr gesetzt worden war. Niemand hatte das vorhergesehen, und niemand hatte es gewollt.

„Wir wollen so bald wie möglich von hier weg", warf Fletcher unvermittelt ein, weil ihm dieser Small Talk auf die Nerven zu gehen begann.

„Wollen Sie beide nicht unsere Gäste sein?", fragte Mustafa Abdal Dschalil in einem Ton, der launig wirken sollte. „Sie erleben gerade die Geburtsstunde eines neuen Landes, das muss Sie doch faszinieren."

In Wirklichkeit misstraute er diesen beiden merkwürdigen Leuten, von denen er nicht wusste, was sie vor dem Umsturz eigentlich im Lande zu suchen gehabt hatten. Die Archäologie – war das nicht noch immer ein anderes Wort für Spionage? Das kannte man zur Genüge. Im Nachbarland Ägypten war die Tätigkeit der Archäologen und die Aktivität der Kolonialisten über hundert Jahre hinweg nahezu parallel verlaufen. Ebenso in Palästina, im Irak und an viele anderen Orten. Gruben denn arabische Archäologen im Teutoburger Wald oder im Süden Großbritanniens?

„Wir sind erschöpft und möchten nach Hause", insistierte Moynihan.

„Warten Sie hier, bitte!", sagte Abdal Dschalil in entschlossenem Ton und verließ das Zimmer …

Den beiden Engländern war keineswegs so wohl zumute, wie man angesichts ihrer Freilassung durch Idriss, den Tubu, und seine Gruppe hätte glauben könnnen. Wer waren denn diese Leute, die hier nun zu bestimmen hatten? Wer wusste denn etwas über den Mann, in dessen Händen ihr Schicksal lag? Und bestand nicht die Gefahr, dass nur die Herren ausgetauscht würden in diesem riesigen, kaum zu regierenden Reich, das nun zu Fall gekommen war?

Doch sie staunten nicht wenig, als der Mann zurückkehrte und Sätze zu ihnen sagte, die beide später, als sie in Großbritannien über ihr „Abenteuer" berichten mussten, nicht mehr wörtlich, sondern nur dem Sinne nach wiederholen konnten. Abdal Dschalil äußerte sich ungefähr so: „Wir sind wahre Muslims. Geiselnahmen verabscheuen wir, wie auch unsere Kultur sie ablehnt. Das Volk entschuldigt sich bei Ihnen für alles, was man Ihnen angetan hat. Sie sind frei. Wenn Sie einige Tage bleiben wollen, um auszuspannen, so können Sie sich als unsere Gäste fühlen. Doch wenn Sie in die Heimat zurückkehren wollen, werden wir Ihnen dabei behilflich sein."

Ihre Entscheidung stand felsenfest: Am anderen Morgen bestiegen Fletcher und Moynihan ein Flugzeug der nationalen Linie. Vier Stunden später, in denen sie die vergangenen Tage vornehmlich durch ein halbbewusstes Dösen zu bewältigen suchten, landeten sie in London-Heathrow. Es wird wohl niemanden erstaunen, zu hören, dass beide, nachdem sie ihr geringes, leichtes Gepäck aufgegriffen hatten, sogleich von einer Meute Journalisten umzingelt wurden, die – obwohl, wie sich einige Augenblicke später zeigen sollte, vergeblich – darauf hofften, nicht nur Sensationelles über die Tage der Geiselhaft, sondern auch Erhellendes über die Lage im Reich des gestürzten und auf so blutige Weise getöteten Großen Metaphysicus zu erfahren. Mit ihm hatte sich der ehemalige Premierminister Großbritanniens erst vor einigen Monaten versöhnt, was die Weltpresse durch Fotos auf beeindruckende Weise bezeugte.

Das siebte Kapitel

Sie näherten sich nun dem Nordabhang des Dschebel Adschal. Reisiger konnte seine innere Erregung kaum verbergen.

Alles Bisherige war nur Vorspiel gewesen, nun aber wurde es ernst. Unzählige Aufnahmen von Djerma, dem antiken Garama oder Gerama, hatte er zu Hause angeschaut. Er kannte in der Theorie jeden Winkel, jede Ruine, jedes Gässchen dieses Ruinenfeldes und jeden größeren Steinhaufen. Im Schlaf hätte er das aufzeichnen können. Das alles hatte sich tief und unauslöschlich in sein Hirn eingebrannt. Freilich, die eigentliche Suche, die Suche nach dem Schatz, würde nun erst beginnen.

Noch lag eine riesige braune Fläche vor ihren Augen. Sie trieben die Kamele zur Eile an, denn sie wollten noch vor Einbruch der Dämmerung, die in diesen Breiten abrupt wie der Schnitt eines Rasiermessers vom Himmel herabfiel, zumindest in die Nähe Geramas gelangen, wenn nicht den Ort selbst erreichen. Nur durch die sanften Erhebungen des Dschebel unterschied sich das Gelände hier von jenen Wüstenstrichen, die sie zuvor durchquert hatten. Unten im Tal leuchtete es grün hervor. Ein üppiger Palmenhain kündete von der nahegelegenen Oase.

Sie betraten jetzt allmählich den anderen Teil jener Hölle des Fezzan, die auf den Namen Edeyen Ubari hört und jenseits der Oase begann. Ein Ort des *Übergangs* von den Großen Sanden allmählich in die Felswüsten der zentralen Sahara hinein. Im benachbarten Algerien – die

Grenze war von hier nicht mehr besonders weit entfernt – ragte das Hoggar-Massiv in kahle Hochgebirgshöhen. Vor hundert Jahren war dort der Pater Charles de Foucauld getötet worden – als späte „Anerkennung" für die Menschlichkeit, die er versucht hatte, unter eben diese in großer Armut lebenden Menschen zu bringen. Über den Ort Ubari führte die große Straße in südwestlicher Richtung ins weiter Unwegsame des Akakus-Gebirges, bevor sich jenseits davon das Hoggar oder Ahaggar auftürmte. Der Große Metaphysicus hatte seinerzeit die dürftig-schmale Wüstenpiste zu einer Straße ausbauen lassen, um den in seinem Reich lebenden Tuareg den Kontakt mit ihren Brüdern jenseits der Grenze zu erleichtern, aber auch um den Handel mit den saharischen Nachbarn wieder zu beleben. Zentrum dieser Region war die alte Lehmstadt Ghat oder Rhat, die in jener menschenleeren Region immer ein Anziehungspunkt bescheidener Zivilisation gewesen war. Praktisch alle großen Wüstenreisenden, von Heinrich Barth über Henri Duveyrier und Gerhard Rohlfs, bis Alexandrine Tinne und Erwin von Bary, hatten sich für dieses Gebiet interessiert und waren dort gewesen. Reisiger hatte sich, als er begann, sich mit der Exkursion zu befassen, schon deshalb auch für Ghat interessiert, weil er im Tagebuch des unglücklichen Erwin von Bary auf eine Passage gestoßen war, die ihn elektrisierte. Von Bary schrieb am 10. Oktober 1876 in sein Tagebuch:

Steingräber gibt es eine Menge hier in der Gegend, selbst auf dem Berge Kokumen, sie heißen auf Arabisch Kobb er Rum, in der Sprache der Tuarik Ed debeni; es sind Tumuli, in welchen die Leichen sitzend begraben worden sind. Ghat, Hoggar und Tadrart sind voll davon. Senam gibt es nirgends im Lande, ein Araber versichert mir aber, solche in Fezzan und Zuila gesehen zu haben, In den Eddebeni findet man, nach der Aussage Dedekoras, manchmal einhenklige Krüge mit langem Halse, sonst aber keine Altertümer. Der kleine Sohn des Egebeker kommt zu mir ins Haus und begehrt durchaus einen Tuchburnus; er ist sehr ungehalten, dass ich ihn abweise. Sein Vater ist der Mörder des Fräulein Tinne …

Die Passage interessierte ihn weniger wegen des Hinweises auf die Ermordung der kühnen niederländischen Reisenden im Jahre 1869, zumal man schon lange einen anderen Mann aus Ghat als ihren Mörder ausgemacht hatte, als vielmehr wegen des Hinweises auf Grab-Tumuli mit Beigaben. Wenn man den Toten Krüge, Becher und Ähnliches in das Jenseits mitgegeben hatte, warum sollte man dann am Ende der garamantischen Tage dem letzten ihrer Könige nicht seinen Schatz in ein Grab mitgegeben haben? Wieder ein Indiz mehr für die Existenz dieses Schatzes, wie ihm schien.

Reisiger brannten die Augen von den winzigen Sandkörnern, die ihnen unablässig und trotz des schützenden Schleiers aus Tuch ins Gesicht geweht wurden. Er kannte diese Art Nadelstiche der Natur von seinen früheren Wüstenaufenthalten. Doch nun schien es ihm, als wollten die Geister der Wüste, die glutäugigen Ghule und Ifrite, wie der genial fabulierende Ibrahim al-Koni sie beschrieben hatte, letzte Hindernisse bei dem Besuch des antiken Garama vor ihm und ihnen aufrichten. „Du sollst nicht alle Geheimnisse zu ergründen suchen", schien der Wind ihnen zuzuflüstern. Die Welt muss ihre letzten Rätsel verbergen, wenn dem Leben des Menschen der geheimnisvolle Sinn nicht abhandenkommen soll. Es war merkwürdig, wie Reisiger oft in stillen Stunden zuhause gedacht hatte, dass der Mensch nicht nachließ in seinem Streben nach Erkenntnis, wohl wissend, dass ihn dies im eigentlichen Sinne nicht glücklich machte, sondern immer wieder neue, um so rätselhaftere Fragen aufwarf, je mehr er endlich zu wissen glaubte. Doch lebten nicht auch die Menschen unserer Tage in tiefer Nacht? Viele setzten auf die Wissenschaft, nachdem die Religion offenbar ihre Anzeihungskraft weitgehend eingebüßt hatte. Doch was war damit gewonnen? Die Wissenschaftler klebten mit ihren Methoden ja doch nur an der Außenseite von etwas fest, was man als „Dinge" bezeichnete und was in Wahrheit nur ein Konstrukt des Menschen und seiner Wahrnehmungs- und Erkenntnismöglichkeiten war. Wenn man in die sogenannte Natur eindrang, wenn man ihr äußerlich glänzendes, an Sommertagen sogar strahlendes Gewand einmal durchschaute, entdeckte man *dämonische Dimensionen,* die nichts mehr zu tun hatten mit jener Harmonie, ja Geometrie, welche die Physiker und Astronomen so faszinierte. Diese Dimensionen freilich, die erschrecken machten, weil die Natur selbst jene Wesen tötete, die sie hervorgebracht hatte, und zwar durch vielfältige Ursachen: Erdbeben, Vulkanausbrüche, Überschwemmungen, Gewitter, Sandstürme und Ähnliches mehr, gehörten zur Objektivität der Natur, wurden von den Menschen jedoch als zutiefst sinnlos empfunden. Es herrschte eine Diskrepanz zwischen der *Unschuld* eines Werdens, wie ein bekannter Philosoph es formuliert hatte, das eben so ist, wie es ist, und den Gerechtigkeitsempfindungen der Menschen, die damit gar nichts zu tun hatten und deren Ursprung rätselhaft war. Doch selbst „unterhalb" dieser Katastrophen, selbst beim die Seele scheinbar beglückenden Anblick eines Waldes oder einer Wiese, des Meeres oder auch des Ozeans der Großen Sande war das Dämonische spürbar, lauerte Vernichtung, und sei es nur in der schlichten Tatsache des Fressens und Gefressenwerdens jener Wesen, die in diesen Lebensräumen ihr mehr oder weniger „bewusstes" Dasein bewältigten. Freilich: Nur die Dichter waren in der Regel imstande, diese Dämonie schon in ihren Ansätzen, in den rudimentären Stadien zu erfühlen, zu erkennen und zu benennen, während die Wissenschaftler und die Philosophen sie alsbald systematisieren und einordnen wollten in den durchaus sinnvollen „Gesamtzusammenhang" des Werdens, den sie konstruierten. Die Wissenschaftler behaupteten allerdings immer aufs Neue, sie könnten der Welt insgesamt keinen Sinn abgewinnen. Warum aber, so fragte sich Reisiger, sollten Teilvorgänge innerhalb des Werdens einen Sinn haben, vielmehr *machen,* wenn doch dem Ganzen keinerlei feststellbarer Sinn innewohnte?

Reisiger erschrak, als er bemerkte, dass ihn solcherlei Gedanken wieder zu plagen begannen, denn er wollte sie *hier* eigentlich loswerden.

„Wir halten noch einmal an", sagte Ramzi nach einer Stunde schnellen Rittes mit seiner weichen, einschmeichelnden Stimme und zügelte sein Kamel. „Es ist besser, den Kopf und die Augen zu schützen, als um jeden Preis weiterzureiten. Auch für die Tiere." Keiner außer ihm hatte darin so große Erfahrung.

Und er hatte wohl recht mit dieser Aufforderung, denn selbst den genügsamen und geduldigen Meharis war der von gläsernem Sand durchschossene Wind zu quälend geworden. Längst hatte Reisiger bereut, dass sie sich auf der letzten Wegstrecke für die Kamele entschieden hatten, aus mehr oder weniger romantischen Gründen, wie er inzwischen sich selbst gegenüber zugab. Wenigstens die letzte Strecke, so hatte er es sich vorgestellt, sollte an die früheren Expeditionen der großen Wüstereisenden erinnern; allzu strapaziös konnte der letzte Abschnitt ja wohl nicht sein. Bis Murzuq hatte diese Erwartung auch nicht getrogen. Getäuscht hatte er sich hingegen in der Hoffnung, das Überschreiten des Dschebel Adschal sei verhältnismäßig einfach. Angesichts der zu überwindenden Höhenmeter, das heißt des bloß faktischen Zahlensalats der Karten, hätte das auch zutreffen können; allein das Terrain der Wirklichkeit unterschied sich doch erheblich von dem Gerüst der Zahlen. „Wie in der Wissenschaft", sagte er sich im Stillen.

Doch noch etwas hatte ihn bewegt, etwas, was von den Mitreisenden keiner ahnte: Ein Schatz, wie sie ihn suchten, der vielleicht unendlich kostbare Schatz der antiken Saharier musste doch in irgendeiner Weise erarbeitet werden. Als er das vor Tagen in der Hauptstadt vorgetragen hatte, war ihm so stark widersprochen worden, dass er diese Idee nach außen hin fallen ließ. Sie hatte aber weiter in ihm gearbeitet und ihn beunruhigt. Irgendwie fühlte er sich dadurch bestätigt, dass das Schicksal ihm nun recht gegeben hatte, denn nach dem Verlust des Rovers *mussten* sie unausweichlich auf die Kamele umsteigen, wenn sie ihren Plan weiter verfolgen wollten. Niemand konnte ja ahnen, dass im ganzen Gebiet von Sabha kein geländegängiges Auto nach ihren Bedürfnissen mehr aufzutreiben war. Mühsam und unter *Schmerzen* musste die Suche stattfinden Was war denn ein Schatz wert ohne die entsprechende Bewährungsprobe, ohne Anstrengung, ja bisweilen sogar höchste Qual? Kostete denn im Leben nicht alles, was höchste Befriedigung gewährte, auch am meisten Substanz an Leib und Seele? *Per aspera ad astra* – das hatten schon die alten Lateiner gewusst. Und die Freimaurer. Gewiss: Diese Parole und die Haltung, der sie entsprang, waren heute alles andere als populär in den Ländern der modernen Phäaken am nördlichen Ufer des Mittleren Meeres. Niemand brachte das mehr den Schülern bei, niemand wollte als Leuteschinder erscheinen, und so versprach man ihnen das Glück ohne Mühe, die

Befriedigung auf dem Silbertablett staatlicher Fürsorge wie auch Lust ohne Reue. Darauf glaubte man sogar einen Anspruch zu haben, den die Herrschenden zu erfüllen hatten. Wozu brauchte man sie sonst noch?

Reisiger hielt seine Gedanken darüber – trotz des regelmäßigen Einspruchs, der zuhause von Tanja oder den Kindern kam – immer noch für richtig, zumindest für bedenkenswert; doch angesichts ihrer jetzigen Situation bereute er es, die Kameraden in ein solches Abenteuer gestürzt zu haben, auch wenn niemand gezwungen gewesen war, an der Schatzsuche teilzunehmen. Warum hatten sie nicht doch die Piste genommen, das heißt so lange gewartet, bis die Auto-Knappheit beseitigt sein würde? Erst recht hätte nach dem unerwarteten, gewaltsamem Tod des Großen Metaphysicus die Möglichkeit bestanden, auszuharren, bis sich die Verhältnisse tatsächlich normalisiert hatten. Spielte nicht doch auch ein wenig Eitelkeit eine Rolle bei dem Wunsch, es auf sozusagen klassische Weise versucht zu haben? Solche Prüfungen waren doch auch Verwandlungen der Seele, ja des ganzen Menschen auf dem Weg zu einem Ziel, das er in der Regel als Glück oder Ekstase bezeichnen mochte, aber nicht erreichte. Wer konnte schon von sich sagen, er habe Edeyen Murzuq, die trostlose Region der *Standorte*, und Edeyen Ubari, das tote und ebenso trostlose Gebiet des *Übergangs*, in unseren Tagen auf dem Kamel durchquert? Auf seine alten Tage hatte er sich einen solchen Ehrgeiz noch einmal zu eigen gemacht. Doch es war ein Fehler gewesen, zunächst Murzuq zu besuchen, denn dieser Umweg hatte sie viel Kraft gekostet. Es war nur sein persönlicher Ehrgeiz, der ihn dazu gebracht hatte, Ramzi gegenüber auf einem Abstecher nach Murzuq zu bestehen. Irgendwie hatte ihn der Name wie magisch angezogen. Seit seinen frühen Lektüren kannte er ihn, und bisweilen überraschte es ihn, dass er das Wort „Murzuq" halblaut vor sich hin sprach – allein um des Wohlklangs willen: Murzuq … Murzuq … Welch eine lausige Idiosynkrasie!

Sie stiegen ab. Masud reichte einen Wasserkanister reihum; sie tranken gierig. Eigentlich viel zu gierig, fuhr es Reisiger durch den Kopf. Aber auch er, der es besser wusste, konnte sich nicht beherrschen. Die anderen wussten es ja ebenso, doch von einem bestimmten Punkt an wird das Leiden – egal wodurch es verursacht wird – so groß, dass selbst der überlegenste Kopf unter seiner Last kapituliert und entgegen aller Vernunft handelt.

„Wahrlich, alles Lebendige entstammt dem Wasser!", zitierte Ramzi aus dem Koran.

Der Italiener war offenkundig am schlechtesten dran. Eigensinnig hatte er, trotz der Übelkeit, die ihn schon in Sabha befallen hatte und deren Ursache er sich nicht erklären konnte, darauf bestanden, die Kamel-Tour mitzumachen, obwohl er die Gelegenheit gehabt hätte, zurückzubleiben und vielleicht, wenn sich die Möglichkeit geboten hätte, mit irgendeinem Einheimischen nach Garama nachzukommen. Wollte Gianni besonders schneidig erscheinen? Es war allerdings bezeichnend, dass alle zusammen es nicht abwarten konnten, bis sie die Oase unten im Tal erreichten, so müde waren sie. „Aber dieser Reisiger", dachte Ramzi bei sich, „war auch wie besessen". Der Mann schien keine Müdigkeit zu kennen. Eine innere Glut ging von ihm aus, die ein Kohlebecken der Beduinen in ihren schwarzen Zelten hätte entzünden können. So jedenfalls empfanden es die Kameraden. Sie konnten nicht wissen, wie es wirklich in Reisigers Seele aussah. Dass seine Geschäftigkeit vor allem damit zu tun hatte, die letzten Niederlagen zu bewältigen; denn als solche sah er fast alles an, was sich ereignet hatte, seitdem sie in der Hauptstadt aufgebrochen waren. Hatte er denn nicht an allen Standorten versagt? Vor dem Entführt-Werden bei den Hun-Bergen hatte er seine Leute nicht schützen können. In Sabha, vor allem jedoch in ihrem Quartier in Barzakh, wo man sich hätte *erneuern* können, wo man eigentlich imstande gewesen wäre, doch irgendwie auch einen neuen Wagen zu besorgen, war ihm auch das misslungen. Eigensüchtig hatte er zudem die Idee mit den Kamelen forciert. Und jetzt, da er mit der Hilfe Ramzis und seiner Gruppe wenigstens geographisch fast am Ziel war, überfielen ihn Zweifel, ob sich am Ende nicht alles buchstäblich in Luft auflösen würde: als Luftschloss, als die eben erst im Spaß beschworene Fata Morgana, um noch den poetischsten Namen für das Scheitern zu finden.

Und konnte man der Chronik aus Timbuktu wirklich trauen? Diese Frage, die ihn wochenlang zuhause beunruhigt hatte, wollte nicht aus seinen Gedanken weichen. Lange Zeit hatte er sie einfach überspielt. Und auch die anderen legendenhaften Überlieferungen, auf die sich die

Erzählungen von dem Schatz der Garamanten stützten – waren sie wirklich zuverlässige orale Traditionen, die einen wahren Kern enthielten, wie es bei solchen Überlieferungen oft der Fall ist? Wieder und wieder hatte er sich zuhause damit herumgeplagt, die Zweifel verscheucht und das Unternehmen geplant. Doch nun kam alles wieder. „Und warum", so fragte er sich aufs Neue, „hatte ein Mann wie Henri Lhote, der wie kein Zweiter die innere Sahara erforscht hatte, nicht schon nach dem Schatz der Saharier gesucht? Oder Duveyrier?" Nichts war ihm darüber bekannt geworden.

Sie rasteten noch immer. Ihn erstaunte, dass sogar die Kamele auf eine Weise erschöpft waren, wie er das niemals zuvor erlebt hatte. Auch blieben die Tiere, anders als es sonst ihre Gewohnheit war, stumm. Von ihrem vertrauten, doch ziemlich dümmlich wirkenden Blöken war nichts zu vernehmen. Es war das Schweigen des Leidens, die Stummheit der Gefahr, die sich über sie gelegt hatte; Mensch wie Tier waren wie in Blei eingegossen. Schwer fiel es ihnen, die Glieder zu bewegen. Reisiger hätte sich niemals träumen lassen, dass die vergleichsweise kurze Strecke durch die Sande von Murzuq und Ubari einen solchen Höllentrip bedeuten würde. In der Nähe der alten Türkenfeste waren sie alle noch einigermaßen bei Kräften gewesen – trotz der Entbehrungen während ihrer Gefangenschaft. Es rächte sich nun, dass er Ramzi mehr oder weniger befohlen hatte, nicht den parallel zur Piste verlaufenden Kurs zu nehmen, sondern eine Strecke weitab vom – ohnehin spärlichen, aber vorhandenen – Verkehr zu wählen. Und all dies nur, um wieder einmal die vorgebliche *Sauberkeit und Jungfräulichkeit* der Wüste zu erleben, wie ihm das so oft in früheren Jahren vergönnt gewesen war. Persönlicher Ehrgeiz und Egoismus hatten ihn dazu verleitet, nichts sonst.

Nach einer Viertelstunde brachen sie wieder auf. Da es nun am Dschebel Adschal abwärts ging, ritten sie nicht auf den Tieren, sondern führten die Meharis am Zügel. In den letzten Minuten schienen sich die Kamele innerlich gestrafft zu haben. In der nachmittäglich gleißenden Sonne, welche die *Schatten* der Dinge in die Länge zog, war der schmale Saumpfad kaum zu erkennen, zumal der Wind ihn mit Sand verweht hatte. Es war gewiss viele Jahre her, dass an dieser Stelle Menschen ohne technische Hilfsmittel, sozusagen naturhaft, einen Durchbruch erzielt hatten. Ramzi freilich hatte ein geschultes Auge, wie auch die beiden anderen Araber, so dass Gianni und Reisiger in ihrem Windschatten ganz gut zurechtkamen. Trotzdem dauerte es für Reisigers Empfinden eine halbe Ewigkeit, bis sie die Talsohle erreicht hatten.

Der Sand wurde hier ein wenig fester; eine nicht allzu weite, dunkel beige widerstrahlende Ebene lag vor ihnen, an deren westlichem Ende es grün herüberschimmerte. Es war das Grün, das sie bereits vom Gipfel des Dschebel Adschal aus gesehen hatten. Endlich!

Und was sie bis dahin zu entbehren gehabt hatten, wurde ihnen nun überreich zuteil: ein schmaler, aber langgestreckter Tümpel, der die Mitte der Oase bildete, war von einer grünen Pracht gesäumt, wie sie Reisiger und seine Begleiter im Reich des Großen Metaphysicus noch nirgends zu Gesicht bekommen hatten, noch nicht einmal im fruchtbaren Norden des riesigen Reiches. Tiefblau und beglückend erschien ihnen die Wasserfläche, als handele es sich bei diesem Teich um einen der Bergseen in den Alpen oder anderen nördlichen Hochgebirgen. Der Kontrast war wie eine Verheißung, dass nun alles gut werden würde, dass das erstrebte Ziel nahe sei. Reisiger warf Ramzi einen erschöpften, doch glücklichen Blick zu, den dieser überraschend erwiderte. In den letzten drei Tagen waren sie sich nähergekommen, hatte der Einheimische endlich erkannt, dass unter Reisigers bisweilen ein wenig herrischem Gebaren sich nicht Rechthaberei verbarg, sondern allein die Leidenschaft für seine Sache, eine Charaktergabe, die der Orientale in ihm instinktiv verstand.

Die Ankunft in der Oase hatte ihre Erschöpfung zunichte gemacht. Alle Leiden der vergangenen Tage schienen wie aufgehoben zu sein. Hier nicht zu rasten, wäre ein Verstoß gegen die Vernunft gewesen, hier konnte man sich, anders als in Sabha, wirklich erholen. Es war erstaunlich zu sehen, wie der an sich recht armselige Ort Djerma mit seinen niedrigen, meist ein wenig vernachlässigten Gebäuden ihre Lebensgeister wieder geweckt hatte.

Reisiger und Ramzi überließen die Gefährten im Ort ihrem Schicksal, sprich den kundigen Händen des Hoteliers, der das einzige Haus am Platz führte: eine Herberge, die keinen wirklichen Standort der Zivilisation bildete, aber für ihre Zwecke vollauf ausreichte. Auf Stella brauchten sie keine Rücksicht zu nehmen, sie kannte das Land, sie war mit der Region vertraut und hatte schon in Hotels der niedrigsten Kategorie gewohnt, mit denen verglichen ihr Refugium in Djerma fast schon einen gewissen Luxus bot. Die Kamele hatten nun ihren Dienst getan, denn den Rückweg wollten sie wegen der Unsicherheit der Verhältnisse mit dem Auto über Algerien nehmen. In diesem Djerma musste doch ein Gefährt aufzutreiben sein; hier war kein Schuss gefallen, hier gab es weder Rebellen noch reguläre Truppen, hier war es so ruhig und abgeschieden-harmonisch geblieben wie in Abrahams Schoß. Die Einwohner des modernen Djerma waren nur Beobachter der blutigen Ereignisse gewesen.

Das Ruinenfeld, das sie nun zum ersten Mal nicht nur auf Photographien, sondern in Wirklichkeit sahen, war riesig, viel größer, als sie es sich vorgestellt hatten. Wenn sie alle nicht so erschöpft gewesen wären, hätte Reisiger in seinem Übereifer wohl vorgeschlagen, das Gelände sogleich zu erkunden; doch die Mattigkeit hatte auch ihn so weit geschwächt, dass sein Gehirn nicht einmal in die Nähe dieses Gedankens vorgestoßen war. Auch hieß sie der *Beschließer und Hüter* zunächst einmal so herzlich willkommen, dass es eine wahre Lust war, der Müdigkeit zu willfahren und auszuruhen. Ihre Gehirne machten sie ganz leer an diesem Abend. Sie wollten, dass alles abfalle von ihnen, was ihnen seit Tagen widerfahren war. Und es gelang. Als sich die samtene Decke des Nachthimmels über sie legte, fielen sie in einen fast todesähnlichen, traumlosen Schlaf; selbst Gianni Venone, dem anzumerken war, dass körperliche Schwäche und Schmerzen im Hals ihn peinigten, schlief dieses Mal ausnahmsweise wie ein Kind.

* * *

Am anderen Morgen konnte Reisiger es kaum erwarten. Ihr Wirt, der seit ihrer Ankunft nur als freudig erregt charakterisiert werden konnte, bewirtete sie im Rahmen des in dieser Gegend Möglichen mit Köstlichkeiten zum Frühstück, die sie an das sprichwörtliche Schlaraffenland denken ließen: Da gab es Oliven in Hülle und Fülle, schwellend reife Datteln, zum Bersten fruchtig und gar nicht einmal so süß, wie sie befürchtet hatten. Ziegenkäse, wenig herb, aber umso schmackhafter, Tomaten, Gurken, Okra und andere Gemüse der Oase Djerma wurden ihnen aufgetischt. Dazu frisch gebackenes „Esch baladi", jenes mit ganz einfachen Zutaten hergestellte, doch ungeheuer gaumenschmeichelnde arabische Landbrot der Region, das man warm essen musste, kaum dass es dem einfachen – um nicht zu sagen: primitiven – Ofen aus getrocknetem Lehm entschlüpft war.

Dennoch aß Reisiger lustlos, während die anderen sich labten. Stella konnte von den Oliven gar nicht genug bekommen. Sie hatte Oliven schon immer geliebt, nicht allein wegen ihres säuerlich-bitteren Geschmacks, der ihr wie der Geschmack des Lebens selbst erschien, sondern auch wegen ihrer Form, die sie an Hoden erinnerte. Natürlich sprach sie niemals über solche Assoziationen. Der

Italiener, Ramzi, Mahmud und Masud vertilgten an diesem Morgen Mengen wie schon lange nicht mehr.

Nach dem Frühstück brachen sie in das Gelände auf. Der staatliche Beschließer und Hüter, ein Mann mittleren Alters, der, wie er erzählte, hier schon seit vielen Jahren Dienst tat, das heißt als Bewahrer und Schützer der Ruinen fungierte, hatte selbstverständlich auch schon vom Schatz der Garamanten gehört; und natürlich hatte die Regierung des Großen Metaphysicus, als sie noch im Amt war, ihn und seine wenigen Mitarbeiter über die „Reisiger-Expedition", ihre Ziele und Absichten in Kenntnis gesetzt. Der Beschließer, ein hagerer Mensch, der, wie er stolz hinzufügte, neben seinen historischen und archäologischen Studien in Tripolis auch an einer der angesehensten Universitäten der ansonsten verhassten Amerikaner (dafür waren sie immer gut genug) studiert hatte, hatte sich nicht wenig gewundert, als er von dem Vorhaben Kenntnis bekam. Das ließ er sich nicht anmerken, doch hatte er am Abend, als sie angekommen waren und sich ein wenig frisch gemacht hatten, Reisiger gegenüber eine eher verstohlene und von den Übrigen unbemerkt gebliebene Bemerkung gemacht, aus der seine ganze Skepsis in dieser Angelegenheit sprach: „Schon *unermesslich viele* haben nach diesem Schatz gesucht, Herr Reisiger. Doch niemand wurde fündig. Das ist alles vergebens, ich glaube nicht an den Schatz und verweise ihn in das Reich der Legende."

Reisiger hatte auf die Bemerkung etwas verschnupft reagiert: „Meines Wissens nach waren es nicht viele, und wahrscheinlich haben sie nicht wirklich gesucht."

Damit war die Sache zunächst einmal erledigt gewesen.

Das Gelände des antiken Garama, durch das sie nun streiften, war geradezu weitlaufig. Niemand würde in diesen Wüsteneien die Überreste einer so gewaltigen alten Stadt erwarten. Man konnte sich in den Ruinen wie in einem Labyrinth verirren, so dass sie froh waren, in dem Beschließer einen Begleiter und Führer zu haben, der buchstäblich mit jedem Winkel und jedem Stein vertraut war. Sie kannten die Ruinenstadt von Fotos, doch waren diese nicht so sehr geeignet, dem Betrachter einen wahren Eindruck von der räumlichen Ausdehnung der alten Garamanten-Hauptstadt zu geben. Nur bei Reisiger war es anders: Er konnte nun an Ort und Stelle jeden Winkel identifizieren, den er aus Aufnahmen bereits kannte.

„Das erinnert ja entfernt an *Karnak*", sagte Stella, als sie sich einen ersten Überblick über das Ruinenfeld verschafft hatten. Sie meinte damit dessen Größe.

Der Beschließer bestätigte durch Kopfnicken diese Bemerkung. Außerdem wusste Stella, wovon sie sprach, hatte sie doch vor drei Jahren selbst in der Nähe von Karnak an Ausgrabungen des *Royal Archaeological Institutes* in Oberägypten teilgenommen.

Auch Reisiger war beeindruckt von der Größe der Ruinenstadt. Und ihm wurde wieder einmal bewusst, wie unvollkommen alle Darstellungen antiker Städte in Büchern, etwa den beliebten Hochglanz-Bildbänden, waren, die man gelegentlich geschenkt bekam – und von denen man dann, wie Tanja sarkastisch zu sagen pflegte, nicht wusste, wo man sie im Regal hinstellen sollte. Auch holte man sie in der Regel nur selten hervor, um sich am Anblick der meisterhaft abgelichteten antiken Tempel, Säulenhallen, Amphitheater und dergleichen zu ergötzen. Stattdessen lagerte sich Staub auf ihnen ab, das Pulver der vergehenden Zeit.

Wie viele Menschen mochten in Garama gelebt haben, als das Reich der Garamanten seinen Höhepunkt erlebte? Das war zur römischen Kaiserzeit der Fall, als Augustus und seine Nachfolger Roma aeterna beherrschten. „Bei Rom", so ging es Reisiger durch den Kopf, „legte man eine Einwohnerzahl von einer Million zugrunde, vielleicht sogar etwas mehr. Dann folgten Alexandria und Antiochia, in der heutigen Türkei gelegen".

„Ich schätze hunderttausend", sagte Ramzi, als hätte er Reisigers Gedanken lesen können. „Und das mitten in der Sahara", fügte er hinzu.

„Möglicherweise sogar mehr", gab Reisiger zur Antwort, während der Beschließer, Stella, Mahmud, Masud und Gianni im Schlepptau, einige Schritte vorausging. Gianni zeigte nun ernsthafte Zeichen körperlicher Schwäche, hielt jedoch noch tapfer durch.

„Fast so groß wie Leptis", mutmaßte Ramzi.

Reisiger hielt kurz inne und vergegenwärtigte sich vor seinem inneren Auge die Ruinen von Leptis Magna. Ramzi hatte recht. Hier berührten sich die Extreme – der antike Norden des riesigen Reiches und sein tiefer Süden. Freilich: Leptis galt schon lange als ein Glanzlicht touristischer Begierde, während das antike Garama nichts war als ein Schwarzes Loch in der kollektiven Erinnerung der Menschheit. Es traf schon zu: Wen auch immer er in der Heimat auf die Garamanten und deren einst machtvolles Reich angesprochen hatte – jeder hatte nur mit einem verlegenen Achselzucken geantwortet. Natürlich hatte das auch damit zu tun, dass die Forschung noch nicht so weit war wie bei anderen Kulturen, etwa der Ägypter, Babylonier oder Hethiter. Und es hatte damit zu tun, dass die Garamanten und ihre Herrscher auch weitaus weniger Zeugnis von sich abgelegt hatten als etwa die Pharaonen, die, wie der Welt schon seit zweitausend Jahren und länger klar war, für nichts Geringeres als die Ewigkeit gebaut hatten. Die Garamanten hingegen hatten nichts hinterlassen, das für die sieben Weltwunder der Antike getaugt hätte. Die Pharaonen und ihr Glaube gaben auch etwas für die moderne Esoterik her, für jene vorgeblich geheimnisumwitterten und verlorenen Weisheiten, mit deren Hilfe der zeitgenössische Europäer seinen Unglauben und seine metaphysische Dürftigkeit ersetzen konnte – wenn er nicht sowieso in die Dschungel Asiens oder gleich in das von China besetzte Hochland von Tibet abdriftete.

All das konnten die Garamanten nicht bieten. Es war zu wenig von ihrer Kultur übriggeblieben, als dass man damit hätte viel Staat machen können – im übertragenen Sinne natürlich. Allerdings war Reisiger, obwohl Laie, überzeugt davon, dass die Garamanten an Kultur mehr aufzuweisen hatten als in unseren Tagen sichtbar wurde. Konnte man denn in enger Nachbarschaft mit den alten Ägyptern leben, ohne von deren stupender Kultur und Zivilisation beeinflusst worden zu sein? Auf ägyptischen Tempelreliefs – so auch vor dem Eingang zum Felsentempel von Abu Simbal in Nubien – sah man häufig gefangene Libyer abgebildet, in demütiger Haltung vor dem Pharao. Waren das Garamanten oder andere Völkerschaften? Und wenn es andere waren, welche?

Unweit des Zugangs zu dem Ruinenfeld sahen sie schon die beeindruckenden Reste des antiken Königspalastes. Schon am Eingang zum Gelände hatten sie anhand einer archäologischen Rekonstruktion einen Eindruck gewonnen, welch prachtvolles Gebäude dies einmal gewesen war. Natürlich hatte Reisiger schon früher davon gehört, denn hin und wieder berichteten Touristen, die es in den Fezzan verschlagen hatte, von Djerma. Reisiger wusste das und hatte einiges aus dem Mund von Landsleuten darüber erfahren. Von einem Schatz der Garamanten indessen war ihm niemals etwas zu Ohren gekommen, wenn solche Reisenden aus der Tiefe der Wüste zurückgekehrt waren.

Einstweilen wurden die Männer durch die Dinge, die sie sahen, von dem Gedanken an den Schatz abgelenkt.

Reisiger und Ramzi kamen mit dem Beschließer unversehens ins Fachsimpeln. Erst vor einem Jahr hatten die vorläufig letzten Wissenschaftler das Grabungsgelände verlassen. Der Beschließer erläuterte, dass die Archäologen neue Erkenntnisse über den Gräberkult der Garamanten zutage gefördert hätten, deren Jenseitsvorstellungen seien möglicherweise gar nicht so weit von denen der alten Ägypter entfernt gewesen, obgleich sie die Kunst der Einbalsamierung nicht beherrscht hätten. Inwieweit man von einer kulturellen Osmose zwischen der Nil-Kultur und den innersaharischen Kulturen sprechen könne, sei bis heute völlig unklar; manche Abbildungen aus der Hochzeit des Garamanten-Reiches wiesen große Ähnlichkeit mit altägyptischen Haut- und Basreliefs auf, die sicher auf eine gewisse Beeinflussung durch die Kultur der Pharaonen schließen ließ. Andere Bildwerke unterschieden sich jedoch krass von diesen.

„Wir haben noch keine wirkliche Chronologie der Garamanten-Reiche", warf der Beschließer in typisch wissenschaftlichem Sprachduktus ein, nachdem Ramzi gefragt hatte, woran das denn liege. „Wir können, anders als bei den Ägyptern, keine scharf konturierten Epochen unterscheiden, und das zivilisatorische Niveau unter den Garamanten scheint sehr unterschiedlich gewesen zu sein, auch abhängig davon, wie weit das Volk in der Wüste lebte. Einen Manetho hat das Garamanten-Reich nicht hervorgebracht."

Sie sprachen dann über ein Verhältnis, das von der Wissenschaft schon eher geklärt war: das der Garamanten zu den Römern. Allerdings schien es Reisiger, als werde sogar auf diesem Feld mehr aus den zahlreichen Funden und den weniger zahlreichen Schriften extrapoliert als gewusst – wie so oft in der Wissenschaft. „Mit Gründen spekulieren" nannte man das.

„Der Handel immerhin", bemerkte Reisiger zu dem Beschließer und Ramzi, „war recht intensiv."

Das war schon aus den vielen Gebrauchsgegenständen zu schließen, die man auf dem Gelände von Gerama gefunden hatte und die ihren römischen Ursprung nicht verleugnen konnten, wie der Beschließer bestätigte, während sie ihren Gang durch die Ruinen fortsetzten. Mahmud, Masud und der Italiener folgten den Ausführungen der „Gelehrten" mit mäßigem Interesse, trotteten jedoch brav hinterher. Venone konnte man zugutehalten, dass sich sein bedenklicher Gesundheitszustand seit Durchqueren des Deschebel Adschal nicht gebessert, sondern eher verschlechtert hatte, so dass er jetzt ein bemerkenswertes Durchhaltevermögen bewies. Er war sich sicher, dass er Fieber hatte, sagte jedoch einstweilen nichts davon. Mehr als den anderen lag ihm der Ritt mit den Meharis noch in den Knochen, von der ausbrechenden Krankheit ganz zu schweigen.

Dann unterhielten sich Johannes und der Beschließer über jene wenigen europäischen Reisenden, die wie magisch vom Lockruf der Sahara angezogen worden waren und in diesem Meer der Vergessenssucher „ertranken".

„Alexandrine Tinne", warf Ramzi ein.

Es war der einzige Name aus der gar nicht so kleinen Schar von Abenteurern, der ihm schon vor Antritt der Exkursion geläufig gewesen war.

„Sie war bewundernswert", sagte der Beschließer, während sie einen Abschnitt des Ruinenfeldes überquerten, der ganz offensichtlich ehemalige garamantische Wohnhäuser zeigte. Sie waren allerdings bis auf die Grundmauern zerstört, wohl vom Wind und vom Sand, die ihr mörderisches Handwerk im Laufe der Jahrhunderte getan hatten. Oder hatten dies doch die arabischen Eroberer verursacht?

Doch nun kam Reisiger auf Henri Duveyrier und all die anderen zu sprechen, die sich im Gebiet zwischen Edeyen Ubari und Ghat getummelt hatten, fast alle von ihnen im letzten Drittel des 19. Jahrhunderts. Er erzählte, wie Gustav Nachtigal, Barth, vor allem jedoch der so begabte, doch unglückliche Erwin von Bary darauf erpicht gewesen seien, die Kultur der Tuareg kennenzulernen, die in Europa von Geheimnissen umwittert gewesen sei. Bary übrigens hatte auf seinem Weg nach Süden natürlich nicht nur die Region von Ubari passiert, sondern auch von Djerma, sprich Garama, Notiz genommen. Doch hatte er so gut wie *nichts* darüber zu Papier gebracht. Neben den Tuareg und ihrer Kultur interessierten sich die meisten dieser Forschungsreisenden vor allem für geologische und klimatologische Zusammenhänge (Reisiger und der Beschließer gingen, quasi als eine kleine Abschweifung, auf die gegenwärtigen Diskussionen über eine globale Klimaveränderung ein), zumal ein Mann wie Duveyrier inmitten der Großen Sande des heutigen Algeriens noch Krokodile gesehen haben wollte. Der deutsche Forscher von Bary wollte das überprüfen, hatte an Geschichte, gar Archäologie weniger Interesse. Und er wurde sogar fündig: von Bary konnte von Krokodilspuren berichten, die er exakt in jener Region gesichtet hatte, in der auch

Duveyrier gewesen war. Auf seiner letzten Tour dann kam er, kaum dass er in Ghat mit den Tuareg direkte Berührung gehabt hatte, auf rätselhafte, tragische Weise ums Leben. Der Beschließer konnte es nicht unterlassen, darauf hinzuweisen, dass man heutzutage von einem gewissermaßen natürlichen Tod dieses Forschungsreisenden ausgehe, der vermutlich während des Schlafes einem Herzanfall erlegen sei. Reisiger indes widersprach: Bary sei gerade einmal dreißig Jahre alt gewesen, in bester körperlicher Verfassung; er neige zu der These, die Tuareg von Ghat hätten ihn – aus welchen Gründen auch immer, wahrscheinlich aber wegen ihrer Fremdenfeindlichkeit und räuberischen Habsucht – schlicht und einfach vergiftet.

Das achte Kapitel

Inzwischen war auch bekannt geworden, welches Ende der Große Metaphysicus wirklich gefunden hatte. Sie hatten es im Radio gehört und im Fernsehen gesehen; und der Beschließer, der gute Kontakte zu den Rebellen unterhielt, bestätigte es. Der Führer des Reiches hatte gehofft, ganz in der Nähe seiner Heimatstadt Sirte, in der bergenden „Schutzzone" seines Stammes, so sicher zu sein, dass ihm die Aufständischen zumindest nicht lebensgefährlich werden konnten. Seine Leute, in deren Schoß er aufgewachsen war, gehörten nicht zu den Allermächtigsten im Reich, doch hatte sich durch die Herrschaft „ihres größten Sohnes", wie die Stammesführer den

Großen Metaphysicus gebetsmühlenartig zu preisen hatten, ihr Einfluss in den Jahren der Suprematie doch erheblich vergrößert. Zwar mochten viele Angehörige des Stammes den starken Mann nicht leiden, doch die *Asabija,* erforderte es, ihn auf Gedeih und Verderb zu unterstützen. So hielten es alle Stämme im riesigen Reich. Die Asabija – das war die Solidarität des Stammes, die heilig war; die Asabija war der Kitt, der die einzelnen Clans, aber auch die Individuen zusammenhielt; wenn die Asabija schwächer wurde oder gar ganz verfiel, bedeutete das das Ende. So jedenfalls hatte es die Geschichte der Stämme immer wieder bewiesen.

Der Große Metaphysicus fiel nicht im Kampfgetümmel, wenn man von einem solchen angesichts der modernen, meistens völlig anonym tötenden Mordwerkzeuge überhaupt noch reden konnte, sondern wurde – Urheber zahlreicher grauenhafter Verbrechen, der er war – selbst Opfer eines grauenhaften Verbrechens. Er fiel einer Gruppe von Aufständischen in der Stadt Sirte verwundet in die Hände; Blut um Blut, Leben um Leben: Trotz der Mahnung der Kommandeure, den Großen Metaphysicus wenn irgend möglich nur gefangen zu nehmen, damit man ihn, den Verbrecher aller Verbrecher, den Kriminellen aller Kriminellen, den Verderber aller Verderber, dem eigenen Volk und der Weltöffentlichkeit vorführen könne, schossen sie ihn in den Kopf. In Sekundenschnelle fiel ein blutüberströmter Kadaver zur Erde nieder und tränkte diese mit dem roten Todeswasser. Es kam sogar das Gerücht auf, man habe ihn zuvor auf einer Eisenstange gepfählt, eine besonders grausame Hinrichtungsart, die in früheren Zeitaltern verbreitet gewesen war. Das Volk hatte gerast und sein Opfer gehabt. Reisigers Begleiter lagen ganz auf der Linie ihres Volkes, was er aus ihren Kommentaren unschwer erschließen konnte; selbst Gianni, der als Italiener die Dinge vielleicht etwas anders hätte sehen können, stimmte in die Verwünschungen des Großen Metaphysicus mit ein. Wieder einmal hatte in der kollektiven Seele der Massen das altbekannte, immer wieder praktizierte „Hosianna" und „Kreuziget ihn!" zur Zufriedenheit der Menge funktioniert.

Zudem hatten sie nun auch eine klare Kenntnis von jener militärischen Intervention, über die man zuvor lange spekuliert und debattiert hatte, die schließlich von den Franzosen durchgesetzt und sozusagen an vorderster Front auch durchgeführt worden war.

„Feuer regnete vom Himmel, das Feuer der Apokalypse", beschrieb der Beschließer der Ruinenstätte die Vorgänge der vergangenen Tage anhand der Fernsehbilder. „Misurata sieht nach den Bombardements der Alliierten kaum anders aus als die Ruinen von Djerma", fügte er hinzu. „Doch Djerma ist älter als zweitausend Jahre. In Misurata gab es Tausende Tote, meist unschuldige Zivilisten. Doch die Kämpfer des Großen Metaphysicus wurden pulverisiert."

Im Fernsehen sahen sie noch am selben Abend, wie einschneidend sich die Verhältnisse im Reich geändert hatten. Da tauchten Personen und Namen auf dem Schirm auf, von denen sie zuvor niemals auch nur ein

Sterbenswörtchen gehört hatten. Jedenfalls galt das für Reisiger, Stella und den Italiener. Ramzi, Mahmud und Mahmud hingegen konnten mit dem einen oder anderen Namen in der neuen Führung durchaus etwas verbinden. Ein gewisser Mustafa Abdal Dschalil wurde genannt. Er empfing – man kann sich Stellas Freude vorstellen, als sie ihre Gefährten wohlbehalten sah – zwei Engländer in privater Audienz, die, wie es im Kommentar hieß, aus den Händen von Geiselnehmern „befreit" worden seien, aber die Gastfreundschaft des Nationalrates ausgeschlagen hätten. Dieser Nationalrat bestand aus Leuten aus der Cyrenaika, aus dem europäischen Exil, umfasste jedoch auch Überläufer wie den General Yunus, der noch vor kurzem ganz in das Horn des Großen Metaphysicus gestoßen hatte. Von der Nachricht hingegen war kein Wort wahr.

„Ein Verräter", sagte Ramzi nur, als er Yunus sah. Das war alles. Das war wohl offenkundig sein letztes Wort in dieser Angelegenheit.

* * *

Auch die nächste Prüfung traf sie wie ein Blitz aus heiterem Himmel. Sie hatten die Strapazen – sah man einmal vom ungewöhnlich heftigen Unwohlsein Gianni Venones ab – bis jetzt gut überstanden; doch ausgerechnet jetzt, da sie in Djerma – obzwar ohne Luxus, der hier auch nicht zu erwarten war – ein durchaus zivilisiertes Ambiente genossen, schlug die rätselhafte *Krankheit* zu. Am nächsten Morgen war Ramzi so schlapp, dass er kaum glauben konnte, am Vortag noch ziemlich munter durch das Ruinenfeld von Garama spaziert zu sein. Im Unterleib spürte er Schmerzen, die sich in der Nacht bereits angekündigt hatten, die, als es tagte, jedoch schlimmer geworden waren. Was sollte er tun? Das hing auch davon ab, wie dieser Herr Reisiger weiter verfahren wollte. Was stand denn nun hinsichtlich des Schatzes auf der Agenda? Reisiger hatte sie darüber im Ungewissen gelassen. Sollten sie alle zusammen aufbrechen, um nach dem Schatz zu suchen? Wann und wie sollte das stattfinden? Vom Beschließer hörte man nichts, konnte man auch nichts hören, weil der ohnehin von dem Schatz der Garamanten nichts wissen wollte. Nichts erfuhr man. Immerhin fühlte sich Ramzi einige Stunden später etwas besser und schöpfte für seinen Teil Hoffnung. Sollte er Reisiger einmal ganz direkt fragen?

Es war ihnen nicht erklärlich, warum sie plötzlich von diesem Leiden befallen waren, denn Ramzi musste, kaum dass er aufgestanden war, erfahren, dass Mahmud und Masud dieselben Symptome aufwiesen wie er. Auch sie klagten über stechende Schmerzen im Unterleib, dazu Schmerzen in der Brust. Dass schließlich Gianni ebenfalls zu ihnen stieß und, nicht ahnend, dass es auch den anderen schon schlechtging, bekanntgab, sein Unwohlsein habe sich in der Nacht erheblich verschärft, er könne sich kaum aufrecht halten, wurde von ihnen beinahe schon nicht mehr als Überraschung empfunden.

Reisiger war nicht wenig erstaunt, als er seine Gefährten in diesem Zustand vorfand. Er selbst war frisch und freute sich auf alles, was sie noch zu erkunden und zu erledigen hatten. Auch Stella war munter und konnte sich das Unwohlsein der anderen nicht erklären.

„Das Essen des Beschließers", sagte Reisiger zu Gianni, „war hervorragend, ich meine, es war nichts anderes, als was wir bisher gegessen haben in diesem Land. Gut gegartes Lammfleisch und Reis. Und unsere Mägen – er deutete auf Stella – sind längst an das Klima gewöhnt, eure ohnehin."

„Vielleicht das Wasser", warf Stella ein und betrachtete die Gefährten mit einem Blick, in dem sich Mitleid mit jener fragenden Ungewissheit über die Ursache ihres Unwohlseins paarte. Wurden die Kanister immer desinfiziert?

Angesichts der Umstände brauchte Reisiger niemandem zu sagen, was er zu tun hatte. Seine Gefährten machten die Türe hinter sich zu und verschwanden in den abgedunkelten Zimmer-Quadern des kleinen Hotels; das taten sie der Hitze und der grellen Sonnen-Einstrahlung wegen, die hier, im tiefen Süden des Reiches, im Bauch der Sande, für die Augen unerträglich war, selbst wenn man starke Sonnengläser trug. Doch die drei Erkrankten – Ramzi ging es ein wenig besser – erlebten nun einen vollständigen Zusammenbruch. An ein Frühstück dachte angesichts der Umstände niemand mehr. Und schon gar nicht an die Garamanten, an deren im Orkus des Vergessens versunkenes Reich oder gar an deren ominösen Schatz. Fürs Erste lagen sie hier nun fest. Alle zogen sich in ihre Bleibe zurück, und Ungewissheit schwebte über ihnen allen. *Wer sprach von siegen, überstehen war alles!*

Reisiger war unsicher, wie nun zu verfahren sei. Er hatte, ohne Einzelheiten darüber bekannt zu geben, beabsichtigt, von Djerma aus in zwei Gruppen in die südwestliche Wüste zu fahren. Ramzi sollte die erste Gruppe führen, der Mahmud und Masud angehören sollten, während er mit Stella und dem Italiener die andere Gruppe gebildet hätte. Das war nun alles Makulatur, es sei denn, man wartete so lange ab, bis die Kameraden wieder genesen wären. Doch wie lange würde das dauern? Der Schatz der Garamanten hatte zwar viele Jahrhunderte lang in seiner Pyramide geruht, da wäre es auf ein paar Tage mehr oder weniger gewiss nicht mehr angekommen. Doch weiß jeder, der einmal vom Fieber der Schatzsuche gepackt worden ist, wie sehr man von der inneren Unruhe getrieben wird: Es ist eine Form der Hyperaktivität, die darauf beruht, dass das Gehirn nicht zur Ruhe kommt. Unablässig kreisen dann die Gedanken um jenes Ziel: den Schatz zu finden, koste es, was es wolle. Und Reisiger war nicht imstande, sich selbst so weit an die Kandare zu nehmen, dass er diesen Seelendruck hätte meistern können. Der Schatz ... der Schatz ... der Schatz ...

* * *

„Was machen wir?“

Ein unbestimmter Blick Stellas traf Reisiger von der Seite. Es war in den vergangenen Tagen erstaunlich gewesen zu erleben, wie sie sich völlig in Reisigers Hand gegeben hatte. Um ehrlich zu sein – es war ihm ein Rätsel, und er verstand nicht, warum sich diese so emanzipierte Frau, die in den Wüsten Nordafrikas Grabungen geleitet hatte, die auch vom Wesen her nicht gerade einfach war, sondern den Habitus der Intellektuellen pflegte – hochreflektiert und in ihren Ansichten weithin unabhängig – mit einem Mal wie verwandelt zu sein schien – so, als habe sie den eigenen Willen plötzlich aufgegeben.

„Wir gehen auf eigene Faust los", sagte Reisiger, „du meinst doch den Schatz, Liebling, oder?"

„Und die anderen? Was ist mit Ramzi, dem Erfahrenen? Was mit dem Italiener, der in seiner Unzufriedenheit und mit seiner Kritiksucht mehr als jeder andere darauf brennt herauszufinden, was es mit dem Schatz der Garamanten auf sich hat?"

„Ich will keine Zeit verlieren."

„Das kannst du nicht machen!", entgegnete Stella, diesmal sogar mit einem Anflug von Unwillen in ihrer kräftigen Stimme. „Wir können doch warten, bis alle wieder gesund sind. Die haben doch nichts Ernstes … Oder glaubst du das?"

„Ich will keine Zeit verlieren."

Reisiger war, wenn er in sich hineinhörte, durchaus im Zweifel, ob das richtig war, was er beabsichtigte. Doch es reichte ihm jetzt. Er hatte die Nase voll. Schon die Geiselhaft bei Idriss hatte seinen Zeitplan über Gebühr durcheinandergebracht; dann hatte sich der Ritt durch die Unwegsamkeit von Edeyen Murzuq länger hingezogen, als er vorgesehen hatte. Nun waren die Gefährten erkrankt, was hieß, dass sie abermals einige Tage zurückgeworfen würden.

„Ich will keine Zeit verlieren", bekräftigte Reisiger zum dritten Mal in einem Ton, der Stella klarmachte, dass dies nun das letzte Wort war. Es gab keine Widerrede.

Im Laufe des Tages stieg nach kurzer Besserung auch Ramzis Fieber wieder. Gleichwohl machten sie sich noch keine Sorgen, denn Magenverstimmungen, verbunden mit schmerzhaftem Darmreißen waren öfter von Fieber begleitet. Auch die anderen hatten am Nachmittag „hohe Temperatur", wie Stella sagte – high temperature. Sie kümmerte sich ein wenig um die Gefährten, während Reisiger im Zimmer Pläne und Karten von der gesamten Region Edeyen Ubari studierte, die er zuhause im Geographischen Institut der Universität seiner Stadt hatte anfertigen lassen. Es waren Spezialkarten, erstellt auf der Grundlage von Satellitenaufnahmen, welche die Amerikaner von diesem Gebiet gemacht hatten. Dank der großen Auflösung hatte man in dem Bezirk südöstlich von Djerma, und zwar in recht großer Entfernung, zahlreiche dunkle Punkte ausmachen können, von denen Reisiger annahm, es seien kleine Ruinenfelder, möglicherweise Friedhöfe der Garamanten, einzelne Gräber und kleine Pyramiden, von denen in den Beschreibungen von Reisenden immer wieder die Rede war. Auch der Beschließer, der es wissen musste, berichtete ihnen über Einzelheiten des großen garamantischen Königsfriedhofs, den sie noch nicht hatten besuchen können, doch war sich Reisiger nicht sicher, ob damit eben jene Objekte gemeint waren, die er für so wichtig hielt.

Das neunte Kapitel

Es war ein Donnerstag wie viele Donnerstage zuvor. Ein Donnerstag zumal an einem Ort, den nicht eben viele kannten auf der Welt. Was sich an ihm ereignete, würde auch fortan durchaus unbekannt bleiben und weiterhin keine Rolle spielen im großen Weltgetriebe, wie manche hochtrabend die Summe der Ereignisse menschlichen Handelns und Sich-Verweigerns auf dieser blauen Kugel nannten. Nach wie vor war das Reich ja ein verschlossenes Land, über das viele zwar jetzt redeten und schrieben, aber niemand etwas wirklich Zutreffendes wusste. Schon gar nichts, was zweifelsfrei richtig war. Immerhin: Als sie Sabha verlassen hatten, war endlich offiziell bekanntgegeben worden, dass der Große Metaphysicus auf grausame Weise getötet worden war, wie sie es inzwischen auch erfahren hatten. Mit Schimpf und Schande hatten ihn seine Untertanen von seinem Thron gestoßen; Leute, die ihn noch vor kurzem jeder Anbetung für würdig gehalten und die Herrschaft des früheren „Pharao" verflucht hatten, die sich gekrümmt hatten in seinem großherrlichen Schatten, entrüsteten sich nun über ihn und wollten von Anfang seiner Regentschaft an in Opposition zu ihm gestanden haben.

Als Johannes Reisiger und Stella Wedgewood allein in die Umgebung von Garama aufbrachen, sich im Grunde genommen von ihren Kameraden davonstahlen wie *Diebe in der Nacht*, glaubten sie noch, dass diese Kameraden, auf deren Gesundung sie nicht warten wollten, an ihrem möglichen Erfolg, teilhaben und sie allesamt wohlbehalten den Rückweg antreten würden. Gianni war ja nur erschöpft, maßlos erschöpft und erkrankt, aber doch nicht so ernsthaft, dass man Schlimmes befürchten musste. Auch das Fieber und das Unwohlsein der anderen schienen nicht so bedrohlich zu sein, dass man für ihr Leben fürchten musste. Trotzdem machte sich Reisiger bereits kurz nach ihrem Aufbruch Gewissensbisse, denn Übereifer und – das war ihm nun klar – auch eine gewisse *Ruhmsucht*, weniger die Leidenschaft, die er doch eigentlich als seinen inneren Wesenskern erkannt haben wollte, hatten ihn und Stella dazu gebracht, die erschöpften oder kranken Kameraden in der Herberge flugs zu verlassen. In ihrem Fieberwahn hatten die Gefährten vielleicht gar nicht mitbekommen, dass Reisiger und Stella, um keine Zeit zu verlieren, sich allein auf die Suche nach der Schatzpyramide machen wollten, obwohl sie ihnen – mehr pro forma als ehrlich gemeint – darüber Bescheid gegeben hatten. Hatten sie wirklich realisiert, dass nun die Endphase begonnen hatte?

Der Beschließer hatte Stella und Reisiger seinen geländegängigen Wagen zur Nutzung überlassen. So kamen sie rasch voran. Bald war tatsächlich jenes weitläufige Feld erreicht, das man den „Friedhof der Könige" nannte. In lockeren Abständen ragten die meist ziemlich zerstörten steinernen Grabmale aus dem Wüstenboden hervor, der hier aus einer dünnen Schicht gelben Sandes bestand. Der Untergrund war fest, die Räder griffen gut.

„Da haben wir ja kleine Pyramiden", sagte Reisiger zu Stella. „So ähnlich stelle ich mir die Schatzpyramide vor. Wenn auch nicht hier, das wäre ja zu einfach. Da hätte ja schon jeder den Schatz finden können, und er wäre vermutlich auch schon gefunden worden. So einfach wird es uns das Schickdsal nicht machen."

Der Schatz, der Schatz, der Schatz – der Schatz der Garamanten, diese wenigen Wörter wirbelten unablässig durch sein Gehirn und nahmen es in Besitz. Und Stella ging eben mit, weil *er* ging; wie sehr sie wirklich an der Auffindung des Schatzes der Garamanten interessiert war, hatte er bis zu diesem Zeitpunkt nicht herausgefunden. Doch Stella war nicht krank geworden, und er hatte beschlossen, das zu nutzen. Sich zu zweit auf die Suche nach dem Schatz zu begeben, war allemal besser, als dies ganz einsam und allein zu tun. Hatte er sie dazu verführt? Das konnte man eigentlich nicht sagen, denn seit ihrer Freilassung aus den Händen von Idriss und seinen politischen Spießgesellen hatte die Engländerin aus ihrer Faszination von der Kultur der Garamanten und der Aussicht, gar einen Schatz zu finden, kein Hehl gemacht.

Hinter dem Friedhof der Könige begann wieder düniges Gelände. Zunächst waren es kleine, gelbe Sandhügel, die eher wie Schneeverwehungen aussahen, doch allmählich stießen sie wieder auf jene Abfolge von regelmäßigen, fast wellenartigen Erhebungen, die die Menschen immer von einem Sandmeer sprechen ließen. In der Ferne sah man Dünen, die sich zu regelrechten Sandbergen von über hundert oder noch mehr Metern auftürmten. Der Rover schien den Sand regelrecht zu fressen, wie anders war dies doch, als beschwerlich auf dem mageren Rücken der Meharis dahinzutrotten! Zum ersten Mal auf dieser Tour verspürte Reisiger so etwas wie ein Hochgefühl angesichts der Geschwindigkeit des Wagens. „Triumph der Technik" schoss ihm einen Augenblick lang durch den Kopf, bevor er sich im Stillen dafür rügte; denn eigentlich war er – der klassische Bildungsbürger Mitteleuropas – kein Anbeter moderner Technik. „Das überlassen wir heute den Amerikanern", hatte er gelegentlich zu Tanja gesagt, wenn sie im Fernsehen wieder über irgendeine ganz erstaunliche technische Innovation auf dem Gebiet des Computerwesens und –unwesens informiert worden waren. Aber diese speziell für schwierigstes Gelände ausgerüsteten Vehikel – vor ihren Konstrukteuren musste man größte Achtung haben.

Der Himmel über ihnen strahlte dunkelblau, schien eine Tiefe zu haben wie an keinem der Tage zuvor. Reisiger hielt das für ein günstiges Vorzeichen. Selbst der Himmel spielte mit, da konnte man ja zuversichtlich sein.

Er nahm die rechte Hand vom Steuer und legte sie auf Stellas linken Oberschenkel, fast schon ein wenig lasziv, wie sie fand. Das passte gerade ganz und gar nicht zu dieser Situation eines Ausgesetzt-Seins in der Wüste. Reisiger hingegen befand sich ganz und gar in einem Zustand der Unschuld, denn reine Entdeckerfreude hatte ihn erfasst. Verschwunden schienen die Skrupel, die er wegen der

Gefährten noch am Abend zuvor gehabt hatte. Noch beunruhigte es ihn nicht, dass sie nun den Friedhof der Könige schon eine Viertelstunde, dann eine halbe Stunde hinter sich gelassen hatten. Hatte die Chronik nicht an einer Stelle den Begriff „weit außerhalb in der Wüste" (fi al charidsch, fi al sahra) verwendet, um den Platz der Schatzpyramide zu bezeichnen? Doch was hieß „außerhalb"?

Sie fuhren eine weitere Viertelstunde.

Weit und breit war nichts zu entdecken.

„Die Wüste wächst, weh dem, der Wüsten birgt", fuhr es durch Reisigers Gehirn. Diese Zeile aus den Dionysos Dithyramben Friedrich Nietzsches war ein Zitat, das ihn lebenslang begleitet hatte – nicht nur, als er noch Philosophie studiert hatte. Bei seinen zahlreichen Reisen durch nahöstliche Tiefen und Untiefen war diese poetische Sentenz immer präsent geblieben. Doch ausgerechnet jetzt war eine derartige bildungsbürgerliche Assoziation grotesk.

Sie fuhren und fuhren und fuhren.

Da geschah, was in derartigen Romanen dieser Art an dieser Stelle immer zu geschehen pflegt und was von den Autoren in den Gang der Handlung eingefügt wird, um die sogenannte Spannung zu verschärfen und zuzuspitzen: Es begann mit einer geringfügigen Veränderung des Motorengeräusches, das ihnen zunächst gar nicht auffiel, ging langsam, aber sicher in ein ruckartiges Stottern des Motors über – bis das Geräusch endgültig erstarb. Die

Reifen bohrten sich in den Sand. Dann stand der Wagen. Es herrschte Totenstille. Festgefahren. Aporie.

Reisiger betätigte den Anlasser, vernahm jedoch nur das bekannte tiefe, fast brummige Glucksen oder Gurgeln, das ein Auto von sich gibt, wenn der Motor abgesoffen ist. Er versuchte es nochmals und immer wieder.

„Verdammt!"

Er stieg aus und ging um den Wagen herum, was im Grunde sinnlos war, denn was hätte er dort schon entdecken können, außer Sand, der offenbar das Getriebe lahmgelegt hatte. Noch vor kurzem hatte die Technik die Natur fest im Griff gehabt, doch nun hatte sich das Blatt gewendet.

Auch Stella stieg aus. Ihr Gesicht verriet Zorn, Ratlosigkeit, doch auch einen Zug von Ängstlichkeit. Angst hingegen war es noch nicht. Wenn es hier nicht mehr weiterging, würde man sie zu finden wissen, das war sicher. Auch vertraute sie Johannes, der sie alle – zusammen mit Ramzi –sicher nach Djerma geführt hatte. Man würde eben den Weg zurück zu den Gefährten zu Fuß zurücklegen; das war lästig, beschwerlich, aber doch machbar. Schließlich lebte man in modernen Zeiten.

Reisiger schwieg zunächst.

Dann schnitten seine Worte in Stellas Seele wie ein Krummschwert:

„Wir gehen zu Fuß weiter. Es kann nicht mehr weit sein. Ich bin ganz sicher."

„Lass uns umkehren, Liebling! Noch können wir zurück", sagte Stella fast bettelnd. „Es wird zu anstrengend, und so weit sind wir nicht von den Kameraden entfernt, dass wir es zurück zu ihnen nicht mehr zu Fuß schaffen könnten."

Doch Stella war ohne Chance, Reisiger schien besessen zu sein, hatte alle Vorsicht über Bord geworfen. Er wollte unbedingt Schicksal spielen und Entdecker werden.

Die Glut drückte sie nieder, und zweifellos hatte eine Art *Verwirrung der Sinne wie des Denkens* sie beide schon geschlagen, bevor sie zu ihrer einsamen Eskapade aufgebrochen waren. Jederzeit hätten sie ja auf die Gesundung ihrer Gefährten warten können. Doch die Ausgesetztheit in dieser Ödnis machte den Wahn nun vollends sichtbar. Wahnsinn kann ja auch so aussehen, dass er fast im Gewande der Normalität daherkommt, äußerlich eigentlich kaum bemerkbar. Ohne Unterlass spähte Reisiger nach vorne, ob sich denn irgendetwas verändere auf dieser Fläche, auf der sich der Sand bei den gelegentlich aufkommenden Windböen chaotisch kräuselte. Dann kamen wieder Dünen. „Berge", dachte er, „Berge aus Sand". Und er begann den Reiz und die Faszination, welche die Wüste immer auf ihn ausgeübt hatte, zu verfluchen. Kaum hatten sie einen Wellenberg erklommen, da türmte sich die nächste Düne vor ihrem Auge auf. Vereinzelt unterbrachen vertrocknete Büsche das sandige Einerlei, doch etwas größer und höher musste dieser Pyramiden-Rest schon sein. Das war der sogenannte Krautwuchs, von dem seinerzeit Heinrich Barth geschrieben hatte. Jetzt gab es ihn.

Sie marschierten und marschierten und marschierten. Längst hatten sie ihr Gefühl für das Vergehen der Zeit verloren. Zeitlosigkeit umfing sie. Doch war es kein mystisches Erlebnis, wie es die großen Heiligen erfahren hatten. Schließlich mussten sie innehalten und Atem schöpfen. Ihr Wasserkanister war leer. Solcherlei dichterische Erfindung, so trivial sie sein mag, steigert bei derlei Geschichten als festes Versatzstück die Furcht und das Bangen des Lesers um den oder die Helden. So war es auch jetzt. So war es auch hier.

Für wenige Sekunden sah Reisiger Tanja vor sich – oder war es Stella, die neben ihm lief, in der Gestalt Tanjas? Lüstern grinste die Frau ihn an. Ein Trugbild von in Unordnung geratenen Sinnen. Dabei war Reisiger, andererseits, auch wieder ganz bei sich, ja, er glaubte, niemals zuvor so bewusst, so selbstbewusst und sogar klar gewesen zu sein wie gerade jetzt. Hochstimmung hatte ihn erfasst. Wellen der Euphorie schienen ihn zu umspülen wie die Wellen der Großen Sande. Er fühlte die Zeit nicht mehr, er stand auch jenseits des Raumes, obwohl er nur eine endlose Weite vor sich sah. Er lief und lief, den Blick zielgenau nach vorne gerichtet. Jede Minute, ja jede Sekunde musste doch die Spitze dieser kleinen, nicht mehr intakten Pyramide endlich am Horizont zu erkennen sein, die einsam und verloren dastand, allein um den Schatz der Garamanten zu hüten. Sicher war sie längst stärker ruiniert und zeigte bereits viele Anzeichen des *Zerfalls,* denn andernfalls wären frühere Karawanen nicht achtlos an ihr vorübergezogen. Mehr als ein brauner Steinhaufen – obwohl einsam aus dem Boden herausragend – konnte die Pyramide nach all den Jahrhunderten ohnehin nicht mehr sein. Doch al Aswani war sich so sicher … Und er würde sie finden …

Stella trabte schweigend neben ihm her, sie zeigte weniger körperliche Schwäche als er.

Reisiger setzte sich einen Augenblick auf den unter seinen Schritten rieselnden Boden nieder. Dieses ständige Hin und Her beim Laufen im dichten Sand zermürbte ihn. Bei jedem Schritt, den er vorwärts stakste, glitt der Fuß jeweils ein Fußbreit wieder zurück; dazu versank er bisweilen bis zu den Knöcheln in der weichen, körnigen, meistens sogar mehligen Materie. Dass unmittelbar hinter Garama ein Dünenmeer beginnen würde, hatte er zuhause beim Studium der Landkarten nicht in Erfahrung bringen können, denn zu ungenau waren diese gewesen. Wer außer ein paar Archäologen kam denn schon in diese Gegend? Eine genaue kartographische Erfassung war daher nicht notwendig. Er hatte hier mit Geröllwüste, mit Hamada, gerechnet. Doch die Sandwüste von Edeyen Ubari, die nahe war, hatte sich in den vergangenen Jahren wohl auch ausgeweitet und mit ihrer sandigen Masse vormals flaches, festes Gelände überspült. Da glich die Wüste wirklich einem Ozean.

Sie erhoben sich und liefen weiter. Vor ihnen war nichts außer Weite und das Meer der Dünen, die allmählich eine bedrohliche, Angst einflößende Höhe anzunehmen begannen. Noch in Sabha, dem Tor zum Fezzan, hatte er den Kameraden erzählt, die Wüste außerhalb Garamas sei eben und glatt und bestehe vornehmlich aus festem, gut begehbarem Boden und einigen dazwischen gestreuten Geröllfeldern. Er hatte es eben nicht besser gewusst.

Von der beschädigten Pyramide jedenfalls fand sich keine Spur, wie sehr beide auch den Horizont absuchen mochten.

Reisiger begann einen Gedanken zu fassen, den er indessen nur langsam über die Schwelle seines Bewusstseins treten ließ: Wäre es nicht doch, wie Stella noch vor einigen Stunden geraten hatte, besser, umzukehren, dann tatsächlich zu warten, bis die Kameraden wiederhergestellt wären und die ganze Angelegenheit nochmals zu überdenken? Er musste, das war nun klar, unbedingt die Topographie dieser Gegend besser kennenlernen. Anschließend könnten sie alle zusammen aufbrechen und einen neuen Versuch wagen. Auf ein paar Tage mehr oder weniger käme es nun weiß Gott nicht an! Warum war er so voreilig oder egoistisch gewesen? Wieso war er allein mit Stella aufgebrochen und hatte die Gefährten ihren Krankheiten überlassen? Hatte das etwas mit Stella zu tun? War es Liebeswahn? War denn die Zeit wirklich ein so wichtiges Kriterium? Trotz seines Wahnsinns dachte er noch immer glasklar. Es geschah ihm ganz recht, dass er in diese schwierige Lage geraten war. Selten hatte er sich so einsam, dabei aber auch so unwohl gefühlt wie gerade jetzt, wo er doch geglaubt hatte, dem Triumph ganz nahe zu sein und den Erfolg für sich allein einheimsen zu können. Er hatte das, da sei das Schicksal vor, ursprünglich zwar nicht beabsichtigt, doch warum sollte er die Umstände, dass die Gefährten erkrankt waren, nicht zu seinen Gunsten nutzen? Und gehörte nicht auch eine gesunde Portion Ehrgeiz, ja sogar Egoismus zu solchen Unternehmungen? Die großen Entdecker früherer Zeiten, über die man ja erst unlängst miteinander gesprochen hatte, waren auch keine „Gutmenschen" gewesen.

Wieder spähten sie nach vorne, in den endlosen Luftraum vor sich, der vor ihren Augen zu flimmern begann. Zwei Windhosen, fast gelb, waren in der Ferne zu sehen, ihre Wirbel vermochte Reisiger klar zu erkennen. In dieser Leere konnten sie Gott sei Dank niemandem gefährlich werden; auch nahmen sie nicht direkt Kurs auf ihn und Stella. Von seinen früheren Reisen in Persien kannte er diese Luftgebilde, die so zart und beinahe ätherisch zu sein schienen wie Luftschlösser und die doch fast immer Tod und Verderben mit sich führten. Tod und Verderben auf leisen Sohlen gewissermaßen. Die Araber, ja alle Wüstenbewohner dieser Weltgegend, bezeichneten sie auch als Ghule, als glühende Feuergeister der Wüste, da sie sich ihre Entstehung und ihr Wesen nicht erklären konnten. Die Wüste war immer voll von Ghulen. Wer konnte an ihrer Existenz zweifeln?

Plötzlich sah Reisiger an der Linie, die das Land vom Himmel schied, einen schwarzen Punkt. Jedenfalls schien es ihm so. Er machte Stella, die gerade einen Schluck aus der Wasserflasche, die ihnen verblieben war, nachdem sie den leeren Wasserkanister weggeworfen hatten, nahm, darauf aufmerksam. Der Punkt verschwand allerdings nach wenigen Sekunden wieder. „Was war das gewesen? Eine Halluzination? Ich sehe Gespenster", dachte er. „Wir werden umkehren. Wir sind nicht mehr recht bei Sinnen. In der kleinen Herberge von Garama wird es uns wieder gut gehen; dann sehen wir weiter. Verdammte Selbst-Verführung, Selbst-Überschätzung! Verfluchter Egoismus!", sagte Reisiger laut.

Stella war zu erschöpft, um zu widersprechen.

Doch nun erschien der schwarze Punkt wieder am Horizont – und, ja, er schien sogar näher zu kommen. Die beiden Windhosen waren in großer Entfernung links an ihnen vorbeigezogen, nur die Sandwellen lagen vor ihnen, das ockerfarbene Meer der Wüste und des Schweigens.

Was mochte sich hinter dem schwarzen Punkt verbergen, etwa ein Tier? In dieser Einöde erschien ihnen das unmöglich, woher sollte hier ein so großes Lebewesen kommen? Was außer Wüstenflöhen, Skorpionen, Schlangen und den listigen Feneks, den Füchsen, konnte es hier überhaupt geben? Hier war die Erde tot, erstarrt in ewiger Unbeweglichkeit, gegen die allein der Wind ankämpfte, wie es schien. Und natürlich die Sonne, die alles verbrannte.

Der Punkt rückte näher und war mit einem Mal auch nicht mehr schwarz. Hatte er überhaupt noch eine definierbare Farbe? Er schien aus mehreren Punkten, besser: Flecken, zusammengesetzt zu sein. Auch Staub stob auf. Er verteilte sich im Umkreis der Masse, die sich da näherte, so dass Reisiger erst recht nichts mehr klar identifizieren konnte. Es war gelber Staub, der den Punkt wie eine *astrale Aura* umspielte. Schließlich entfuhr ihm ein Ruf der Verblüffung, als er bemerkte, dass er doch richtig gesehen hatte: Ihnen näherte sich ein Reiter – aus dem Unbekannten und völlig Unbelebten, das die Wüste hier doch auf die geradezu schrecklichste Weise darstellte, beinahe aus dem Nichts schien er zu kommen. Aus der raumlosen Todeszone.

Reisiger und seine Begleiterin konnten den Blick nicht von ihm wenden, denn Pferd und Reiter begannen, so hatte er den Eindruck, eine unnatürliche Größe anzunehmen. Sie schwollen zu einem Ball an, der sich auf ganz merkwürdige Art und Weise vorwärtsbewegte – als hätte dieses Wesen gar keine Beine, ja überhaupt keine Gliedmaßen. Dies war natürlich eine Täuschung wegen der Hitze, was mit dem Aggregatzustand der Luft knapp über der Linie des Horizonts zusammenhing. War das nun endlich die Fata Morgana, auf die man ja in der Wüste fast einen Anspruch hatte und über die sie alle gescherzt hatten, als sie den Serir südlich von Murzuq durchquerten?

Reisigers Verblüffung aber steigerte sich noch, als er den Reiter erkannte: Es war jener seltsame, schattenhafte, bleichgesichtige *Wanderer*, den er vor vielen Tagen an der Tankstelle südlich von Tripolis in Sifra getroffen und dessen plötzliches Verschwinden, das einer Vernichtung glich, ihn so beunruhigt hatte. Zunächst glaubte er immer noch an eine seiner Halluzinationen, sagte sich, dass er Wahn und Wirklichkeit nicht mehr unterscheiden könne, denn Reisiger war inzwischen durch das maßlose Stapfen durch den Sand so entkräftet, dass ihm die Sinne mit gutem Recht den Gehorsam hätten verweigern können. Woher, um Gottes willen, sollte denn hier ein solcher Reiter kommen? War er denn nicht wirklich wahnsinnig? Doch es bestand kein Zweifel: Dieses sich nähernde Doppelwesen, diese zentaurenhafte Erscheinung war real, so wirklich wie die beiden Hände, die er für einen kurzen Augenblick vor sein Gesicht hielt, um *Gewissheit* über sein Wachsein und das Wahrnehmen der Wirklichkeit zu erhalten. Vorsichtig spähte er durch die schmalen Lücken, die er zwischen seinen Fingern gelassen hatte, so als wolle er selbst beim Spähen nicht ertappt werden. Und Stella, die an der Tankstelle nicht dabei gewesen war, schien in völliger Katalepsie erstarrt, wie versteinert zu sein. War das einer der *Apokalyptischen Reiter*? Diese Assoziation hatte sie spontan, als sie dieses bizarre Wesen scheinbar aus dem Abgrund des Horizonts auftauchen sah. Doch sie wischte sie hinweg. Was sollte das? Das waren doch uralte religiöse Atavismen, die nichts zu bedeuten hatten in unserer Zeit. Dass ausgerechnet sie, die ausgewiesene Wissenschafterin und mit allen Wassern des britischen Agnostizismus gewaschene Gelehrte aus Schottland, ein solches Bild aus ihrem Unterbewusstsein hervorholte – wie seltsam.

Die Windhosen waren an ihnen vorbeigezogen, ohne dass sie dies besonders bemerkt hatten. Doch der Nahende erregte und beunruhigte sie viel mehr. Je näher der Reiter kam, desto natürlicher wurden seine Größe und

Gestalt wieder. Es vergingen noch drei Minuten, die Reisiger unendlich viel länger erschienen, bis der Reiter bei ihnen eintraf. Er zügelte das Pferd mit einem kräftigen Ruck, sprang ab und ging sofort schnellen Schrittes auf Stella und Reisiger zu.

Der schien wie gelähmt, als der Reiter näher kam und mit einer einladenden Geste grüßte.

„Salam alaikum."

Reisiger antwortete fast automatisch auf den Gruß. Er war am Ende. Er öffnete weit den Mund, deutete mit dem Zeigefinger der rechten Hand auf die Öffnung und presste ein gequältes „Durst, Durst" heraus. Dann fiel er zu Boden, beinahe lautlos, denn die Wüste verschluckt alle Geräusche. Stella setzte sich neben ihn und versuchte, ihm wieder aufzuhelfen.

Der Reiter stieg ab und reichte Reisiger einen prall gefüllten Ziegenbalg mit Wasser.

„Trinken Sie nicht zu schnell und nicht zu viel", mahnte er mit einer merkwürdig sanften, Empathie suggerierenden Stimme.

Reisiger war in der Tat versucht, das dargereichte Wasser in riesigen Schlucken hinunterzustürzen, nahm jedoch die letzten Reste der ihm verblieben Vernunft zusammen und dosierte die Schlucke. Doch trank er lange und schweigend. Stella half ihm. Er saß im Sand und hatte die Knie angezogen, so dass er wie ein Häufchen Elend wirkte, gekrümmt fast wie ein Embryo im Mutterleib. Wassertropfen perlten über seine Wangen und verliefen sich in seiner Kleidung; der Rest verdampfte sofort. Dann trank Stella.

So verharrten alle drei einige Minuten lang in Schweigen.

„Bis hierher sind Sie immerhin vorgedrungen", sagte der alte Reiter, als Reisiger einigermaßen erfrischt war. „Das hätte ich nicht für möglich gehalten."

Stella blickte ihn irritiert an, dann schaute sie fragend auf Johannes.

„Du kennst ihn?"

Reisiger nickte, fügte jedoch hinzu: „Kennen ist zu viel gesagt. Wir haben uns einmal getroffen. Das ist noch gar nicht so lange her. Oder doch? Da kannten wir uns noch nicht."

Der Mann hatte sich stark verändert seit ihrer Begegnung an der Tankstelle. Sein Gesicht wirkte gespensterhaft und war von einer Hautfarbe, wie Reisiger sie noch niemals gesehen hatte. Nicht nur blass, sondern unwirklich, nicht menschenähnlich. Er hätte den Farbton gar nicht mehr angeben können. Wie Glas und ganz zerbrechlich, assoziierte er. Die Haut war weder weiß noch braun noch sonst irgendwie getönt, sondern durchscheinend.

„Sie hätten ja schon in den Hun-Bergen auf der Strecke bleiben können", sagte er zu Reisigers Erstaunen. Der zuckte innerlich zusammen: Woher nur wusste der Mann das? Auch Stella war über die Maßen verblüfft und schaute Johannes fragend an. Doch der zuckte nur die Achseln.

„Idriss ist eigentlich ein guter Kerl, wir schätzen ihn sehr wegen seiner Denkweise und seiner Tugenden, doch er geriet – um der Gerechtigkeit willen – auf Abwege. Er verrannte sich, und seine Zukunft ist ungewiss. Dies geschieht leider oft, wie uns aus langer, uralter Erfahrung schmerzlich bewusst ist. Die *Gerechtigkeit* – nichts liegt uns so sehr am Herzen wie gerade die Gerechtigkeit, glauben Sie mir. Und gerade den Besten geschieht das, jenen, die sich über die Masse der Egoisten erheben. Sie wollen nur das Beste, beginnen damit zu scheitern und verschärfen den Kurs, bis sie schließlich bei Sünde und Verbrechen landen. Bei Sünde und Verbrechen", sagte er noch einmal mit Nachdruck. „Verstehen diese Menschen das Wort ‚Sünde' noch?"

Stella stieß Johannes an und fragte: „Wer, um Himmels willen, ist denn das?"

„Auch der Große Metaphysicus war so einer", fuhr der Reiter fort. „Viele atmeten auf, als er den Pharao des Reiches damals in die Wüste geschickt hatte. Auch der Pharao war ein Sünder, wie bis heute alle, die diese Erde gesehen hat – *mit einer Ausnahme*. Doch auf den Großen Metaphysicus setzten fast alle ihre Hoffnung, gerade weil er ein *Metaphysicus* war. Das war doch wieder einmal etwas anderes. Da schien Tiefe gegeben, Tiefe des Geistes, des Denkens und Tiefe der guten Absicht, die über den grellen Tag und jede Trivialität und Abgeschmacktheit hinauszustreben schien. Ein neuer Aufbruch schien dem Reich bevorzustehen, ein Aufbruch, für den sich anfänglich auch viele begeisterten und an dem sie an maßgeblichen Stellen teilnehmen und mitwirken wollten."

Der fremde Reiter schien gar nicht zu bremsen zu sein in seinem überbordenden Wortschwall. Reisiger und Stella hatten wegen ihrer Müdigkeit und der durch die körperlichen Strapazen gedämpften Sinne mehr und mehr Schwierigkeiten, ihm bei seiner Suada überhaupt zu folgen. Doch der Mann, diese seltsame Erscheinung, blieb unerbittlich.

„Kaum waren drei Jahre vorüber, da begann der Große Metaphysicus schon selbstherrlich zu werden, so dass ihn die ersten seiner Untertanen zu hassen begannen. Dies blieb ihm keineswegs verborgen. Doch anstatt nun in sich zu gehen, anstatt zu fragen, was er wohl falsch gemacht habe, schob er mehr und mehr die Schuld auf die anderen. Auf das Ausland, auf die ‚volksfremden Kräfte und verräterischen Elemente‘, mit denen er all jene meinte, die seine Auffassungen nicht teilten. Bald füllten sich die *Umerziehungshäuser* – man nennt sie anderswo Gefängnisse. Doch der Große Metaphysicus tat so, als liebten ihn noch immer alle. Und bevor die große Erhebung begann, machten die Gewöhnlichen, die Speichellecker, die Pragmatiker und Utilitaristen dieses Spiel im selben Maße mit. Sie lobten ihn weiterhin in den höchsten Tönen und verbeugten sich innerlich, wenn nur sein Name genannt wurde. Sie salutierten sogar innerlich. Für mich ist das natürlich überhaupt nichts Neues, denn seit Jahrtausenden erlebe ich das … Seit vielen Jahrtausenden."

Reisiger und Stella zuckten zusammen. Was sollte das denn heißen … seit Jahrtausenden?

„Das Menschengeschlecht", fuhr er fort, „ist zu keiner Besserung fähig. Durch die Zeiten hindurch erlebe ich immer dasselbe Spiel. Dass ausgerechnet jene, die Besserung geloben, sie den anderen, den Mitmenschen, sogar versprechen, zunächst auch zu den schönsten Hoffnungen Anlass geben, am Ende jedoch wieder im Sumpf der Heimtücke, des Verrats, der exzessiven Gewalt versinken – das macht mir mein *Dasein zur Last,* so dass ich bisweilen wünsche, gar nicht zu existieren; aber ich existiere nun einmal, weil das Menschengeschlecht existiert … Wir sind sozusagen sklavisch aneinandergekettet in dem Band des Lebens, das heißt all dessen, was existiert …"

„Um Himmels willen, wer sind Sie denn?", schrie Stella hinaus in einen Himmel, der Sandfarbe angenommen hatte. Von der zerfallenen Pyramide aus der Garamanten-Zeit, auf die sie all ihre Hoffnungen setzten, war nichts zu sehen.

„Keine Halluzination, wie Sie beide vielleicht annehmen mögen. Kein Trugbild. Gerade das Realste erklären viele Menschen heute zum Phantasma. Ich bin der Repräsentant jenes *Geheimnisses*, das der Welt innewohnt – mögen Sie das nun begreifen oder nicht. Ich weiß, was ich Ihnen mit diesen Enthüllungen zumute, ja antue. Ich bin der normalerweise und für alle Zeit eigentlich unsichtbare Beobachter und Deuter *jenes*, den noch kein Auge gesehen, kein Ohr gehört hat. Er selbst kann sich nicht um die Welt kümmern, er hat das früher einmal getan, sich dann aber *zurückgezogen*, als er sah, was er angerichtet hatte. Nun melde ich ihm alles, was so vor sich geht. Ich bin der Melder. Mich selbst verwechseln die Menschen immer mit Ihm selbst, da sind sie unbelehrbar, und mir – respektive Ihm – weisen sie dann die Schuld für ihre zahllosen Verbrechen zu ..."

„Wir sind aber keine Verbrecher", fuhr ihm Reisiger in die Parade. „Im Gegenteil ..."

„Ich weiß, wer Sie sind. Sie suchen den *Schatz der Garamanten*."

„Mein Gott" entfuhr es Stella, „er weiß tatsächlich alles!"

Die Erscheinung strahlte eine Präsenz aus, wie sie Reisiger und Stella noch nie zuvor begegnet war. Auch wurde es plötzlich kalt, was sie sich nun überhaupt nicht erklären konnten. Die Sonne war durchgebrochen und stand in jenem Augenblick so hoch am Himmel, dass jeder erwartet hätte, einen neuen Temperaturrekord messen zu können. Doch eisige Kühle überzog die Erde und schien selbst den Sand frösteln zu lassen, der eben noch unvorstellbar heiß gewesen war. Stella rückte ganz nah an Reisiger heran, als suche sie bewusst die Wärme seines Körpers. Sie schmiegte sich an ihn. Die Erscheinung wechselte nun ihren Gesichtsausdruck. War dieser zuvor noch höflich-unbestimmt gewesen, so verzog sich seine Miene nun zu einem grotesken Lächeln, das die beiden innerlich erstarren ließ. Sie ahnten nichts Gutes. Es war nicht eigentlich höhnisch zu nennen, doch empfanden Reisiger und Stella es als eine Mischung aus Überlegenheit, grenzenloser Überlegenheit, und Mitleid – zwei Gefühle, die eigentlich gar nicht zueinander passten.

„Der Schatz der Garamanten *existiert nicht!*"

Der Satz fuhr wie das Sausen eines Schwertes über sie hinweg und verstörte beide zutiefst. Der Satz machte deutlich, dass Wörter töten können, wenn sie zur Unzeit gesprochen werden.

„Der Schatz der Garamanten existiert nicht!", wiederholte die Erscheinung ihre Worte.

„Woher wissen Sie das, Fremder? Was ist das für ein grausames Spiel, das Sie mit uns treiben? "

„Er existiert nicht *mehr!*"

„Und was ist mit al Aswani und seiner Chronik? Was hat es damit auf sich?", entfuhr es Stella. Dabei warf sie einen vertrauensvoll-verzweifelten Seitenblick auf Reisiger, den Urheber ihres Wissens, auf den sie stolz war. Sie glaubte offenkundig, die Nennung dieses Namens als eine Art Trumpf gegenüber diesem Schreckgespenst – denn als etwas anderes konnte sie diese Erscheinung nicht empfinden – ausspielen zu können. Man hatte doch schließlich etwas in der Hand, wenn es um diese Garamanten ging. Einen arabischen Historiker des Mittelalters. Eine Schriftlichkeit, die seit alters her als Ausweis von etwas Existierendem, wenigstens etwas, was einmal gewesen und dokumentiert worden war, angesehen wurde. Auch einen Herodot und gewisse Römer.

„Sie scheinen allwissend zu sein, da können Sie sicher auch darüber etwas sagen."

Die Erscheinung zeigte sich nicht im Mindesten überrascht, sagte vielmehr mit ihrer die beiden aufregenden
wissenden Miene:

„Ach ja, der alte Aswani. Der gute alte Aswani. Ihn
trifft keine Schuld. Er war eine ehrliche Haut. Ich kenne
ihn und seine Schriften, recht gut sogar. Wenn er über
den Schatz der Garamanten schrieb, war das noch nicht
einmal gelogen. Es gab diesen Schatz in uralten, abgeleb-
ten Zeiten, doch wusste Aswani schon in seinen Tagen
nichts Genaues darüber. Er kompilierte ein Wissen, das
über die Jahrhunderte hinweg weitergetragen worden war,
mit eigenen *Vermutungen* und *Hinweisen*, die er hier und
da und von wem auch immer erhalten hatte. So kam seine
Chronik zustande – kein bedeutendes Werk, ich kenne sie
aber; doch verstehe ich, dass Sie als Forscher solchen
Hinweisen nachgehen müssen. Die Menschen tun das,
seitdem sie *denken* können. Selbst den geringsten Hin-
weis, die flüchtigste Spur nehmen sie auf und verfolgen
sie auf der Suche nach etwas Festem, Gewissen, Allzu-
Gewissen. Immer wieder unternehmen sie diese Versuche, ungeachtet ihres unendlichen Scheiterns. Aber der
Schatz ist längst verspielt. Es gab ihn einst, doch er ist verspielt."

„Wer tat das?", fragte Reisiger erregt und presste Stellas
Hand, der die Szene ihr inneres Gleichgewicht noch mehr
zu rauben schien.

„Ihre Frage belustigt mich", antwortete der Fremde.
„Plünderungen, nichts als Plünderungen. Kennen Sie
denn die Geschichte nicht? Gold war viele Jahrhunderte

lang das Lebenselixier dieser Region. Karawanen brachten es aus Ghana und anderen Goldländern – Sie kennen ja gewiss die sprichwörtliche *Goldküste* – an die Gestade des Mittelmeeres, von wo es weitertransportiert wurde in andere Kontinente. Die wurden reich durch sie. Und des Raubes war kein Ende. Wenn man das Gold nicht schürfte, dann bediente man sich bei denen, die es hatten. Die Schätze der Garamanten, jene glänzenden Zeugen einer großen Vergangenheit, jene staunenswerten Kleinodien ihrer Könige, die ihr letzter Herrscher tatsächlich vor seinem Ende gesammelt und einem Versteck in der Wüste überantwortet hatte, fanden eines Tages eben doch ihre Räuber … Sie wissen doch auch, wie das in Ägypten vor sich ging …"

„Alle Berichte", warf Reisiger enttäuscht ein, „beruhen einzig auf Legenden? Niemand, der schreiben konnte, kannte auch nur einen Menschen, der den Schatz jemals gesehen hätte?"

„Das geschah lange vor den Aufzeichnungen darüber, wie Ihr al Aswani sie verfertigte. Gelegentlich suchen Leute wirklich ernsthaft nach einem Schatz, manche finden sogar einen – doch ehe man sich's versieht, ist ihnen alles wieder zwischen den Händen zerronnen. Sie wünschen sich das nicht, aber offenbar sind die Menschen nicht in der Lage, etwas wirklich *Wertvolles* zu behalten, es nicht zu gefährden, nicht zu zerreden, es am Ende anderen zu stehlen, dann aber zu zerstören, zu verschleudern oder wie auch immer sonst aufs Spiel zu setzen. Wer heute einen Schatz sucht, verbindet allerdings etwas anderes damit als in früheren Zeiten."

„Wie meinen Sie das?", fragte Reisiger konsterniert.

„So, wie ich es sage."

Reisiger musste sich eingestehen, dass er zu ermüdet war, um solcherlei Gerede noch aufmerksam verfolgen zu können und in genügender, vernünftiger Weise auf sein Gegenüber einzugehen.

„Auch in früheren Zeiten – so haben Wir es jedenfalls erlebt – war das Streben der Menschen nach Schätzen in den meisten Fällen bloßer Selbstzweck. Sie verbanden nichts Höheres, nichts Tieferes damit. Doch es gab auch immer die Suche nach anderen Schätzen. Nach Schätzen, deren glänzendes Gold nur der Abglanz einer unfassbaren, unendlichen *Herrlichkeit und Unergründlichkeit* war, deren man teilhaftig werden wollte. Treibende Kraft war bei den Einsichtigeren die Hoffnung nicht nur, dass es den jeweiligen Schatz wirklich gäbe – und ich sage Ihnen, es gab ihn –, sondern dass er auch Erfüllung schenke und die Menschheit weiterbringe. Das glaubten sie ganz fest, jedenfalls die Besten unter ihnen. Und sie verachteten all diejenigen, die den Schatz nur um des materiellen Gewinnes, der unbefragten Macht und des gesellschaftlichen Ansehens, der Erhöhung ihres Ichs willen suchten. Das ist indes heute gang und gäbe. Die *Objektivität* der Herrlichkeit und Unergründlichkeit allen Seins ist dahin, was Wir hier schon seit vielen Generationen bedauern. Ohne handfesten Zweck, ohne irgendeinen Nutzen wird überhaupt nicht mehr nach Schätzen gesucht, gleichgültig, was diese Schätze im Einzelnen enthalten mögen. Eine Frage: Warum suchen *Sie* denn den Schatz, den Schatz der Garamanten?"

„Aus Neugier", antwortete Reisiger ziemlich verdrossen, „aus wissenschaftlicher Neugier. Aus Objektivität und Interesse an der Vergangenheit."

„Das heißt, Sie verbinden – außer vielleicht dem Ruhm, der Ihrer harrte, wenn Sie ihn denn fänden – keinen Zweck damit?"

„Nein! Reine Objektivität, ein Wissen-Wollen leitet mich. Ich stieß auf die Nachrichten über diesen Schatz und wollte einfach wissen, was es damit auf sich hat. So suchte ich ihn. Ist das ein Verbrechen?"

„Und doch sind Sie alleine oder vielmehr – verzeihen Sie, meine Dame – nur zu zweit aufgebrochen, um ihn zu suchen. Dachten Sie denn gar nicht an Ihre Kameraden? Wollten Sie sie nicht teilhaben lassen an Ihrem Wissen-Wollen und Ihrer sogenannten Objektivität?"

Reisiger wurde verlegen. Wenn er ehrlich zu sich selbst war, musste er zugeben, dass das wissenschaftliche Interesse, an dem ihm angeblich so viel lag, wirklich nur sekundär war. Viel mehr hatte ihn Abenteuerlust in diese Gegend verschlagen, innere *Unrast* und eben Abenteuerlust, die ihm das Gefühl vermittelte, trotz seines schon vorgerückten Alters noch lebendig zu sein. Das Dasein war wieder in Bewegung geraten, und er dachte entschieden weniger als in den Monaten zuvor an den Tod, obwohl ihre augenblickliche Lage dazu jeden Anlass gegeben hätte. Wenn nicht die Wüste ihn hätte töten können, dann doch die gewalttätigen Wirren, in die sie hineingeraten waren. Trotzdem hätte ihm der Ruhm, im Falle des Erfolges, nicht eben wenig bedeutet. Auch darin musste er dem rätselhaften Fremden recht geben. Schließlich hatte ihn in den vergangenen Tagen auch die Aussicht, vor Stella sozusagen als ein Held dazustehen, in den Bann gezogen. Hatte er sich zuhause nur nicht eingestanden, dass es ihn nach einer neuen Selbstfindung drängte, jetzt, da er an der Schwelle des Alters stand, die nach der Auffassung alter Zeiten die *Schwelle* zu etwas ganz anderem war, etwas Geheimnisvollem, Unwirklichem, Unergründlichem, aber irgendwie doch als existent Vermutetem?

„Alles Unglück der Menschen rührt daher, dass sie nicht einmal ruhig in ihrer Stube sitzen können", warf die Erscheinung ein. „Der Satz, den Wir aus unserer Sicht nicht anders als wahr bezeichnen können, stammt von einem längst verstorbenen weisen Menschen, der Unsere Sphäre mit glühendem Herzen suchte. Er war übrigens ein Mathematiker und damit ein Verehrer der Herrlichkeit und Unergründlichkeit aller Objektivität. Sie ist ja etwas Göttliches."

Johannes Reisiger kniff sich in die Wangen, und zwar so sehr, dass er vor Schmerz aufschrie. Aber er musste das tun. Er musste herausfinden, ob er noch bei Sinnen war oder nicht. Und Stella Wedgewood erging es nicht anders.

* * *

Mit einem Mal – und man wird sich das angesichts der Unwirklichkeit dieser seltsamen Erscheinung schon denken können – war die Gestalt samt ihrem Reittier schneller verschwunden, als sie gekommen war. Reisiger dachte zurück an jene Szene vor der Tankstelle bei Sifra, wo er den Eindruck gehabt hatte, diese Person habe sich einfach in Luft aufgelöst – damals hinter seinem Rücken. Nun war die Sache noch rätselhafter, denn weder er noch Stella Wedgwood hatten sich umgedreht. Es hatte weniger als einen Wimpernschlag gedauert, bis er verschwunden war, was Reisiger wie Stella nun doch zu der Einsicht gelangen ließ, sie hätten phantasiert. Etwas anderes war ja gar nicht vorstellbar. Die gänzliche Annihilation dieses Wesens war einem vernünftigen Kopf nur dadurch zu erklären, dass er eben halluziniert hatte, das heißt, dass der Vorstellung gar nichts Wirkliches entsprochen hatte. Andernfalls gäbe es ja Geister. Reisiger erinnerte sich, dass ihm auch in Sifra das Klima schon zugesetzt hatte, so dass er sich mit Wasser aus einem Schlauch übergossen hatte, um wieder einigermaßen zu Sinnen zu kommen. Erst dann war er in den Pick-up eingestiegen.

So fanden sie sich nun wieder alleine mit sich selbst. Mit einem Wagen, der nicht funktionierte, vor leeren, ausweglosen Horizonten, über sich nur das inzwischen siegreiche Himmelsblau, das in diesen Augenblicken allerdings nur noch schrecklich war. Leer und weit und ohne die sonst von ihm ausgehende Ruhe für die Seele. Schrecklich aber war vor allem die Desillusionierung ihrer Hoffnungen, ihrer Gedanken und Erwartungen.

Schrecklich dieser Tiefschlag für die Wissenschaft, auf die Reisiger doch irgendwie seine Hoffnungen gesetzt hatte – dass etwas dran sei an den Überlieferungen, die ja, in Form von al Aswanis Chronik, schwarz auf weiß vorhanden waren. Gewiss: Dieser al Aswani war kein Thukydides, beileibe nicht.

Und wenn man den Worten des Fremden folgte, dann hatte al Aswani auch gar nicht geflunkert. Oder war dies alles nur symbolisch gemeint gewesen, sozusagen in einem übertragenen Sinne? Sprach man von demselben Schatz, wenn man von dem Schatz der Garamanten berichtete? Was war mit den uralten oralen Überlieferungen? Konnte man auch ihnen, die schon manche Wahrheit, entgegen den abschätzigen Mutmaßungen der Menge, gar der Wissenschaftler, weitergetragen hatten, nicht mehr trauen? Wissenschaft, Überlieferung, Schriftlichkeit, Mündlichkeit – das alles zerrann plötzlich ins *Nichts*. In die Bedeutungslosigkeit. Offenbar lebte man in tiefer Nacht. Woran sollte man sich jetzt halten? Johannes Reisiger, der Amateur-Sucher und Forscher, umarmte Stella, die durch das Erscheinen des Fremden zutiefst verstört war und jetzt abwesend wirkte. Dann ließ er ab von ihr und fragte in die Leere hinein:

„Was machen wir nun?"

Stella griff nach ihrem Handy. Gott sei dank hatten sie sich die Nummer des Büros in Djerma geben lassen, wo der Beschließer saß und sich, wie Reisiger zu Recht mutmaßte, sein Teil dachte. Reisiger wurde sich in diesem Augenblick schmerzlich bewusst, wie wichtig der praktisch begabte und organisatorisch versierte Ramzi für ihr gesamtes Unternehmen gewesen war, und wieder einmal verstand er zur selben Zeit, wo seine Mängel auf diesem Gebiet lagen. Stella jedenfalls hatte sich schneller gefasst als er. Und zupackender war sie offenkundig auch. Die Sache würde gut ausgehen – im Unterschied zu manchen Forschungsreisen oder Exkursionen früherer Zeiten, die unter ungleich schwierigeren Bedingungen stattfanden als ihre harmlose Exkursion, die trotz ihrer Gefangennahme durch Idriss und seine Männer und trotz des Hintergrundes dieses blutigen Bürgerkrieges mit den Unternehmungen anderer Epochen gar nicht zu vergleichen war.

Und dennoch wurde Reisiger nachdenklich. Schon ohne den Besitz dieser mobilen Telefone sähe die Angelegenheit ganz anders aus, schoss ihm durch den Kopf. Gewiss: Suchen würde man nach ihnen in jedem Fall. *Todesangst* brauchten sie nicht zu haben. Sie stellte in Abenteuerromanen immer den Höhepunkt der Spannung dar. Doch er sah mit einem Mal die phantastisch anmutende Silhouette der Minarette vor sich, die sie in Barzakh empfangen hatte; und er dachte zurück an seine Reflexionen über Religion und Glauben, die er damals angestellt hatte. Irgendwie hatte das schon etwas mit ihrer gegenwärtigen Situation zu tun, einer immerhin existenziell doch bedrohlichen Lage, mit der nicht zu spaßen war. Für andere hatte sie das Ende bedeutet, so schnell ging das. So schnell *konnte* es jedenfalls gehen. Mit einem Schlag wurde alles in Frage gestellt, ja vielleicht zunichtegemacht, wonach man verlangt und gestrebt, es schließlich auch erreicht hatte. An ein *Fortleben* nach dem Tode – daran war schwer zu glauben. Seit Jahrhunderten, ja sogar Jahrtausenden entwarf der menschliche Geist die unterschiedlichsten Phantasien über diese ernsteste *Prüfung*, die dem Menschen zuteilwird. Er kannte sie alle, hatte sie alle studiert und sich mit ihnen beschäftigt. Wahrscheinlich konnte der Mensch als Gattung gar nicht anders, als immer wieder um diese Dinge – die letzten Dinge – zu kreisen. Doch auch der Standpunkt, vielmehr die Attitüde der Atheisten missfiel ihm. Sie glaubten sich im Besitz der absoluten Wahrheit, dass der Mensch, ein komplexes Konglomerat von Zellen, nichts weiter, von seiner Geburt an durch ein Meer von Lust und Qual wandernd, schließlich unabänderlich im Nichts versinkt. Eine nutzlose Passion eines neutralen, fühllosen Seins. Von diesem Standpunkt aus verfolgten sie nun mehr oder weniger befremdet oder belustigt die Lebensentwürfe jener vielen Millionen, ja Milliarden von entweder dummen oder wenigstens lebensschwachen und ängstlichen Mitmenschen, die Theisten, Pantheisten, Panentheisten, Animisten, Kosmiker, Idealisten, Esoteriker, Platoniker, Mystiker, Christen, Juden, Muslims, Hindus, Dschains, Buddhisten, Taoisten – jedenfalls Illusionisten – waren. Diese betrachteten sie, bisweilen sogar mit Interesse, wie jene zahllosen Lebewesen, die man in Zoologischen Gärten als exotische Exemplare des Lebens sich der Reihe nach ansah. Sie selbst folgten der Religion des Realismus, wie sie sagten. Eine unbefriedigende Situation, die möglicherweise mit der Verwüstung der Seelen zusammenhing, die er schon länger zu beobachten glaubte …

„Der Ruf kommt durch", sagte Stella und warf Reisiger einen Blick zu, der nicht nur Hoffnung ausdrückte, sondern beinahe ein wenig Stolz, ja Überlegenheit transportierte. Er war in diesem Augenblick froh, dass Stella ihn aus seinen melancholischen, nutzlosen, also gänzlich überflüssigen Philosophiereien herausgeholt hatte.

„Dann wird ja alles gut", sagte er und schaute in die Tiefe des Himmels über sich. *Das ewig Weibliche zieht uns hinan …*

Das letzte Kapitel

Inzwischen war der Beschließer für jedermann erkennbar in Panik geraten. Dass Reisiger und seine weibliche Begleitung verschwunden waren – darauf konnte er sich schon einen Reim machen, angesichts der Gespräche, die sie über den Schatz der Garamanten und jegliche Ungewissheit geführt hatten; doch dass der Rest der Gruppe krank darniederlag, dass es alle vier „erwischt" hatte, und zwar so schwer, beunruhigte ihn. Woran waren sie denn erkrankt? Mahmud, Masud und Gianni zeigten bedenkliche Symptome, die sich durch eine einfache Magenverstimmung oder etwas Ähnliches nun nicht mehr erklären ließen. Sie alle waren unfähig, das Bett zu verlassen und schienen von Stunde zu Stunde schwächer zu werden. Ramzi, der Einzige der Gruppe, dem es noch einigermaßen gut ging, den wohl allein der Kamelritt wie die Tour insgesamt ermüdet hatte, erstattete dem Beschließer Bericht, so dass dieser Mann immer auf dem Laufenden war. Dem war klar, dass er sich nun einige Wochen, wenn nicht Monate lang nur mit sich selbst und seiner die Dinge verwaltenden Institution zu beschäftigen hatte. Der Sturz des Großen Metaphysicus, dessen brutales Ende und jener Teile der Familie, die nicht in die saharischen Nachbarstaaten flüchten konnten oder wollten, hatte die Lage ja keineswegs beruhigt. Im Gegenteil: Die Meldungen aus dem Norden des Landes, aus der Hauptstadt Tripolis zumal, klangen nicht gut: Der Nationale Übergangsrat bemühte sich, das überall herrschende Chaos zu bändigen, die widerstreitenden Interessen jener, die über den Großen Metaphysicus gesiegt hatten, einigermaßen miteinander in Einklang zu bringen, was natürlich nur unvollkommen gelang.

Auch wenn das die Menschen im tiefen Süden der Großen Sande nicht betraf, so konnte doch die herrschende Anarchie nicht ohne teilweise drastische Auswirkungen bleiben. Dies begann mit den Transporten von Lebensmitteln und Waren aller Art aus dem Norden in den Süden. Der Bürgerkrieg hatte die Verbindungswege schwer in Mitleidenschaft gezogen. Fast wie ausgestorben wirkte die Fernstraße, die über Ghat, das Zentrum der Tuareg, nach Algerien hineinführte, in Richtung Hoggar-Massiv und Tamanrasset, in das schlagende Herz der Großen Wüste.

In den nächsten Wochen und Monaten war hier nicht mehr mit Besuchern zu rechnen. Schon gar nicht mit Archäologen oder anderen Wissenschaftlern, die sicher durch die Wirren im Reich abgeschreckt würden. Nur diese Verrückten, angeführt von einem bizarren Deutschen, hatten auf die Idee kommen können, trotz des wieder voll entbrannten Bürgerkriegs in die Großen Sande aufzubrechen. Mitten im Zerfall waren sie als Gruppe selber zerfallen, denn ihr „Chef" hatte sich eigenmächtig selbständig gemacht. Was wurde nun aus den vier anderen? Wenigstens diesem Ramzi ging es wieder besser … Das ließ hoffen.

Der Beschließer suchte am Mittag Ramzi auf, um sich neuerlich nach dem Befinden der beiden Landsleute und des Italieners zu erkundigen.

„Haben Sie etwas von Herrn Reisiger und Frau Wedgewood gehört?", empfing Ramzi den Mann und informierte ihn darüber, dass er kurz Kontakt mit beiden gehabt habe.

„Ich wollte gerade zu Ihnen kommen. Sie sitzen beide in der Wüste am Rande der Sande fest und können nicht weiterkommen. Irgendetwas ist mit dem Auto. Der Anruf mit dem Handy klang recht wirr, sie scheinen jemandem begegnet zu sein, der dann aber wieder verschwand. Urplötzlich. Ein Reiter, der unzusammenhängendes Zeug erzählte, was immer das gewesen sein mag. Eine Erscheinung sei es gewesen. Einer der – nun wurde Ramzi von Spottlust übermannt – „apokalyptischen Reiter". Wahrscheinlich sind sie beide verrückt geworden vor Hitze und Einsamkeit. Es war dann nichts mehr zu vernehmen, wahrscheinlich war der Akku leer. Wo genau sie sind, konnte ich nicht mehr herausfinden. Eigentlich wollte ich, zornig wie ich bin …"

„Nur zu gut kann ich das verstehen", warf der Beschließer ein. „Aus Ihrer Sicht sind Sie ja betrogen worden, denn Sie alle wollten doch nach dem Schatz suchen, wenn ich das richtig sehe. Und nun diese Exklusivität."

„Ich wollte losschimpfen, wollte ich sagen, gerade weil man unsere Krankheit ausgenutzt und sich auf egoistische Weise davongemacht hat. Aber die Gefahr, in der sie schweben, scheint groß zu sein, denn sie sind schon so weit in den Sanden und in der Einsamkeit verloren, dass ein Fußmarsch tödlich sein könnte. Das können wir, Sie und ich, doch nicht wollen? Oder?"

„Auf keinen Fall", wies der Beschließer mit empörtem Ton diese Frage, fast eine Unterstellung, zurück. Dass man ihm so etwa zutraute, gerade hier, an diesem Ort, an dieser Stelle, wo er seit Jahren seinen Dienst versah, brachte ihn doppelt und dreifach auf.

Ramzi und der Beschließer entwickelten nun eine hektische Geschäftigkeit. Es galt, keine Zeit zu verlieren, denn es blieben ihnen nur noch wenige Stunden Tageslicht für eine Suche nach Reisiger und Stella. In der Nacht versprach eine Suche entschieden weniger Erfolg. Sie packten den Landrover mit Wasser, Brot und einigen Medikamenten voll und fuhren los. Sie brachen in südwestliche Richtung auf, denn natürlich versprach die Suche nur hinter den Königsgräbern einigermaßen Erfolg. Anderswo konnten Stella und Reisiger, da sie dem Bericht des al Aswani folgten, nicht gelandet sein.

Ramzi steuerte den Wagen, während der Beschließer, kaum dass sie Djerma verlassen hatten, ihm immer wieder die Richtung wies. Bis zu den Königsgräbern kannte sich der Beschließer aus, doch was jenseits lag, war ihm unbekannt. Niemals hatte er einen Grund gesehen oder irgendeine Veranlassung gehabt, in jene wellige Dünenlandschaft einzutauchen, die sich über viele hundert Quadratkilometer bis hinab zu den legendären Akakus-Bergen nahe der südlichen Grenze erstreckte.

Sie konnten im Wesentlichen den Spuren folgen, die der Wagen Reisigers und Stellas im gelben Wüstensand hinterlassen hatte. Sie hatten Glück, dass an jenem Tag die Winde der Wüste beschlossen hatten, ihren Betrieb eine Weile einzustellen und nicht zu blasen. So blieb die Wagenspur deutlich sichtbar. Manchmal, so dachte Ramzi, hatte selbst die grausame Natur ein Einsehen – ein Euphemismus, der selbstverständlich nicht zutraf, sondern von Menschenhirnen ausgedacht war. Denn an sich ist die Natur fühllos gegenüber ihren Wesen und das Schicksal des Einzelnen ist ihr völlig gleichgültig. Nur für die Gattung interessiert sie sich ein wenig. Freilich ist auch das nur in Maßen der Fall, denn mittlerweile ist ja bekannt, dass seit Anbeginn der Welt weitaus mehr Gattungen und Arten ausgestorben sind als heutzutage leben. Wenn eines Tages die Sonne sich zu einem roten Riesen aufblähen wird, werden die Ozeane wohl schon am Beginn dieses Prozesses verdampfen; alles Leben wird verglühen und alsbald verschwunden sein vom Antlitz der Erde, wie der sprichwörtliche *Fußabdruck* am Meerestrand, der, eben noch deutlich erkennbar und Signum eines Menschen, der über den Strand lief, von einer Welle hinweggespült und vernichtet wird, als hätte es ihn und seinen Urheber niemals gegeben. So jedenfalls sah es der Philosoph Foucault.

Als es zu dämmern begann, hatten Ramzi und der Beschließer die beiden Vermissten noch nicht erreicht.

* * *

Immerhin hatten sie es geschafft, den Weg zurück zu ihrem Wagen einigermaßen zügig zurückzulegen. Da es empfindlich kalt wurde, denn die Wüste ist eigentlich ein kalter Ort, an dem es tagsüber sehr heiß werden kann, wie ein bekanntes Bonmot es ausdrückt, hatten sie sich in das Auto zurückgezogen. Dort lagen Decken, in die sie sich einrollten.

„Eine Wagenburg", sagte Reisiger, konnte Stella jedoch mit diesem Galgenhumor nur wenig beeindrucken.

„Du denkst fast wie wir Engländer", sagte sie nur, und es war Reisiger, als blicke sie ihn in einer Weise an, die außer ihrer Zuneigung zu ihm auch eine gehörige Portion Spott zum Ausdruck brachte. Sie lehnte ihre Schulter an seine und schloss die Augen. Wie lange würden sie noch warten müssen? Was war mit den anderen? Ging es ihnen etwas besser? Zu dumm aber auch, dass der Akku leer war. Der Beschließer war ein Mann, der seriös wirkte und auf den man sich verlassen konnte. Sie waren beide unendlich müde ob der Strapazen des Tages, irgendwie aber dennoch zuversichtlich, dass doch noch alles gut werden würde. Schließlich lebte man im 21. Jahrhundert, in einer Zeit also, da die abgelegenen Regionen der Erde ihre Schrecken verloren hatten. Und wirklich abgelegen war jenes Wüstenareal, auf dem sie sich befanden, nur im großen und groben Maßstab, denn Luftlinie lag Djerma nicht so weit ab, wie ihre Verlorenheit es nahezulegen schien.

Unterdessen war der Mond aufgegangen und warf ein fahles, fast milchiges Licht auf die Kühlerhaube des Rovers. Es war und blieb windstill. Stella küsste Reisiger und versuchte dann, ein wenig zu dösen.

„*All is well that ends well*", zitierte sie.

Reisiger schaltete die Lichter des Wagens an, nicht nur, weil ihm in der Dunkelheit unheimlich war, sondern weil jede Lichtquelle ihre Chance, gefunden zu werden, erhöhte.

Stella fuhr erschrocken auf, als Reisigers rechter Arm ihr Gesicht streifte. Er war auf dem Weg zum Handschuhfach des Rovers, dessen kunststoffverkleidete Klappe er mit einem, wie sie fand, übertrieben starken Ruck aufriss. Woher nahm er diesen Furor?

„Ich wusste es!", rief er und hielt triumphierend eine Pistole in die Höhe. „Das gehört doch zur Ausrüstung hier. Ist unerlässlich in der Wüste. Warum bin ich erst jetzt darauf gekommen …"

Reisiger stieg aus. Dann bellte ein Schuss durch die beginnende Nacht, und ein kleiner Stern stieg in die Höhe, zog eine blutrote, leuchtende Spur hinter sich her, bevor seine flüchtige Materie wieder im Nichts zerstob. Doch dieses Mal war das Dunkel, in das die Szenerie getaucht wurde, ein ganz anderes. Es war eine Finsternis, die ein roter Strahl der Hoffnung erleuchtet hatte.

„Da vorne sind sie!", rief Ramzi aus, als sie die rote Leuchtspur sahen. „Gott sei dank."

Es dauerte noch eine Viertelstunde, bis sie den Rover erreicht hatten. Sie luden Stella und Reisiger auf, wendeten umgehend und machten sich auf den Weg zurück nach Djerma.

„Was wird denn aus dem Wagen?", fragte Reisiger.

„Das lassen Sie meine Sorge sein", erwiderte der Beschließer und schaltete das Fernlicht ein. Nur so konnten sie im fahlen Mondlicht die Spur verfolgen, die beide Wagen in den Sand gezeichnet hatten. Obwohl die Sache gut ausgegangen war, empfand Stella den Rückweg als beinahe geisterhaft. Auch redeten sie nicht, sondern fuhren durch eine Stille, wie sie sie zuvor bei Dunkelheit noch niemals erlebt hatten. In der Regel hörte man wenigstens die Stimme des Winds. Diese Stille jedoch war so dicht, dass selbst das Geräusch des Motors sie nicht beeinträchtigen konnte, denn sie schluckte einfach das Geräusch, so dass höchstens ein dumpfes Brummen in das Unterbewusstsein drang.

Erst kurz bevor sie Djerma erreichten, fragte Reisiger nach den anderen.

„Sie sind tot", sagte Ramzi tonlos und zeigte mit der rechten Hand nach oben, gen Himmel. „Allah sei ihrer armen Seele gnädig!"

Reisiger musste all seine innere Kraft und seinen ganzen Willen aufwenden, um nicht laut zu schreien. Das Empfinden einer tiefen Schuld und ein Gefühl tiefer Hilflosigkeit erfassten ihn und trieben ihm die Schweißperlen auf die Stirn. Er dachte sofort an jenen Saal im Hotel *Alhambra* in Tripolis, wo sie erstmals alle zusammengekommen waren, um sich kennenzulernen, um sich zu „beschnuppern" und ihre Pläne zu besprechen. Die drei Wörter waren durch seinen Körper hindurch gefahren wie eine blanke Stahlklinge. Auf dem weiteren Rückweg sprachen sie kein einziges Wort. „Sie sind tot!", hallte es in seinen Gehörgängen nach. Sie sind tot.

* * *

Als Reisiger und Stella das kleine Hotel betraten, sahen sie sogleich die Leichen Mahmuds, Masuds und des Italieners. Angestellte des Beschließers und einige Dörfler aus Djerma hatten sie in der Lobby für den Abtransport zum kleinen Friedhof des Ortes aufgebahrt. Mit ihren offensichtlich von der Seuche aufgequollenen Gesichtern und Bäuchen, die unförmig wie aus der Form geratene Hefeklöße wirkten, sahen sie schrecklich aus. Stella bedeckte ihr Gesicht mit den Händen und schluchzte nach einem schrillen Schrei, der aus der unergründlichen Tiefe ihrer Seele kam, still in sich hinein.

„Wir wissen nicht, woran sie gestorben sind", sagte der Beschließer mit tonloser Stimme. „Innerhalb weniger Stunden ist es geschehen. Zuerst der Italiener, dann meine beiden Landsleute. Unser Mediziner, den ich einschaltete und der die drei in ihren letzten Stunden begleitete, wusste ebenfalls keinen Rat. Er konnte auch nicht den Anflug einer befriedigenden Diagnose stellen. All seine ärztliche Kunst versagte vor dem raschen Dahinsiechen der Männer. Es ist ein Rätsel, denn Seuchen kennen wir schon lange nicht mehr in unseren Breiten. Die letzten Pestfälle liegen viele Jahrzehnte zurück. Das war die letzte Seuche, an der wir litten. Wir werden schreiben müssen: an einer rätselhaften Krankheit verstorben."

So war es tatsächlich. Wenn es dem Großen Metaphysicus gelungen war, wenigstens eine Sache dauerhaft zu verbessern, dann war es die Gesundheit der Bevölkerung seines Reiches gewesen. Von Beginn der großen Korrektur-Bewegung an hatte die Regierung Programme zur Förderung der Volksgesundheit aufgelegt, die nicht, wie es früher üblich gewesen war, in den Schubladen der Bürokraten zu Makulatur wurden, sondern zügig in die Tat umgesetzt wurden. Wie im Falle der Musterstadt Barzakh schuf man für junge Ärzte, ja bereits für Medizinstudenten Anreize, die sie dazu veranlassen sollten, eine Zeitlang ihre Praxen und Labors zu verlassen, um in den bedrohlichen Weiten der Wüste die endemischen Krankheiten zu bekämpfen. Insbesondere gegen Seuchen aller Art war man lange Zeit machtlos gewesen, doch es gelang in nur wenigen Jahren, selbst die periodisch wiederkehrenden Wellen des Schwarzen Todes zu stoppen. Immer wieder hatten diese die Oasen des Fezzan und Tripolitaniens heimgesucht und die Bevölkerung dezimiert. Gerade die Wüstenregion im tiefen Süden galt seit langem als jener Teil des riesigen Reiches, in dem die Lebenserwartung weit über den Durchschnitt angestiegen war.

„Ich kann es nicht begreifen", wiederholte der Beschließer seinen Stoßseufzer. „Vielleicht müssen wir die Krankheit, an der sie starben, einstweilen als die *Seuche Unbekannt* definieren. Mal wieder terra incognita."

Es war eben alles durcheinandergeraten im ehemaligen Reich des Großen Metaphysicus.

Nicht nur die Anstrengungen der letzten Tage, vor allem ihr Abenteuer bei der vergeblichen Suche nach dem Schatz der Garamanten, fielen nun mit einem Schlag von Stella ab – unter Umständen freilich, welche sie sich tragischer kaum hätten darbieten können. Reisiger hingegen verspürte plötzlich eine ihm ganz unbekannte Enge in der Brust, als habe man ihm einen Sack Kohle daraufgelegt. Er fühlte ein starkes Kribbeln im Arm, dem ebenfalls das Gefühl eines zentnerschweren Druckes nachfolgte. Schwärzeste Gedanken an eine tödliche Krankheit blitzten sekundenschnell durch sein Gehirn. Möglicherweise ein Herzinfarkt, so ein törichter Tod inmitten der Wüste … Nach all den Anstrengungen und Enttäuschungen … In diesem verdammten Nest, das kein Mensch auf der Welt kannte … nun dies. Es war nicht auszudenken … und nach der Rettung … nun dies. Gerade nach der Rettung. Der *Rettung.* Sechs Leute, drei *Tote,* ein *Kranker* und zwei, die mit ihrer merkwürdigen Suche nach einem

Schatz *gescheitert* sind … und nun auch noch dies … Am Ende völlig gescheitert …

„Wäre ich doch nur zuhause geblieben", sagte Reisiger mit einer Stimme, die man fast tonlos nennen konnte. Die Verzweiflung drohte seinen Körper endgültig zu überwältigen.

Stella blickte ihn voll Entsetzen an. Einen Augenblick dachte sie an ihre beiden Mitarbeiter, wenigsten sie waren wohlbehalten davongekommen, weil sie als Einzige die richtige Entscheidung getroffen hatten. Sie hatten auf den Schatz nichts gegeben. Wann würde man sich in der Heimat wiedersehen? So richtig gemocht hatte sie die beiden eigentlich nicht, aber jetzt wäre es gut gewesen, sie als Trost dabeizuhaben … Noch dazu Landsleute. Das bedeutete ihr schon etwas … Und dieser Johannes, dieser Reisiger aus Deutschland, war vielleicht doch nicht die Passion ihres Lebens …

* * *

Der Druck auf Reisigers Herz war jedoch gar nicht wirklich. Es war vielmehr Tanja, die seine linke Hand fest in ihrer rechten Hand hielt und mit der linken seinen Brustkorb berührte, so dass er nach einem kurzen Seufzen die Augen aufschlug und um sich blickte. Er sah ihr vertrautes Gesicht über sich. Er sah dieses trotz ihres Alters noch immer jugendlich-frisch wirkende Gesicht mit den grauen Kulleraugen vor sich, wenn auch zunächst nur wie durch einen Schleier. Wie zwei überdimensionale Gardinen erschienen ihm ihre halblangen, brünetten Haare.

Als die Aura des Tiefschlafes allmählich von ihm wich und die Lebensgeister sich zu regen begannen, erkannte Reisiger endgültig, dass er aus der Welt des Traumes in die reale Welt zurückgekehrt war. Wie spät oder früh war es denn? Er schaute auf den Wecker und stellte fest, dass es schon erheblich nach neun Uhr war. Konturenscharf und trivial meldete sich die Wirklichkeit zurück; er sah den Kleiderschrank aus Buchenholz, die Nachttischlampe neben sich und den großen Wandspiegel, den sie sich schon vor vielen Jahren angeschafft hatten, um nicht allein auf den Spiegel im Flur angewiesen zu sein.

„Die Libyer haben abgesagt! Ich komme gerade vom Briefkasten. Es gibt kein Visum", hörte er seine Frau sagen. „Es gibt keine Reise. Weder nach Libyen noch sonst wohin. Du wirst auf deinen Schatz verzichten müssen, mein Liebling. Auch dieser Ramzi hat geschrieben, die Lage sei zu gefährlich, jetzt, da der Pharao tot sei. Er könne so wenig für eure Sicherheit garantieren wie irgendein anderer im Land."

Noch immer erfüllt von einer wohligen Restmüdigkeit, die alle seine unter der Bettdecke liegenden Glieder durchzog – sie waren nach dem Besuch von Erwin und Ulla, bei dem viel über den Schatz der Garamanten schwadroniert worden war, erst recht spät zu Bett gegangen –, sah er, wie sie ein weißes, nur von einigen wenigen Druckzeilen gezeichnetes Blatt Papier vor seinen

Augen hin und her schwenkte, und es schien ihm, als trügen ihre Gesichtszüge, wenn auch kaum erkennbar, Zeichen einer dezidierten, fast triumphal erscheinenden Genugtuung.

ENDE

* * * *

Zeitfracht Medien GmbH
Ferdinand-Jühlke-Straße 7
99095 Erfurt, Deutschland
produktsicherheit@kolibri360.de

Druck:
CPI Druckdienstleistungen GmbH
im Auftrag der
Zeitfracht Medien GmbH
Ein Unternehmen der Zeitfracht - Gruppe
Ferdinand-Jühlke-Str. 7
99095 Erfurt